Roman Reischl

KRIEGSHANDWERK

Ein Schottland-Märchen

Fantasy

Mit einer Illustration von Monika Reischl

Vorwort

Warum liegt mir an der Story so viel?

Nunja, ich habe ein Jahr in Schottland gelebt und werde diese wunderbare Zeit von 2004 – 2005 einfach nie vergessen, auch nicht die Region Perthshire mit den lieben Menschen und der einzigartigen Historie und Natur.

Wunderbare Kollegen und ein traumhaftes Golfresort Hotel als Arbeitgeber machten diese Erfahrung einfach unvergesslich.

Beide Bände spielen dort, in den düsteren, aber auch heiter gelebten Midlands des Nordens im Vereinigten Königreich von Großbrittannien, wo ich Englisch aus „fließend" in meine „zweite Muttersprache" verwandelt habe.

Bibliografische Information der Deutschen Nationalbibliothek: Die Deutsche Nationalbibliothek verzeichnet diese Publikation in der Deutschen Nationalbibliografie; detaillierte bibliografische Daten sind im Internet über http://dnb.d-nb.de abrufbar.

TWENTYSIX – der Self-Publishing-Verlag
Eine Kooperation zwischen der Verlagsgruppe Random House und BoD – Books on Demand

© *2020 Roman Reischl*

Herstellung und Verlag: BoD – Books on Demand, Norderstedt

ISBN: 978-3-7407-6806-5

www.argema.de

Band 1 mit Druckfehlern, Erstauflage.

Band 1 & 2 sind in der Neuauflage bei Amazon als E-Book und Taschenbuch erhältlich! Viele Grüße,

Roman Reischl

Kapitel 1

Wie alles begann

„Azure!", schallte eine energische Stimme durch den sonnenbeschienenen Obsthain der Abtei von Perthshire.

„Azure! Nun komm endlich, die Herrin wartet nicht gern."

Die ältere Frau hielt sich die Hand über die Augen, um besser sehen zu können, doch von dem jungen Mädchen war nichts zu erkennen. Ärgerlich wollte sie sich schon umdrehen, als neben ihr etwas zu Boden plumpste.

„Ach verflucht!", murrte die Verursacherin des Geräuschs, rappelte sich hoch und klopfte sich den Staub aus den Kleidern.

„Jetzt ist mir das Eichhörnchen wieder entwischt. Du bist Schuld, Mona, wenn ich im Low wieder keine Handschuhe habe."

Die Frau stemmte die Hände in die üppigen Hüften und musterte das Mädchen, das jetzt immer noch fluchend einige Blätter aus ihren blutroten Haaren fischte. Ihre Farbe hatte Azure einst ihren Namen eingebracht, als Mona das kleine Mädchen an einem stürmischen Herbsttag vor der Tür ihrer Herrin gefunden hatte. Seit damals waren nun bereits 16 Jahre vergangen und aus dem kleinen Mädchen schien eine junge Frau geworden zu sein mit dem größten Dickschädel, den Mona je gesehen hatte.

„Du solltest dich beeilen, mein Kind", sagte Mona nun sanfter, wenn auch mit einer gewissen Dringlichkeit in der Stimme.

„Die Meisterin schickt mich. Sie vJohnnygt dich zu sehen."

„Ich komm ja schon", brummelte Azure und steckte sich noch schnell zwei Äpfel in die Rocktasche, ehe sie Mona zum Haus folgte.

Unwillig ließ sie es über sich ergehen, dass Mona ihr noch schnell einen Dreckfleck vom Kinn rubbelte, bevor sie die steile Treppe zum Studierzimmer ihrer Mentorin Berta La Salle hinaufstieg. Dort angekommen klopfte sie und wartete darauf, hereingebeten zu werden. Nach einer Weile wurde sie jedoch ungeduldig und wollte schon nach der Türklinke greifen, als sie von drinnen Stimmen vernahm. Neugierig legte sie das Ohr an die Tür und lauschte.

„Das ist nicht euer Ernst?", beschwerte sich eine unbekannte Stimme.

„Ausgerechnet ich soll diese Göre dabei begleiten?"

„Das ist mein Wunsch, Dämon, und du wirst ihm gehorchen", hauchte die Stimme von Azures Meisterin.

„Ja, alles klar", tönte die andere Stimme respektlos dazwischen.

„Ich hab schon verstanden, sonst schick ihr mich zurück in die Ewige Verdammnis und so weiter, ich kenne die Tour."

„So höre denn meinen Befehl", erklang wieder Bertas Stimme.

„Du wirst meine Schülerin Azure begleiten, jedem ihrer Befehle gehorchen und sie vor den

Gefahren der Nacht und des Waldes beschützen, bis sie in Aberdeen angekommen ist."

„Danach kann ich gehen?", fragte die andere Stimme wieder dazwischen und lachte meckernd.

Inzwischen schien der Dämon Berta an den Rand ihrer nicht unbedingt sprichwörtlichen Geduld gebracht, zu haben.

„Halt endlich den Schnabel und hör zu!", fauchte sie.

„Wenn ich noch ein Wort höre, verfüttere ich dich an den Sukkubus."

„Ich könnte mir keinen schöneren Tod vorstellen", gab der Dämon rotzfrech zurück.

„Die Braut ist echt heiß."

Ein Stöhnen antwortete dieser Feststellung. Azure konnte sich förmlich vorstellen, wie ihre Meisterin begann, sich die Schläfen zu massieren. Sie nutzte das Schweigen, um erneut anzuklopfen.

„Tritt ein", rief Berta von innen. Als Azure ihrem Befehl Folge leistete, hatte sich ihre Meisterin schon wieder auf ihren Thron, wie jene den klobigen Stuhl in der mit allerlei magischen Utensilien voll gestopften Dachkammer heimlich nannte, zurückgezogen. Dabei hatte sie wie immer darauf geachtet, ihre dunkelviolette Robe kunstvoll zu drapieren, als hielte sie tatsächlich Hofstaat vor einer jubelnden Zuschauermenge. In Wahrheit bestand ihr Publikum allerdings nur aus einer barfüßige Azure und dem Dämon.

„Was ist das denn?", riefen sie und der Böse gleichzeitig aus und rümpften unisono die Nase über die Erscheinung des anderen.

Der Dämon fing sich als Erster wieder.

„Ihr habt mir nicht gesagt, dass ich mit einem Bauerntrampel durch die Lande ziehen soll", fauchte er und verschränkte die dürren Ärmchen vor der behaarten Brust.

Azure schnappte nach Luft. Was erlaubte sich dieser mickrige Plagegeist überhaupt? Selbst eine Hexenmeisterschülerin durfte doch etwas mehr Respekt erwarten von einer Höllenkreatur, die ihr noch nicht einmal bis zum Knie ging und die noch dazu aussah, als hätte ihr Vater eine unsittliche Beziehung zu einer Ziege gehabt. Zumindest ließen die leicht überdimensionierten Hörner diesen Schluss zu. Unter dem großen, gehörnten Kopf mit den Fledermausohren, der krummen Hakennase und den tückisch funkelnden Augen saß ein magerer, zerbrechlicher Körper mit spindeldürren Armen und Beinen, der über und über mit kurzen, schmutzig braunem Fell bedeckt war. Zu allem Überfluss hatte die Kreatur auch noch eine schwächlich flackernde Flammenkorona, die latent nach faulen Eiern roch und einen dünnen Pinselschwanz. Dagegen kam sich Azure in ihrer leicht verschlissenen, braunen Leinenrobe noch recht ansehnlich vor ... auch wenn ihre Füße dringend eine Wäsche nötig gehabt hätten.

„Das", unterbrach Berta das Blickduell der beiden, „ist dein neuer Wichtel. Sein Name ist Stevie und er wird dir von nun an dienen."

„Lieber sterbe ich", zischte der Dämon.

„Es hindert dich keiner", maulte Azure.

Vielleicht würde sie so einen besseren Dämon bekommen, etwas Beeindruckendes.

„Ruhe jetzt!"

Berta und ließ kurz erkennen, welche Mach tatsächlich hinter dem pompösen Äußeren stecken konnte, wenn sie nur wollte. Der Anfall hielt jedoch nicht lange. Erschöpft ließ sich die schwarzhaarige Hexenmeisterin sich wieder in ihren Sessel zurück gleiten. Ihre dunkel geschminkten Augen ruhten eine Weile auf ihrer Schülerin, bis sie mit zurückgekehrtem Rauch in der Stimme zu sprechen begann.

„Mein alter Freund René Vseticka hat nach dir geschickt, Azure. Er ist auf der Suche nach einer neuen Schülerin und zieht dich dafür in Betracht."

„Aber ihr seid doch meine Meisterin", antwortet Azure verwirrt.

„Warum sollte ich zu diesem Vseticka gehen."

Berta war ganz offensichtlich nicht begeistert von diesem Einwand. Ungeduldig wedelte sie mit der Hand, sodass ihre zahlreichen Armreifen und Ringe ein klingelndes Glockenspiel bildeten.

„Zunächst einmal solltest du dich geehrt fühlen, dass so ein großer Meister wie René Vseticka es überhaupt für nötig hält, deinen Namen zu kennen.", wies sie Azure zurecht. „Darüber hinaus hast du in der Hauptstadt ganz andere Möglichkeiten dich ausbilden zu lassen. Ich will ehrlich sein, mit der Hexenmeisterei allein, wirst du nicht reich werden. Du musst einen Beruf erlernen, der dich ernähren kann. Oder meinst du vielleicht, ich füttere dich dein ganzes Leben lang durch."

Azure überhörte geflissentlich das hämische Kichern des Dämons und nickte gehorsam. Es war nicht ratsam, Berta zu verärgern, wenn sie in einer solchen Stimmung war. Die Beschwörung des Wichtels schien an ihren Kräften gezehrt zu haben. Außerdem erschien Azure die Möglichkeit, Perthshire zu verlassen, nicht unbedingt die schlechteste zu sein. Endlich mal raus auf diesem langweiligen Kaff, dessen größte Attraktion der wöchentliche Markt war und eine immense Aufregung darin bestand, die Wein- und Rübenernte im Herbst vor den im Wald umherstreifenden Räuberbanden zu beschützen. Allerdings gab es dabei noch ein Problem ... Missmutig schielte Azure zu ihrem ziegengehörnten Begleiter hinüber, der ihr prompt die Zunge herausstreckte. Na das konnte ja heiter werden.

Immer noch schlecht gelaunt schlurfte Azure den Weg bis in die schummrige Küche hinunter, um Mona mit dem Abendessen zu helfen. Berta hat ihr zu guter Letzt nämlich noch verkündet, dass sie gleich morgen früh aufbrechen würde, noch bevor der erste Hahn gekräht hatte. Bei allem Hang zur Dramatik fand Azure, dassmittags aufstehen durchaus ausreichend gewesen wäre. Mit der Aussicht auf eine kurze Nacht malträtierte sie solange das Gemüse, bis es Mona zu bunt wurde.

„Was ist denn los?", fragte sie ärgerlich und entriss Azure das Messer, bevor diese noch eine Kartoffel auf die Größe einer stattlichen Erbse zurechtgeschnitzt hatte.

„So schlechte Laune hattest du das letzte Mal, als dich Martin Stratford und seine beiden Freunde in den Entenweiher geworfen haben."

Azure erinnerte sich nur ungern an diesen Vorfall. Von allen Dorfbewohnern, die mit Argwohn zum Turm der Hexenmeisterin empor sahen, war er derjenige, der am wenigsten Angst vor Azures Künsten hatte. Schon immer war er ihr hinterhergelaufen und hatte sie als „Hexe!" und „rothaarige Schlange" beschimpft. Ihn würde unsere Heldin garantiert nicht vermissen.

„Ich soll nach Aberdeen", grummelte sie, nahm sich eine Karotte und biss herzhaft hinein.

„Aber das ist doch toll", antwortete Mona und nahm Azure die Möhre wieder weg, um sie für ihren Eintopf zusammen zu schneiden.

„Du wolltest doch immer hier weg. Schon als kleines Mädchen hast du gesagt, du wolltest mal in die Welt ziehen, und Abenteuer erleben."

„Ja schon", gab Azure gedehnt zurück.

„Aber das war, bevor ich dafür in aller Herrgottsfrühe aufstehen sollte."

Mona musste sich mit Mühe ein Lachen verkneifen. Früh Aufstehen war nun wirklich nicht Azures Stärke.

(Hausarbeit, nebenbei bemerkt, auch nicht.)

„Nun", antwortete sie mit einem Schmunzeln, „dann sollte ich dir jetzt schon einmal deine Sachen zusammenpacken. Du wirst derweil das Gemüse zu Ende putzen."

Eifrig begann Mona in Kisten und Kästen zu wühlen, während Azure der gesunden Vegetarierkost todbringende Blicke zuwarf.

„Na toll", seufzte sie.

„Dann beginnt mein großes Abenteuer also mit Kartoffelschälen."

Kapitel 2

Im Wald von Stirling

Gefallen im ersten Krieg gegen die übermächtigen Kräfte der Horde.

Wieder aufgebaut nach dem Ende des zweiten großen Krieges.

Geführt von dem fünfjährigen Kindkönig Anduin Wrynn.

Letzte Bastion der stolzen Rasse der Menschen.

Wie ein blank poliertes Juwel lag die Hauptstadt der südlichen Königreiche von Südschottland mitten in den fruchtbaren, grünen Wäldern des Stirling Forrest.

Das alles jedoch war Azure in jenem Moment herzlich egal. Diese Haltung war vielleicht nicht besonders edel, aber dennoch durchaus verständlich, wenn man gerade - lediglich mit der Absicht ein dringliches Bedürfnis nur ein kleines Stückchen abseits des normalen Weges zu verrichten - über einen räudigen Waldwolf gestolpert war. Der Wolf, nicht eben erfreut über diese Störung, hatte sich jedoch schnell wieder seiner raubtierhaften Natur besonnen und schien Azure im Gegenzug zu dessen Mittagessen erkoren, zu haben. Abermals schnappte das Tier bedrohlich nach ihr, während sie mit ihrem geradezu lächerlich wirkenden Dolch versuchte, ihn auf Abstand zu halten.

„Verzieh dich!", schrie Azure den Wolf an.

„Na los! Lass mich in Ruhe! Stevie!"

Ihr dämonischer Diener schien auf beiden riesigen Ohren stocktaub zu sein. Wieder wagte der Wolf einen Ausfall und stieß sich mit den Hinterbeinen kräftig ab, sodass seine Vorderpfoten gegen Azures Brust prallten und sie zu Boden rissen. Mit der Macht der puren Verzweiflung stieß die junge Hexenmeisterin blindlings mit ihren Dolch zu. Der Wolf gab ein seltsam dünn wirkendes Jaulen von sich und brach tot über Azures Körper zusammen. Offensichtlich hatte sie dessen Kehlkopf oder eine andere empfindliche Stelle an seinem Hals erwischt. Schnaufend und ächzend kroch sie unter dem toten Tier hervor und strich sich die Haare aus dem Gesicht. Da war ein gutes Stück Arbeit gewesen. Jetzt, da der Wolf tot war, sah er im Grunde nicht mehr sehr bedrohlich aus. Wenn Azure ehrlich war, war er eigentlich noch nicht einmal besonders kräftig.

„Aber es reicht für ein paar Handschuhe", brummte sie und machte sich im umliegenden Wald auf die Suche nach ihrem Rucksack.

Irgendwo da drin war ein Kürschnermesser und das brauchte sie nun mal, wenn sie den Wolf häuten wollte. Sie fand die Umhängetasche und ihren nutzlosen Wichteldiener am Straßenrand wieder.

„Na", grinste Stevie, „war's schön?"

„Ach, halt dein vorlautes Maul!", fauchte Azure.

„Sag mir lieber, warum du mir nicht geholfen hast! Und überhaupt wirst du mich mit ‚Herrin' oder ‚Meisterin' anreden."

„Aber du, Verzeihung, ihr habt doch gesagt, ich soll hier warten und wenn ich Euch nachkommen würde, würdest Ihr aus mir ein Futteral für Euren Zauberstab machen."

Der Dämon grinste scheinheilig.

„So in etwa waren doch eure Worte, oder?"

„Klugscheißer!", war alles, was Azure dazu einfiel.

„Dann komm jetzt, ich will den Wolf abziehen. Vielleicht kann ich das Fleisch später auch verkaufen, oder braten."

„Solange ich es nicht essen muss ...", stichelte Stevie weiter, erhob sich aber gehorsam und trottete hinter Azure her zu der Stelle, wo der verendete Wolf lag.

Dort angekommen, erwartete die beiden eine Überraschung.

„Hey!", rief Azure ärgerlich.

„Das ist mein Wolf. Den hab ich selber getötet. Pfoten weg!"

Der junge Mann, der da neben dem toten Tier im Gras kniete, schien sich hingegen nicht im Geringsten an ihrem Geschrei zu stören. Seelenruhig zog er dem Wolf im wahrsten Sinne des Wortes das Fell über die Ohren und wandte sich zum Gehen. Schnell sprintete Azure an ihm vorbei und stellte sich ihm in den Weg. Zornesfunkelnd streckte sie die Hand aus.

„Das Fell!", sagte sie barsch. „Es gehört mir. Gib es zurück!"

Der Mann zog eine seiner blonden Augenbrauen nach oben, grunzte spöttisch und ging dann wortlos um Azure herum.

„Hast du das gesehen?", raunte sie Stevie zu.

„Der beklaut mich und dann ignoriert er mich einfach, eine bodenlose Frechheit."

„Liegt vielleicht daran, dass Ihr von oben bis unten mit Wolfsblut vollgeschmiert seid", überlegte Stevie laut.

„Oder daran dass er ein Schwert und Ihr nur ein Kürschner-Messer in der Hand habt."

„Ha, das könnte dem so passen", schäumte Azure.

„Dem zeige ich, dass man sich besser nicht mit einer Hexenmeisterin anlegen sollte. Ich will dieses Fell."

Schnurstracks folgte sie der Fährte des blonden Hünen, um sich ihre Beute zurückzuholen.

„Als wenn es nicht noch mehr Wölfe geben würde", seufzte Stevie und tappte seiner Herrin ge
langweilt hinterher.

Über eine halbe Stunde verfolgten sie den Kerl durch den Wald. Das Einzige, was sie dabei jedoch herausfanden, war, dass sein Name ‚Vincent Barr' war und dass er außer diesen zwei Worten der menschlichen Sprache nicht besonders zugetan war. Weder Drohungen und Verwünschungen noch Betteln und Bitten zeigten irgendeinen Erfolg und irgendwann ließ Azure sich erschöpft ins Gras sinken.

„Ich mag nicht mehr", maulte sie.

„Ich habe Hunger und Durst und außerdem keine Ahnung, wo wir sind."

„Ach! Und wessen dumme Idee war es denn, hinter diesem Kerl herzustiefeln", stänkerte Stevie.

„Meine jedenfalls nicht."

Azure schickte ihm einen bösen Blick.

„Konstruktive Vorschläge?"

„Wie wär's mit nach Aberdeen gehen?", schlug Stevie vor.

„Da wollten wir schließlich ursprünglich mal hin."

„Sehr witzig", gab Azure zurück.

„Wo bitteschön ist Aberdeen?"

„Woher soll ich das wissen?", antwortete der Dämon.

„Ich habe nicht die Landkarte zugunsten eines zusätzlichen Kleides aus dem Rucksack geschmissen."

„Das ist kein Kleid, sondern meine höchst kleidsame, purpurrote Akolytenrobe", wies Azure ihren Wichtel zurecht.

„Die brauche ich während meiner Ausbildung und außerdem sind doch sonst immer überall Wegweiser."

„Mitten im Wald?" Stevie zog die borstigen Augenbrauen nach oben.

„Also schön, ich gebe es auf", murmelte Azure und stellte sich wieder auf die Füße.

Daraufhin drehte sie sich dreimal um sich selber. Als sie erneut stehen blieb, streckte sie aufs Geratewohl den rechten Arm aus.

„Da geht's lang!", verkündete sie grimmig und marschierte in die angegeben Richtung davon.

„Okay!", ächzte Stevie.

„Da geht's lang, fragt sich nur, wohin?"

Eine ganze Weile irrten die beiden Abenteurer noch durch den Wald, bis Azure so abrupt stehen blieb, dass Stevie, dessen spitze Nase fast auf dem Erdboden schleifte, fast in sie hineingerannt wäre.

„Wie bitte?", begann er.

„Psst", zischte Azure leise.

„Da ist etwas."

„Noch ein Wolf?", flüsterte Stevie hoffnungsvoll, aber dann hörte er das Geräusch ebenfalls.

Das konnte unmöglich einer sein, es sei denn, ein Wolf wäre neuerdings in der Lage, Wanderlieder zu singen, denn um genau so etwas musste es sich bei dem Gehörten handeln. Verstehen konnte man es zwar nicht, aber eine solche Melodie war einfach unverkennbar. Der Rhythmus zwang einen geradezu dazu, fröhlich voranzuschreiten, und der begleitende Gesang diente vortrefflich dazu, sämtliche

Waldbewohner in Hörweite in die Flucht zu schlagen.

Stumm deutete Azure dem Wichtel, ihr zu folgen. Die beiden krochen durch das Unterholz, bis es sich schließlich zu einer kleinen Lichtung ausdünnte. Der Ursprung des Gesangs bewegte sich langsam aber kontinuierlich aus der entgegengesetzten Richtung auf sie zu, sodass es nur noch eine Frage der Zeit sein konnte, bis sie ihn sahen.

„Friedensblume", röhrte der Sänger mit einem Mal und stürmte bis ausladenden Schritten auf die Waldlichtung.

Bei seinem Anblick hätte Azure beinahe laut losgelacht. Mitten auf der Wiese stand ein Mann mittleren Alters. Dessen wettergegerbte Haut zeigte einen tiefbraunen Farbton, die schon etwas angegrauten Haare fielen ihm bis auf die Schultern herab und auf dem Rücken trug er einen langen Kampfstecken. Seine Robe jedoch erstrahlte in einem derartig giftigen Grün, dass Azure im hellen Sonnenlicht angestrengt blinzeln musste, um überhaupt die violetten Absäumungen daran erkennen zu können. Noch dazu freute sich der Mann offensichtlich geradezu diebisch über eine Blume, die blau und unschuldig genau vor seinen Füßen wuchs. Vorsichtig pflückte er sie, hielt sie gegen das Licht und nickte ernsthaft.

„Ja, Gary hat die Friedensblume erwischt", verkündete er stolz.

Daraufhin verstaute er die Pflanze vorsichtig in einer kleinen Tasche und sah sich suchend um. Hastig duckte Azure sich wieder in das schützende Dickicht.

„Was ist denn das?", raunte sie Stevie zu.

„Der Typ ist ja total hohl, er zieht hier singend im Wald umher und sammelt Blümchen. Warum nur?"

Stevie grinste so breit es sein Gesicht erlaubte.

„Nun, dafür, dass ein Mann, der solch bunte Kleidung trägt, so verzückt Blumen sammelt, gibt es eigentlich nur eine mögliche Erklärung."

„Und welche?", fragte Azure ungeduldig.

„Nun ...", zögerte Stevie erneut.

„Ich weiß ja nicht, inwieweit Berta euch aufgeklärt hat, aber ..."

Er schwieg und ließ Azure ihre eigenen Schlüsse ziehen. Einige Minuten lang hörte man förmlich die Münzen durch ihr Gehirn rollen, dann schüttelte sie entsetzte den Kopf.

„Das kann nicht dein Ernst sein."

„Na sicher", proklamierte Stevie bedeutungsvoll.

„Er ist ein Magier und hier auf Kräutersuche."

„Was?"

Erschrocken schlug Azure sich die Hand vor den Mund, doch der inzwischen wieder fröhlich mit dem Kräutersammeln beschäftigte Magier hatte sie offensichtlich nicht gehört. Wütend starrte sie Stevie an, der ein Gesicht machte, als trübe er kein Wässerchen und krümme kein Härchen. Was konnte er denn dafür, wenn seine ach-so-schlaue Herrin falsche Schlüsse zog?

„Egal was oder wer er ist, ich glaube nicht, dass ich nähere Bekanntschaft mit ihm schließen möchte", zischelte Azure ungehalten und robbte langsam über den Waldboden zurück.

Es erklang mit einem Mal ein markerschütterndes Gebrüll aus der Richtung des Magiers. Dem Klang nach zu urteilen handelte es sich um ein ziemlich ausgewachsenes Exemplar der Gattung Bär.

Alarmiert sprang Azure auf und in ihrer Brust rangen zwei Stimmen innig miteinander. Die eine bestand darauf, sofort möglichst viel Abstand zwischen sich und den Bären zu bringen, und den vermaledeiten Magier mitsamt seinen Blümchen zum Teufel zu wünschen. Es sei absoluter Wahnsinn, sich mit einem Tier dieser Größe alleine anzulegen, kreischte sie förmlich. Die andere hingegen war der Meinung, dass ein Bär sicherlich ein Paar ordentliche Handschuhe ergeben würde. Und vielleicht auch noch ein Paar neue Schuhe.

Beide Stimmen verstummten schlagartig, als Azure beobachtete, was auf der Lichtung vor sich ging. Der Magier war nämlich nicht etwa, wie sie vermutet hatte, in heller Panik auf der Flucht, sondern hatte kampfbereit die Beine gespreizt und brüllte fast genauso laut wie der Bär:

„Du wollen mich angreifen? Ich dir zeigen, dass du haben keine Chance gegen Gary."

Er begann einen Zauber zu wirken. Wie aus dem Nichts erschienen Flammenbälle in seinen Händen, die er dem Untier entgegenschleuderte. Jenen Geschossen folgte ein eisiger Windstoß, der Eiszapfen an der Nase des Bären erscheinen ließ. Schlussendlich brachten mehrere hellviolette Lichtblitze das kräftige Tier endgültig zu Fall. Die Bestie war tot, noch bevor dessen massiger Körper auf dem Boden aufschlug.

Mit offenem Mund starrte Azure den Mann an, der noch einmal mit dem Fuß gegen den Tierkadaver stieß, zufrieden brummte und dann seine Sachen wieder vom Boden aufsammelte. Fröhlich pfeifend setzte er den Weg vor, als wäre nichts passiert, und stürzte sich mit einem inbrünstigen „Silberblatt!" hinter den nahegelegenen Busch.

„Hast du das gesehen?", fragte Azure nach einer Weile.

„Ja, klar, ich bin ja nicht blind", antwortete Stevie.

„Ganz nett, was? Die arkanen Geschosse am Schluss waren wirklich nicht von schlechten Eltern."

„Ach was", fauchte Azure,
„Das meine ich nicht. Aber der hat lauter Löcher in den Pelz des Bären gemacht. So kann ich da doch keine Handschuhe daraus machen. Also ehrlich."

Augen rollend und sich ebenso wie Azures Lehrmeisterin die Stirn massierend, folgte Stevie seiner Herrin daraufhin weiter durch den Wald. Die Sonne stand bereits hoch am Himmel, als sie schließlich in der Ferne eine kleine Festung entdeckten, über dessen Spitze das strahlend blaue Banner Aberdeens sanft im Wind flatterte.

„Endlich!", schnaufte Azure und wischte sich über die Stirn. Eigentlich handelte es sich dabei weniger um Schweiß, als vielmehr um Wasser, das aus ihren Haaren lief, seit sie vor rund einer halben Stunde eine Böschung hinabgefallen und in einem Fluss gelandet war. Wenigstens war mit diesem unfreiwilligen Bad auch ein Großteil des Wolfsblutes verschwunden, das bis dato noch ein gefundenes Fressen für sämtliche Fliegen des Stirling-Waldes dargestellt hatte. Eine deutliche Verbesserung, wie sie befriedigt festgestellt hatte. Trotzdem wäre es nett gewesen, nun endlich aus den klatschnassen Klamotten herauszukommen, und so beschleunigte sie ihre Schritte noch einmal, bis sie bei dem Turm angelangt waren.

„Also irgendwie habe ich mir Aberdeen ja größer vorgestellt", murmelte sie.

„Naja, man kann nicht alles haben. Hey da!"

Die angesprochene Wache drehte sich zum Azure um und musterte die junge Frau missbilligend. In der schimmernden Silberrüstung steckte, wie man jetzt sehen konnte, ein feister Mann mit Schnauzbart, dem an seinem sonnigen Wachplatz wohl ziemlich warm zu sein schien. Sein rötliches Gesicht glänzte feucht, währenddessen Augen sich an Azures nasser Bluse festzusaugen schienen.

„Nur nicht einschüchtern lassen", dachte Azure und schob trotzig ihr Kinn vor.

„Ich suche René Vseticka", sagte sie rasch.

„Ein mächtiger Hexenmeister, ihr habt sicherlich schon von ihm gehört."

Die Wache runzelte die Stirn und fasste ihr Schwert ein wenig fester.

„Nein, hab ich nicht, aber wenn er hier auftaucht, kann er sich auf etwas gefasst machen. Wir von der Blackbrook-Garnison mögen Hexenmeister nämlich überhaupt nicht. Wenn einer von ihnen oder einer ihrer schändlichen Höllendiener auch nur ihre Nasenspitze sehen lassen, dann werden wir sie daran an der höchsten Spitze des Turmes aufhängen."

Mit dieser Reaktion hatte Azure nicht gerechnet. Hektisch versuchte sie, Stevie hinter ihrem Rücken Zeichen zu geben. Wenn man sie mit einem Dämon an ihrer Seite erwischte, konnte sie nach ihrer Frage eher nicht damit rechnen, nicht mit ihm in Verbindung gebracht zu werden. Als sie sich rasch umschaute, war der Wichtel verschwunden und Azure hätte einiges dafür gegeben, mit ihm tauschen zu können, doch es half nichts, hier musste sie jetzt durch. Sie setzte ein gewinnendes Lächeln auf und versuchte möglichst überzeugend die Figur eines Mädchens Typ ‚scheues Reh' abzugeben.

„Ah, das ist gut, dass mich hier so brave, königstreue Männer beschützen", strahlt sie den Wachposten an, der sie mehr als misstrauisch ansah. „Dann könnt Ihr mir sicherlich verraten, wo eine sittsame, junge Magd wie ich, eine Bleibe in Aberdeen finden kann."

Die Wache blinzelte etwas verblüfft und fing im nächsten Moment schallend an zu lachen. Während der Mann sich die Tränen aus den Augen wischte, kam ein zweiter Wachmann dazu. Dieser war etwas größer als sein Kollege, hatte keinen Schnauzbart, dafür aber buschige, schwarze Augenbrauen.

„Was ist den hier los?", knurrte er den ersten Soldaten an.

„Die Kleine will nach Aberdeen", feixte der und stieß den anderen in die Seite.

„Erklärst du ihr, dass sie hier völlig falsch ist, oder soll ich das machen?"

Der Soldat mit den Augenbrauen grinste nun ebenfalls.

„Oh ja, da hat sie noch einen ganz schönen Fußmarsch vor sich."

Noch bevor Azure auf diese Eröffnung reagieren konnte, bellte plötzlich eine barsche Stimme über den Hofplatz vor dem Turm:

„Mulbrow! Ashford! Auf Eure Plätze! Mittagspause ist vorbei. Wenn die Trolle uns wieder das Vorratslager ausräumen, ziehe ich Euch das von Eurem Sold ab."

Die beiden Wachen schraken zusammen und nahmen augenblicklich Haltung an. Hinter ihnen marschierte ein Mann, auf dessen Brust ebenfalls das Wappen Aberdeens prangte, mit zügigen Schritten über den Platz. Er zeigte die Gestalt eines Kriegers, der in jüngeren Jahren einmal ein starker Kämpfer gewesen war, die Kraft der Jugend jedoch inzwischen mit einigen Narben und jeder Menge Erfahrung vertauscht hatte. Offensichtlich bekleidete er ein höheres Amt als die beiden anderen, denn sein Schwert war deutlich prächtiger verziert, an seinem Rücken bauschte sich ein Umhang, ebenfalls mit dem Wappen des Königs, und auf dem Helm saß ein blauer Federbusch. Er taxierte Azure und schien ihre Einordnung irgendwo bei ‚merkwürdig' bis ‚harmlos' vorzunehmen.

„Wer seid ihr?", fragte er in einem wachsamen, aber nicht unfreundlichen Ton.

„Meine Name ist Azure", antwortete jene automatisch.

„Eigentlich bin ich auf dem Weg nach Aberdeen."

„So, so, Aberdeen", wiederholte der Mann.

„Nun, da seid ihr hier falsch, junges Fräulein, wenngleich es auch wünschenswert wäre, wenn unser Verbindungen zur Hauptstadt etwas besser wären, aber unser Los kümmert die hohen

Herren ja nicht besonders. Wir plagen uns Tag aus, Tag ein mit dem Isle-Gesindel aus Oban und den Trollen aus den umliegenden Wäldern herum, da sollte man doch meinen, dass Aberdeen uns etwas Unterstützung zukommen lässt."

Noch während der Vorgesetzte der Wachmänner sich über die mangelnden Unterstützung seiner Truppen beklagte, war auf der Straße Hufgetrappel zu hören und kurze Zeit später ritten zwei Männer auf prächtigen, gepanzerten Streitrössern auf den Hofplatz. Die Pferde schnaubten und scharrten tatendurstig mit den Hufen. Sie bildeten das perfekte Abbild ihrer beiden, jungen Reiter, die nun absaßen und mit forschen Schritten auf den Mann neben Azure zuschritten.

„Deputy Marc?", blaffte der größere von den beiden und gönnte der Heldin und allen anderen Anwesenden ganz nebenbei einen Blick auf seine, perlweißen, makellosen Zähne.

„Ja", antwortete der Angesprochenen, „der bin ich. Was wollt ihr, Paladin?"

Der ließ sich von seinem Begleiter eine Schriftrolle geben und gab diese an Deputy Marc weiter.

„Ich bringe Befehle aus Aberdeen", erklärte er.

„Dem König ist zu Ohren gekommen, dass es mit der Troll-Plage immer schlimmer wird und hat beschlossen auf das größte dieser Untiere eine hohe Belohnung auszusetzen. Hier ist der Aushang, durch den er der Bevölkerung seinen Willen mitteilen will."

Stirnrunzelnd nahm Deputy Marc das Pergament entgegen, brach das königliche Sigel und begann, halblaut vorzulesen:

„Gesucht wird Phil! Ein riesenhafter Troll mit diesem Namen wurde mehrfach in den südwestlichen Wäldern Stirlings gesichtet. Bis jetzt hat er sich jeglichen Versuchen, seiner habhaft zu werden, widersetzt. Die Armee Aberdeens hat nun ein Kopfgeld auf die Ergreifung des Untieres ausgesetzt. Jeder, der die Pfote des Trolls als Beweis für seinen Tod zu Marschall Dennis nach Edinburgh bringt, soll eine fürstliche Belohnung erhalten."

Der Deputy ließ das Pergament wieder sinken und starrte die beiden jungen Paladine an.

„Ich frage mich", grollte er leise, „warum Aberdeen uns nicht einfach etwas mehr Verstärkung schickt, damit wir diesen Troll selber beseitigen können oder warum nicht einer von euch Herren, sich die Hände schmutzig machen will, bei dem Versuch in den Wald zu reiten und diesen Troll irgendwo zu finden."

„Wir sind nicht hier, um Eure Unfähigkeit auszugleichen", wiegelte der Paladin jene Bemerkung ab, „sondern überbringen lediglich die Befehle seiner Majestät, für ein solches Unternehmen fehlt uns die Zeit. Die Bevölkerung wird froh sein, sich für die Sache des Königs einsetzen zu können, wenngleich auch viele sicherlich nur die Belohnung und nicht das edle Ziel im Auge haben werden."

Bei den letzten Worten war sein Blick unmerklich zu Azure geglitten, die gleich als sie hörte, dass es sich bei den Angekommenen um einen Paladin handelte, nach einem Fluchtweg umgesehen hatte. Paladine, die unermüdlichen Verteidiger der Allianz gegen die Truppen der

Horde, waren erbitterte Streiter im Namen des Ordens des Heiligen Lichts. Sie hassten im besonderen Maße alles, was mit Untoten zu tun hatte oder eben mit Dämonen, insofern konnte Azure nur hoffen, dass Stevie nicht nur hinter den nächsten Baum, sondern gleich ein ganzes Stück weiter weggelaufen war. Diesen eingebildeten Laffen mit ihren tollen Pferden und ihrer goldschimmernden Rüstung traute sie nicht einen Meter über den Weg.

Da sich der Paladin jetzt jedoch wieder dem grollenden Deputy zuwandte, ergriff Azure flugs die Gelegenheit, sich unbemerkt aus dem Staub zu machen. Möglichst unauffällig trat sie ein paar Schritte rückwärts und schob sich dann an der Mauer der kleinen Festung entlang zu deren Rückseite. Dort drehte sie sich dann um und schoss blindlings in den Wald hinein. Erstmal weg von hier. Um ganz sicher zu gehen, umrundete sie die Festung in einem großen Bogen, überquerte die Straße und schlug sich auf der gegenüberliegenden Seite neben einem weiteren, frei stehenden Wachturm in die Büsche. So marschierte sie einige Zeit querfeldein, bis sie sich sicher war, dass sie sich auch wirklich außer Hörweite des Turms befand, und rief nach Stevie. Sogleich erschien ihr Wichteldiener wieder auf der Bildfläche.

„Das war knapp", maulte er.

„Habt ihr denn diese Kerle nicht kommen hören? Da macht man Zeichen und reißt sich fast ein Bein aus, aber nein, Frau Hexenmeisterin weiß es ja wieder besser und bleibt gemütlich stehen, um noch schnell ein Schwätzchen zu halten."

„Natürlich hab ich sie gehört", murrte Azure verschnupft.

„Aber wer kann denn ahnen, dass das ausgerechnet Paladine sind. Außerdem hätte das doch wohl noch verdächtiger ausgesehen, wenn ich bei ihren Anblick gleich Reißaus genommen hätte. Sag mir lieber, wo wir jetzt lang müssen."

„Woher soll ich das wissen?", gab Stevie patzig zurück.

„Wenn ihr schon mit den Wachen plauschen musstet, hättet ihr sie ja wenigsten gleich mal nach dem Weg fragen können."

Azure zog es vor, darauf einfach nicht zu antworten. Denn dummerweise hätte sie dann zugeben müssen, dass Stevie recht hatte und das schmeckte ihr gar nicht. Also wanderte sie schnurstracks drauf los, immer in der Hoffnung, doch wieder auf den Weg und somit auf einem Wegweiser zu stoßen.

Einige Zeit später ließ sie sich erschöpft ins Gras fallen.

„Mittagspause", erklärte sie entschieden und begann, in ihrem Rucksack nach ihrem Proviant zu wühlen.

„Wohl eher Kaffeestunde", bemerkte Stevie und beäugte spöttisch Azures mageres Picknick.

„Sag mal", mampfte jene zwischen zwei Bissen schon etwas zähen Brotes, „was sind eigentlich Trolle?"

Stevie überlegte einen Moment.

„Trolle sind mittelgroße, haarige Biester, die unglaublich hässlich sind und denen man am

Besten nicht begegnet und außerdem stinken sie."

„Also so was wie du in groß", schloss Azure triumphierend.

„Nein, anders, was soll das überhaupt heißen?"

Azure grinste in sich hinein und legte sich träge auf den Rücken. Um sie herum war alles so herrlich friedlich, die Bienen summten, die Sonne schimmerte zwischen den Bäumen hindurch und Stevie ärgerte sich. Das Leben schien doch gar nicht so schlecht zu sein. Entschlossen liegen zu bleiben, bis ihre Kleider völlig getrocknet waren, schloss sie die Augen und dämmerte langsam aber sicher in einen leichten Halbschlaf hinüber. Sie träumte, sie selbst besäße ein eigenes Pferd, jedoch nicht so ein Schlachtross, wie es die Paladine gehabt hatten. Nein, ihres sei schlank und wahrhaft feurig und aus dessen Nüstern sollten Flammen emporschlagen, die Hufe brennen. Bei dem Gedanken lächelte Azure im Schlaf, doch wie es nun einmal bei allem Träumen der Fall ist, so war auch hier das Erwachen weniger angenehm. Ärgerlich versuchte sie, ihren Traum festzuhalten, aber eindringlich geflüsterte Worte vertrieben auch die letzten Gedanken an ihr wunderbares Ross.

„Was?", wollte sie schon auffahren, als Stevie ihr energisch Zeichen machte, still zu sein.

Er deutete leicht hektisch auf das Gebüsch hinter Azure und sie lauschte mit angehaltenem Atem. In der Luft lag ein Schnüffeln und Schnaufen. Zänkisches Knurren und kläffend klingende Befehle erklangen hinter der schützenden Blattmauer.

„Sucht!"

„Findet den Mensch!"

„Fleisch!"

„Mehr Knochen zum Nagen."

Azure rutschte sprichwörtlich das Herz in die Hose. Mit absoluter Sicherheit wusste sie jetzt, dass sie nicht wissen wollte, was Trolle waren. Das Einzige, was sie nun interessierte, war ein schneller, diskreter Weg um von hier zu verschwinden. Hilfesuchend sah sie Stevie an, der zuckte die mageren Schultern und schien ebenfalls keine Lösung parat zu haben.

Möglichst, ohne ein auffälliges Geräusch zu verursachen, griff Azure nach ihrem Rucksack und fing an, langsam auf allem Vieren in die entgegengesetzte Richtung der Laute zu kriechen. Noch schien niemand ihre Anwesenheit bemerkt zu haben.

Ein Ast brach mit einem schier ohrenbetäubenden Krachen unter ihrem rechten Knie entzwei. Azure gefror in ihrer Bewegung und lauschte angestrengt, ob das Geräusch irgendeine Änderung in der Suchrichtung der Trolle verursacht hatte. Die schienen sich allerdings immer weiter von ihr zu entfernen, sodass sie es schließlich wagte, ihren Weg fortzusetzen. Als das Gejaule der Trolle nur noch mit einem Bruchteil seiner anfänglichen Lautstärke zu hören war, richtete sie sich schließlich auf und schnaufte vernehmlich.

„Puh, das war knapp. Ich dachte schon, jetzt ist es aus mit mir."

„Mit uns", erinnerte Stevie sie.

„Wir sollten vielleicht besser von hier verschwinden. Trolle tauchen immer in Rudeln auf."

„Ja, und das ist gerade dahinten verschwunden", konterte Azure.
„Aber du hast Recht, gehen wir."

Sie schulterte ihre Tasche, drehte sich um ... und stand vor dem größten Troll, den sie je gesehen hatte - wenn man mal davon absah, dass sie überhaupt noch nie so ein Wesen erblickte.

Das Untier war wirklich riesig, es überragte Azure um mehr als Haupteslänge und in gewisser Weise ähnelte es einem auf zwei Beinen laufenden Hund, mit geflecktem Fell, den man in eine Art Rüstung gequetscht hatte. Unterstrichen wurde dieser Eindruck durch das gewaltige Stachelhalsband, das sich in den muskulösen, leicht nach vorne gebeugten Hals schnürte. Seine blutunterlaufenen Augen funkelten Azure bösartig an und von den riesigen Zähnen tropfte der Geifer.

Phil - denn um niemand sonst konnte es sich bei dieser scheußlichen Kreatur handeln - stieß ein gutturales, knurrendes Geräusch aus, das man bei einem Menschen wohl ein Kichern genannt hätte.

„Phil dich töten, Mensch. Viel Fleisch."

Azure war wie gelähmt vor Schreck. Sie starrte unermüdlich auf die riesigen Hauer und fragte sich in einem anscheinend völlig unbeteiligten Teil ihre Gehirns, warum ein Wesen, das solche Zähne hatte, eigentlich noch eine Rüstung und obendrein auch noch ein Beil mit sich herumtrug. Mit dem man hätte man mühelos ein fünfjähriges Kind in zwei Hälften teilen können. Nun, vermutlich zu eben diesem Zweck, schoss es ihr durch den Kopf.

„Liebes Hundchen", stammelte sie.

„Braver Hund! Mach ‚Sitz'! Na komm, dann bekommst du auch eine schöne Belohnung."

Unterdessen war ihre Hand wie von selbst in ihren Rucksack geschlüpft und hielt dem riesenhaften Troll nun zitternd einen glänzenden, roten Apfel entgegen. Die schwarze Nase des Untieres zuckte kurz in Richtung der Frucht, bevor einer der riesigen Pranken Azure jenen mit voller Wucht aus der Hand schlug. Der Apfel prallte mit einem dumpfen Klatschen gegen einen nahe gelegenen Baum und zerbarst zur einer Fontäne aus Apfelmus, das klebrig von dessen Stamm hinab tropfte.

„Du magst keine Äpfel, hab ich Recht?", versuchte Azure noch einmal die Aufmerksamkeit des Trolls von seinem Magen auf die Ohren zu lenken.

Lediglich ein kehliges Knurren antwortete ihr. Zu allem Unglück war sie auch noch soweit zurückgewichen, dass sie jetzt den rauen Stamm eines weiteren Baumes im Rücken hatte und bei einem Fluchtversuche unvermeidbar dagegen gelaufen wäre. Schon spürte sie den heißen, stinkenden Atem der Kreatur an ihrem Gesicht. Ihre Hand glitt zu ihrem Dolch. Sie würde sich nicht ohne Kampf ergeben. Phil sollte seine Abendessen auf jeden Fall nicht allzu billig bekommen, schwor sie sich noch, als plötzlich eine wohlbekannte, meckernde Stimme hinter dem Troll erklang.

„He, du da! Ja du! Der Hässliche mit den großen Ohren. Lass gefälligst meine Herrin in Frieden."

Es zischte und knallte und roch statt nach verfaultem Fleisch mit einem Mal nach angesengtem Hundehaar. Phil wirbelte herum und stürzte sich mit einem lauten Aufheulen auf Stevie. Der formte noch einen letzten Feuerball, den er dem Untier direkt in die hässliche Fratze warf, und verschwand dann blitzartig zwischen den Bäumen. Dabei veranstaltete er einen derartigen Wirbel, dass damit anscheinend Phils Beutetrieb geweckt wurde und er, ohne noch einen weiteren Gedanken an Azure zu verschwenden, dem Wichtel nachsetzte.

Ungläubig starrte die Heldin dm ungleichen Paar hinterher, bis ihr schlagartig bewusst wurde, dass Stevie nicht die geringste Chance gegen den Troll hatte. Sicherlich, diese Mini-Feuerbälle gerade waren ganz nett gewesen, um Phil ein bisschen den Hintern anzukokeln, doch sie würden beileibe nicht ausreichen, um ihn umzubringen. So schnell sie konnte, setzte sie den beiden nach.

Immer wieder musste sie haarscharf plötzlich in den Weg springenden Bäumen ausweichen und mehr als einmal wäre sie dabei beinahe zu Boden gestürzt. Aber irgendwie schafft sie es immer wieder, das Straucheln in ein leidliches Gleichgewicht zu verwandeln und den wutschnaubenden Troll nicht aus den Augen zu verlieren.

Als sich das Unterholz zu lichten begann, dachte Azure zunächst, dass sich ihre Lage damit verbessern würde und sie endlich die Möglichkeit bekam, ihre magischen Fähigkeiten einzusetzen, um das Untier so weit im Schach zu halten, dass sie und ihr Diener fliehen konnten. Doch als sie schließlich auf dem freien Platz am Rande des Waldes hinauslief, fiel ihr lediglich das berühmte Sprichwort ‚Vom Regen in die Traufe kommen' ein. Auf der Wiese lagerten rund zwei Dutzend Trolle und jeder von ihnen starrte Azure mit dem gleichen mordlustigen Ausdruck in der hinterhältigen Hundeschnauze entgegen.

Auch Stevie schien seinen Irrtum bemerkt zu haben und rief in den höchsten Tönen kreischend:

„Lasst mich frei! Mir langt es! Ich kündige!"

Azure wirbelte auf dem Absatz herum und wollte schon wieder auf den Wald zulaufen, als sie auf dem Boden etwas Grauenhaftes entdeckte. Dort lagen im Gras menschliche Knochen, teilweise in der Mitte durchgebissen, das Mark herausgesaugt und dann achtlos beiseite geworfen. Auf den ersten Blick hätte man vielleicht nicht einmal erkennen können, dass die Knochen von einem Menschen stammten, wenn nicht der abgetrennte Kopf ihres Besitzers noch daneben gelegen hätte. Es war der junge Mann, den Azure am Vormittag im Wald getroffen hatte und der sich so uncharmant an ihrem toten Wolf vergriffen hatte. Wenngleich sie diesem Vincent Barr noch vor ein paar Stunden die Pest an den Hals gewünscht hatte, so war sie doch jetzt nicht weniger erschüttert durch seinen Tod, als über den jedes anderen; zeigte es ihr doch, was ihr selbst offensichtlich für ein Schicksal bevorstand.

Azures Gedanken jagten durch ihren Kopf und versuchten verzweifelt einen Ausweg zu finden, solange dieser noch auf ihrem Hals saß. Ihr Blick wanderte ziellos über die bedrohliche Masse an sich langsam auf sie zu bewegender Hundemonster und blieb schließlich an dem abgetrennten Kopf hängen. Die toten Augen starrten sie an, als wollte sie ihr etwas mitteilen und plötzlich hatte sie eine Idee. Sie dachte nicht lange darüber nach, wie eklig sie diese jetzt fand, denn innerhalb weniger Sekunden würde sie wahrscheinlich nie wieder etwas so grauenhaft finden. Kurzerhand griff sie in den blonden, blutüberströmten Haarschopf, hob den Kopf hoch und schwenkte ihn vor den gierig schnüffelnden Nasen der Trolle hin und her.

„Hierher, braves Hundchen, hol's dir"

Mit den letzten Worten hatte sie den Kopf soweit, sie konnte in die Mitte der Wiese geworfen und wie sie gehofft hatte, stürzten sämtliche Trolle einem ungeschriebenem Gesetz gehorchend der fliegenden Beute nach. Azure hingegen nahm die Beine in die Hand und stürmte mit gerafftem Rock dem Wald entgegen in der unsinnigen Hoffnung, dieser Bande blutdurstiger Monster dort irgendwie entgehen zu können. Schon hörte sie hinter sich den hechelnden Atem ihrer Verfolger. Ihr Bellen und Knurren kam von überall zugleich und eigentlich schien es bereits besiegelte Sache zu sein, wo Azure ihren heutigen Abend verbrachte: im Magen eines Trolls.

Wie von Sinnen hetzte jene durch den Wald, ignorierte stoisch ihr Seitenstechen und das VJohnnygen ihrer Lunge, mehr als ein paar Minuten auszuruhen, als sie vor sich ein vertrautes Rauschen vernahm. Vor ihr lag der Fluss und damit vielleicht eine Chance, der gefräßigen Trollbande zu entkommen. Mit letzter Kraft setzte Azure noch einmal zu einem Spurt an, als sie mit einem Mal den Boden unter den Füßen verlor und kopfüber in den Fluss stürzte. Kaltes Wasser schlug über ihrem Kopf zusammen und presste auch noch den letzten Rest der vorhandenen Luft aus ihren Lungen. Kurz bevor sie ihr Bewusstsein verlor, murmelte sie die entscheidende Formel, die ihr das Atmen unter Wasser mit Hilfe von Dämonenatem erlaubte.

Erschöpft ließ sie sich ganz bis zum Grunde des Flusses sinken und dankte ihrer Meisterin im Stillen, dass diese so darauf bestanden hatte, dass Azure den eigentlich recht nutzlos wirkenden Zauber aus dem Effeff beherrschte. Doch gerade als die Heldin glaubte, den Trollen endgültig entkommen zu sein, platschte es über ihr und etwas Riesiges sank in einem großen Luftblasenschwall nur wenige Meter neben ihr auf den Flussboden. Es war Phil.

Entsetzt wollte Azure erneut zur Flucht ansetzen, als sie bemerkte, dass Phil ihr gegenüber zwei entscheidende Nachteile hatte. Er konnte nicht wie sie, unter Wasser atmen und er trug eine schwere Rüstung, die ihn wie ein Wackerstein zum Grund zog. Aus den eben noch kraftvoll erscheinenden Bewegungen wurde binnen Sekunden ein panisches Gepaddel, das schließlich immer schwächer wurde, bis der leblose Körper des Trolls an den Flussboden gekettet liegen blieb und das Einzige, das sich noch an ihm bewegte, die aus dem Maul hängende, rosa Zunge war. Angewidert wollte Azure sich abwenden, als ihr die Belohnung einfiel, die auf seine Pranke ausgesetzt war. Schweren Herzens langte sie im Wasser nach ihrem Rucksack und packte den Griff ihres Kürschner-Messer fester. Das würde nicht nett werden. Nein, ganz und gar nicht nett.

Erst Stunden später erreichte eine müde, hungrige und mit der Welt für diesen Tag ziemlich fertige Azure das kleine Dorf Edinburgh. Sie knallte dem vor dem einzigen wichtigen Gebäude (der Schmiede) stehenden Marschall Dennis die riesenhafte Trolltatze vor die Füße und kassierte ihre Belohnung. Danach ignorierte sie die Bewohner des Dorfes, die in Erwartung einer Sensation auf dem Dorfplatz zusammenliefen, und ließ sich in dem gleich gegenüber liegenden Gasthof ein reichhaltiges Abendessen servieren. Erst als sie das Gefühl hatte, bei dem nächsten Krümel, den sie aß, buchstäblich platzen zu müssen, drängte sie sich durch die schaulustige Menge nach oben in ihr für diese Nacht gemietetes Zimmer.

„Und wenn ich heute noch ein einziges Mal das Wort ‚Troll' höre, schreie ich", murmelte sie müde in ihr Kissen, bevor sie in einem tiefen, traumlosen Schlaf versank.

Stevie, der es sich auf der Fensterbank gemütlich gemacht hatte, schüttelte den Kopf.

„Sie hätte wenigstens mal danke sagen können", murmelte er, bevor auch er sich in einen Zustand begab, den die Dämonen als Schlaf bezeichneten, immer ein Auge auf die Tür und ein Ohr zu dem losen Dielenbrett auf dem Flur.

Man konnte nie wissen, was für Gesindel eine hohe Belohnung noch so anlockte.

Kapitel 3

Der Auftrag aus Aberdeen

Die helle Mittagssonne schien bereits durch das Fenster herein, als Azure am nächsten Tag erwachte. Angestrengt die Augen gegen die unerfreuliche Störung zusammenkneifend, stellte sie fest, dass sie definitiv verschlafen hatte. Mit jenen geschlossen tastete sie neben dem Bett nach ihrer Kleidung, nur um dann angeekelt die Hand zurückzuziehen. Halb angetrocknetes Wolfsblut war nicht unbedingt etwas, das man auf leeren Magen gut vertrug.

„Auf, auf, sprach der Fuchs zum Hasen, hörst du nicht den Jäger blasen?", dozierte Stevie vom Fensterbrett aus.

Nur Sekunden später flüchtete er vor einem mit wenig Präzision nach ihm geworfenen Stiefel, der ihn zwar zielsicher verfehlte und dafür den zum Waschen bereitgestellten Wasserkrug in mehrere Einzelteile zerlegt, indem er ihn auf den Fußboden beförderte.

„Ich mag diesen Tag nicht", stöhnte Azure und zog sich zu einer intensiven Beratung mit ihrem inneren Schweinehund unter die Bettdecke zurück. Als sich jedoch Stevies Genörgel, dass sie wohl an diesem Tag nicht mehr nach Aberdeen kommen würden, gepaart mit ihren eigenen Bedenken, was wohl ihre Meisterin zu ihrer Bummelei sage, nicht mehr ignorieren ließen, seufzte sie noch einmal laut und vernehmlich und stand schließlich doch auf. Energisch scheuchte sie ihren dämonischen Diener aus dem Fenster, warf ihre ruinierte Kleidung gleich hinterdrein und streifte sich ihre Akolytenrobe über. Etwas grober Faden bändigte die rote Haarflut zu einer nachlässigen Frisur und ein Blick auf den zerbrochenen Wasserkrug erübrigte die restliche Morgentoilette. Man konnte eben nicht alles haben. Jetzt fehlte nur noch ein anständiges Frühstück, wenn möglich ohne weitere Störungen.

Wie es schien, waren Ruhe und Frieden jedoch nicht unbedingt das Aushängeschild des Gasthauses in Edinburgh. Missmutig stocherte Azure in ihrer fettigen Portion Rührei herum und versuchte hartnäckig, ein höchst quietschendes

Sprachorgan vom Tisch nebenan zu ignorieren, was jedoch nicht ganz einfach war.

„Und ich sage euch, die Stühle für kleine Leute werden der Hit. Ihr müsst nur einmal die Möglichkeiten betrachten, die sich dadurch eröffnen", verkündete die Stimme gerade dem brummigen Wirt.

„Ich will keine Kinder hier drin", wehrte der entsetzt ab.

„Die machen immer so viel Dreck und schreien so viel."

Als wenn man das von den übrigen Gästen nicht auch behaupten könnte, dachte Azure bei sich.

„Wer redet denn von Kindern?", fragte die Stimme freundlich, aber bestimmt.

„Ich bin ja auch kein Kind. Aber überlegt doch einmal, wie viel so ein Zwerg trinken kann. Und Zwerge mögen es nicht, wenn man sie auf ihre Größe anspricht. Aber sie mögen es auch nicht, wenn sie nicht über den Tisch gucken können.

Deshalb sind in Zwergenschänken die Bänke und Tische ja auch so niedrig. Aber darauf werden Eure normalen Gäste nicht sitzen können. Deshalb haben die von mir erdachten Stühle auch einen eingebauten Mechanismus, mit dem man ihre Größe verändern kann. Das ist die Erfindung schlechthin, also, wie viele soll ich als Bestellung aufnehmen?"

Der Wirt sah inzwischen aus, als hätte er bereits den Anfang der ersten Sätze vergessen, und fing an, nervös seine Hand zu kneten.

„Aber ich sage Euch doch, ich brauche diese Dinge nicht", versuchte er verzweifelt, die energische Stimme zu überzeugen.

„Wirklich nicht. Außerdem habe ich überhaupt nicht das Geld dafür."

Glücklich über eine Ausrede wollte er sich schon in die Küche flüchten, doch er hatte die Rechnung ohne den Gast gemacht. Unbeirrbar schob dieser nun seinen Stuhl zurück und folgte dem Wirt, während er, oder besser gesagt sie, ihre Rede fortführte.

Die Heldin blinzelte erstaunt, denn noch nie hatte sie eine so kleine Frau gesehen. Wenn es hochkam, ging dieser Zwerg - oder was es auch war - Azure bis kurz über das Knie. Zwei buschige, schwarze Pferdeschwänze standen nach beiden Richtungen von ihrem Kopf ab und wippten bei jedem Schritt fröhlich vor sich hin. Gekleidet war die kleine Frau in eine dunkelviolette Robe und an ihrem Gürtel baumelte ein Dolch, der wegen ihrer geringen Körpergröße jedoch eher wie ein Schwert wirkte.

Fröhlich schwatzend (sie war bereits zu Finanzierungsvorschlägen für die Möbel vorgedrungen) folgte sie dem Wirt hartnäckig durch die Gaststube, während dieser sich verzweifelt nach einer Fluchtmöglichkeit umsah. Sogar Azure schien er in seine Überlegungen einzubeziehen, woraufhin jene sich wieder höchst interessiert ihrem Rührei widmete. Sie hatte keine Lust, in diese Angelegenheit verwickelt zu werden, so sollte der Wirt doch selber sehen, wie er damit fertig wurde, das war nicht ihr Problem.

Plötzlich flog die Tür des Gasthauses auf und eine Gruppe junger und, wie es schien, ziemlich angetrunkener Männer, betrat die Gaststube. Grölend und lachend ließen sie sich zwei Tische weiter nieder und verlangten nach Wein und Met. Froh darüber, sich endlich von seinem geschäftstüchtigen Schatten trennen zu können, beeilte der Wirt sich, dessen Gäste zu versorgen.

„…und ich sage euch, so groß war dieser Drache", erklärte einer der jungen Männer gerade und holte dabei so weit mit seinen Armen aus, dass sein Nachbar schleunigst in Deckung ging.

„Pass doch auf!", pöbelte der daraufhin und knuffte dem Kumpel ganz kräftig in die Seite.

„Ich mach, was ich will!", brüllte der Geknuffte und fuchtelte wild mit beiden Händen in der Luft herum.

„Wenn's dir nicht passt, dann such dir doch einen anderen Tisch. Da drüben ist noch jede Menge Platz!"

Unangenehmerweise deutete der angetrunkene Mann geradewegs in Azures Richtung. Eilig schlang sie noch den letzten Rest des Rühreis hinunter und wollte schon aufstehen, als sich ein Körper schwer auf den Stuhl ihr gegenüber fallen ließ. Aus leicht glasigen Augen stierte der Mann Azure an.

„Na, meine Schöne, wo soll's denn hingehen?", pustete er der Heldin zusammen mit einer Alkoholwolke ins Gesicht.

„Ähm, nach Aberdeen", erwiderte sie in Ermangelung einer besseren Antwort.
„Ich glaube zudem, ich sollte mich beeilen."

„Aber es ist doch grad so nett mit uns beiden", grinste der Mann und patschte seine Hand auf Azures Arm.

„Ich glaube, ich hab dich schon mal gesehen."

„Bei Mekkadrills seligem Sechskantschlüssel! Dass Männer aber auch nicht Besseres einfällt, als immer die gleichen, dummen Sprüche", schimpfte eine hohe Stimme unter dem Tisch.

„Als nächstes erzählt er noch was von vom Himmel gefallenen Sternen und ähnlichem Firlefanz."

Verblüfft beugte sich der Mann an der Tischplatte vorbei, verfehlte sie nur äußerst knapp mit seiner Stirn und blinzelte die Urheberin dieses Einwandes ungläubig an.

„Ja, wer bist denn du?"

„Mein Name ist Vivien Fizzlebigg-Shakletrunks, sehr erfreut", tschilpte die kleine Frau von vorhin, die Azure jetzt verschwörerisch zuzwinkerte.

„Ich verkaufe allerlei interessante Waren der neuesten Ingenieurskunst und Kriegshandwerk. Wärt Ihr vielleicht an einer Vorführung interessiert? Das hier zum Beispiel ist im Moment der Hit, passt mal auf!"

Die merkwürdige Frau kramte etwas in ihrer Tasche herum und förderte schließlich einen kleinen Holzkasten zu Tage. Mit diesem trippelte sie in die Mitte der Gaststube, stieg auf einen klapprigen Schemel und verkündete mit lauter Stimme:

„Wenn ich einmal um Eure Aufmerksamkeit bitten dürfte, ihr seht jetzt den neuesten Schrei aus Auchterarder. Die Kinder lieben sie und die Frauen sind ganz hingerissen davon. Seht, staunt, kauft! Ich präsentiere hiermit voller Stolz: Das mechanische Eichhörnchen!"

Nach dieser Ankündigung öffnete sie den kleinen Kasten und heraus sprang tatsächlich ein Eichhörnchen. Anstatt allerdings wie seine scheuen, natürlichen Vorbilder schleunigst das Weite zu suchen, sprang dieses Tierchen auf dessen winzigen, metallenen Pfoten um den Hocker herum, macht Männchen, putzte sich und ließ die zierlichen Schnurrhaare in alle Richtungen vibrieren.

„Ah"- und „Oh"-Rufe folgten dieser possierlichen Vorstellung und binnen weniger Minuten war die kleine Frau um etliche Silberstücke reicher und die Männer allesamt damit beschäftigt, ihre neuen, mechanischen Haustiere zu bewundern.

„Wir sollten uns vielleicht lieber auf den Weg machen", grinste die kleine Frau Azure an.

„Bevor diese Kindsköpfe noch auf die Idee kommen, sich gegenseitig Duelle damit liefern zu wollen. Glaubt mir, ich kenne diese Sorte, denen ist in Bezug darauf alles zuzutrauen."

„Ja, gute Idee", bestätigte Azure und folgte der kleinen Frau etwas zögernd aus dem Gasthaus.

„Ich muss nämlich auch nach Aberdeen", erklärte die kleine Frau Azure in fröhlichem Plauderton, während die beiden einem Wegweiser folgend den Weg in die Hauptstadt einschlugen.

„Ich besuche da meine Tante und Onkel. Den Zweien bekommt in ihrem Alter die Luft in Auchterarder nicht mehr so gut und wo ich gerade auf dem Rückweg aus dem Arrochar-Gebirge war, habe ich gedacht, ich mache hier mal Station. Übrigens könnt Ihr mich „Vivien" nennen. Ich weiß ja, dass die Menschen mit der Aussprache der gnomischen Nachnamen so ihre Schwierigkeiten haben."

„Mein Name ist Azure", gab die Heldin notgedrungen zur Auskunft und notierte gedanklich, dass es sich bei ihrer Begleiterin um einen Gnom handelte.

Es schien so etwas Ähnliches wie ein Zwerg zu sein.

„Fein, Azure, freut mich, eure Bekanntschaft zu machen. Was führt euch nach Aberdeen?"

„Meine Meisterin hat mich geschickt. Ich soll dort einen mächtigen Zauberer treffen."

„Ach!" Vivien schien höchst erfreut.

„Ihr seid ebenfalls eine Magierin? Ich suche schon lange nach jemanden, mit dem ich gemeinsam meine Studien vertiefen kann. Was ist denn Eure Spezialisierung? Ich habe mich ja größtenteils der Feuermagie gewidmet. Vielleicht liegt das an meinem Heimatort, dass mir dieses Element einfach das liebste ist. Aber es gibt in meinen Augen einfach nicht Besseres, als ein schönes, heißes Feuer, um seinen Gegnern mal so richtig einzuheizen. Findet Ihr nicht auch?"

Höflich nickte Azure und versuchte sich, so gut ihr bald vor lauter Geplapper schwirrender Kopf das noch zuließ, durch die restliche Unterhaltung hindurch zu winden, ohne dabei zu verraten, dass sie mitnichten eine Magierin war. Allerdings war ihre Gnomen-Gefährtin so gut in der Lage, das Gespräch auch ohne ihre Hilfe im Gange zu halten, dass das nicht weiter auffiel. Außerdem war ihr dieses fröhliche Schwatzen alle Mal lieber als die griesgrämigen Kommentare, die sie von ihrem recht verschnupft aussehenden Dämonen-Diener zu erwarten hatte, der in einiger Entfernung hinter ihnen her schlurfte und sich immer wieder halbherzig bei Büschen und Bäumen versteckte, sobald jemand entgegenkam. Sollte der Kerl sich ruhig noch eine Weile ärgern, schließlich hatte der ganze Schlamassel mit seinem dämlichen Weckruf angefangen.

Gegen Spätnachmittag lichtete sich der Wald rechts und links des Weges und gab unvermittelt die Sicht auf die hoch aufragende Silhouette von Aberdeen und dem Hafen frei. Ganz gebannt von dem prächtigen Anblick, musste Azure erst einmal einen Augenblick lang stehen bleiben.

Zwei gewaltige, mit je einem riesigen, steinernen Löwenkopf verzierte Wachtürme flankierten einen noch immenser wirkenden Torbogen. Die hellen Steinmauern waren über und über mit den leuchtend blauen Bannern Aberdeens geschmückt, auf denen ebenfalls goldene Löwenköpfe prangten. Auf allen Türmen flatterten bunte Wimpel und auf den Wehrgängen patrouillierten mehrere Wachen in auf Hochglanz polierten, silbernen Rüstungen.

Auch in dem gewaltigen Torbogen standen jene Schützer Spalier. Sie musterten Azure und Vivien aufmerksam, ließen sie jedoch unbehelligt passieren. Eine breite Brücke führte jenseits des Tores über einen kristallgrünen See auf die eigentliche Stadtmauer zu. Dahinter waren bereits die Türme der Kathedrale von Aberdeen erkennbar, gesäumt wurde diese Brücke von vier gewaltigen Statuen:

Zur Linken standen ein mit einem mächtigen Hammer bewaffneter Zwergenkrieger und dahinter ein Magier, mit einem bodenlangen Bart, der den Ankömmlingen seinen Stab drohend entgegen reckte. Ihnen gegenüber stützte sich ein Ritter auf sein titanisches Schwert und eine wunderschöne Jägerin mit einem Langbogen, deren übJohnnyge Ohren sie unverkennbar als Elfe auswiesen, hielt eine Eule in den azurblauen Himmel gereckt. Übertroffen wurden diese Figuren nur noch von der zentralen Statue, die dem Besucher gottergeben entgegensah. Ein Ritter, den Gürtel versehen mit dem allgegenwärtigen Wappen Aberdeens, dessen Schwert jedoch in der Mitte abgebrochen war und der in seiner linken Hand ein gewaltiges Buch trug.

Die Feder ist eben doch mächtiger als das Schwert, schoss Azure dabei durch den Kopf. Leider fehlte ihr die Zeit, auch die glänzenden Messingtafeln zu lesen, die an den Sockeln der Statuen angebracht waren, denn jetzt nahm Aberdeen selbst und das rege Treiben seiner Bewohner ihre Aufmerksamkeit in Beschlag. Genauer gesagt musste sie aufpassen, dass sie nicht von einer Schar Wachleute zu Pferd über den Haufen geritten wurde. Etwas desillusioniert und schimpfend wie ein Rohrspatz konnte Azure gerade noch ihre Füße in Sicherheit bringen, bevor die mächtigen Streitrösser mit funkensprühenden Hufen an ihnen vorbei preschten, um ihre Herren dem nächsten Schlachtfeld entgegen zu tragen.

Vivien schien das Ganze allerdings nicht im Geringsten zu stören.

„Wir Gnome sind es gewohnt, übersehen zu werden", erklärte sie der fluchenden Azure fröhlich.

„Dafür werden wir auch leicht unterschätzt. Und außerdem ist das hier noch gar nichts gegen das Gewühl, das in Auchterarder herrscht."

Die beiden umrundeten die Mauer, an der die letzte Statue gestanden hatte, gingen durch einen mit mächtigen Fallgittern gesicherten Wehrgang und standen schließlich im Handelsdistrikt von Aberdeen. Es schien nichts zu geben, was man hier nicht kaufen konnte.

In den breiten, blitzblank gefegten Gassen überboten sich die Auslagen der Händler förmlich an Köstlichkeiten. Da gab es Käse von fein bis stinkig, ein Brothändler bot edles Weißbrot und duftende Kirschkuchen an, ein Weinhändler verteilte Kostproben der Ware und lud zu einer intensiveren Verkostung in seinen Laden im Kanaldistrikt ein. Daneben strömten eigenartige Gerüche und Dämpfe aus einer vor Flaschen und Tiegeln nur so strotzenden Apotheke und Waffenhändler boten sich gegenseitig übertönend ihre Waren an.

Dazwischen spielten ein paar Kinder Fangen und eine kleine, runzlige Frau verkaufte Babykatzen und Kanarienvögel in Holzkäfigen. Trotz allem lag eine so friedliche und fröhlich Atmosphäre über dem ganzen Markt, als wäre der Krieg, der an der Grenze des Landes zu England tobte, nicht mehr als ein böses Märchen, das man unartigen Kindern erzählt, die nicht ins Bett gehen wollen.

Es gab allerdings auch Ausnahmen.

„Gute Waffen machen sowieso nur Zwerge", brummelte ein grimmig aussehender Vertreter eben dieser Gattung und drängelte sich grob an Azure vorbei.

So ganz konnte sie sich dem Eindruck nicht erwehren, er sei ihr mit Absicht auf den nun schmerzenden Fuß getreten.

„Wo er Recht hat", grinste Vivien.

„Es geht nichts über ein Schwert oder einen Dolche, der in der Großen Schmiede im Herzen Auchterarders gehärtet wurde."

„Aha", machte Azure lediglich, rieb sich den Fuß und starrte eine kleine, schwarze Katze an.

Diese saß nicht wie die anderen Tiere der Verkäuferin in einem Käfig, sondern sonnte sich auf einer kleinen Steinmauer neben dem Stand. Grüne Augen sondierten Azure, als wäre sie nicht mehr als eine höchst interessante Maus.

„Ah, die Damen sind an einem kleinen Haustier interessiert", lächelte die Frau hinter den Käfigen.

„Was darf es denn sein, ein kleines Kätzchen? Oder vielleicht ein hübscher Singvogel? Alle feinen Damen haben heutzutage einen solchen putzigen Begleiter."

Vivien schüttelte entschieden den Kopf.

„Tut mir leid, Frau, aber für solch ein unnützes Tier habe ich keine Verwendung. Ein Katze taugt nun mal lediglich zum Mäusefangen und davon gibt es bei mir zu Hause nicht allzu viele."

Azure jedoch starrte immer noch die schwarze Katze an.

„Wie viel kostet die?", wollte sie plötzlich wissen.

„Die?", fragte die Frau erstaunt und schien einen Augenblick lang zu überlegen.

„Aber die … ähm …40 Silber. Ja genau, die schwarze Katze kostet 40 Silber."

„Was?"

Viviens Augen schienen förmlich Funken zu sprühen.

„40 Silber für so einen lausigen Flohfänger? Für den Preis verkaufe ich ja drei Eichhörnchen. Nein, tut mir leid, meine Freundin braucht diese Katze nicht."

Energisch packte Vivien die Heldin am Rocksaum und zerrte sie hinter sich her. Mit einem letzten, sehnsüchtigen Blick auf die schwarze Katze, folgte Azure schließlich der keifenden Gnomin mitten hinein in das Gewühl des Marktes.

„Die wollte Euch über den Tisch ziehen, Azure, das habe ich im Gespür", grollte Vivien immer noch."

Die Katze war nie und nimmer eine von ihren Tieren, und überhaupt: 40 Silber! Das ist ein Vermögen, direkt Wucher! Abzocke! Ich sollte mir diesen Trick wirklich merken."

Azure musste nun anhand jener letzten Bemerkung doch lachen. Die beiden ließen sich von dem Weinhändler noch auf eine kleine Kostprobe einladen, dann kamen sie zu einer Kreuzung, an der Vivien einen der Wegweiser genauer unter die Lupe nahm.

„Hier trennen sich unsere Wege wohl", verkündete sie."

Ich muss jetzt in Richtung Altstadt, wenn Ihr den Magierbezirk sucht, der ist hier links und gar nicht zu verfehlen. Bei den violetten Bannern seid Ihr richtig. Ich wünsche Euch noch viel Glück, Azure, und besucht mich doch einmal, wenn ihr zufällig in Auchterarder seid. Einfach zur Halle der Forscher durchfragen, dort werdet Ihr garantiert jemanden treffen, der weiß, wo ich zu finden bin."

Damit winkte Vivien der Heldin noch einmal zu und verschwand dann irgendwo in der entgegengesetzten Richtung zu der, in die sie Azure verwiesen hatte. Seufzend packte die ihr Bündel fester und folgte einem nicht zu übersehenden Schild, auf dem „Magierviertel" stand. Sie überquerte einen der vielen Kanäle Aberdeens mit Hilfe einer der noch zahlreicheren Brücken, durchquerte einen der ebenso allgegenwärtigen Gänge und stapfte schließlich auf einem sanft ansteigenden, von saftigem, grünen Gras bewachsenen Pfad hinauf, der sich zwischen eng aneinander stehenden Häuserreihen hindurchschlängelte. Hier war es merklich kühler und ruhiger als im hektischen Handeldistrikt. Man konnte förmlich das Wissen von den Wänden tröpfeln hören und am Ende des Pfades erwartete Azure schließlich ein sonnenüberfluteter Platz, in dessen Mitte ein hoher Turm stand. Im Hintergrund hörte man die rauschenden Wogen der Ostsee an den Klippen aufschlagen. Auf der Außentreppe diesen schwebten so eben drei Grazien zur Erde, tief verstrickt in eine wissenschaftliche Diskussion über magische Flüsse und Kraftlinien.

„Die Magiefelder würden sich dann also in eine Kettenreaktion positiv aufgeladener Energien verwandeln", sagte die Blonde der drei gerade, während eine ihrer Begleiterinnen zustimmend nickte.

„Aber ist es nicht genau das, was die anfänglichen Probleme mit Adept Sylverias magischen Formeln verursacht hat?", warf die andere, eine junge Frau mit kastanienbraunen Haaren, ein.

„Nur, wenn man nicht die richtigen Initialisierungsprozeduren befolgt", wusste die Dritte im Bunde dazu beizutragen.

Azures Augenbrauen hatten bereits beim zweiten Satz ungefähr die Höhe ihres Haaransatzes erreicht und sie beschloss, dass sie diese drei Frauen auf keinen Fall leiden konnte. So ein aufgeblasenes Gewäsch hielt man ja im Kopf nicht aus. Noch dazu trugen die drei Kleider aus hellen, fließenden Stoffen von einer Qualität, neben der Azure sich vorkam, als hätte sie einen Futtersack für Pferde am Leib. Doch noch bevor sie sich dem holden Dreigestirn entziehen konnte, hatten jene sie schon entdeckt und kamen mit fröhlichem Lächeln auf sie zu geschwebt. Ein Mauseloch erschien Azure in diesem Moment ein ziemlich erstrebenswerter

Aufenthaltsort zu sein, aber leider gebot die Höflichkeit, die Grüße der jungen Magierinnen, wenngleich auch zähneknirschend, zu erwidern.

„Ich grüße euch", sagte die Blonde, offensichtlich die Rädelsführerin des Trios.

„Ihr scheint etwas zu suchen. Können wir euch helfen?"

„Ich …äh …", stammelte Azure.

„Ich suche einen Magier, ziemlich mächtig, er soll hier in der Gegend wohnen."

„Ach du dicker Dämon", dachte Azure bei sich, „ich höre mich an, als wäre ich aus der tiefsten Provinz. Diese blöden Gänse können nichts, was ich nicht auch könnte. Jetzt heißt es Haltung bewahren."

„Ihr sprecht sicher von Meister Calin", überlegte die Brünette.

„Er erzählte uns, dass er einen neuen Schüler erwarte. Allerdings sagte er nicht, dass es sich dabei um jemanden wie euch handelte."

Der Blick, den sie Azure bei dieser Bemerkung zuwarf, schien Bände zu sprechen; und die meisten von ihnen enthielten nicht besonders freundliche Wörter. Ganz offensichtlich beruhte die Abneigung auf Gegenseitigkeit.

„Calin?", versuchte Azure, Zeit zu schinden und kratzte sich etwas nervös am Kinn.

„Ja, schon möglich, wieso sagt Ihr mir nicht einfach, wo ich ihn suchen muss, dann finde ich den Weg schon allein."

„Zu Meister Calin kann man nicht einfach so hinein spazieren", wies die Dritte, die bis jetzt nur die Stirn gerunzelt hatte, die Heldin zurecht.

„Ich werde Euch anmelden."
Damit schwebte sie wieder der Turmspitze entgegen und ließ Azure mit ihren beiden Freundinnen zurück. Ein peinliches Schweigen entstand, in der die zwei verbliebenen jungen Frauen, höchst ungeniert Azures leicht schäbige Erscheinung in Augenschein nahmen, während diese sich den Kopf darüber zerbrach, wie sie möglichst schnell von hier wegkam. Gerade, als sie vorschlagen wollte, dass die zwei ihrer

Freundin doch helfen gehen sollten, dröhnte eine laute und merkwürdig bekannt scheinende Stimme quer über den Platz.

„Ja, hier Gary sein richtig. So eine Stadt sein schließlich kein Dschungel, obwohl Gary gesehen hat ein Krokodil im Kanal. Aber das sein jetzt nicht wichtig. Gary jetzt geht suchen Meister Calin, damit der ihm beibringt Magie."

Azure fielen fast die Augen aus dem Kopf, denn fröhlich pfeifend und immer noch in den grellsten Farben gekleidet stand dort auf einmal wie aus dem Boden gewachsen der komische Magier aus dem Wald vor den drei jungen Frauen. Er strahlte über das ganze Gesicht und verbeugte sich überschwänglich.

„Ah, welch Augenschmaus. Gary sich freuen, eure Bekanntschaft zu machen."

„Der Blumenpflücker", krächzte Azure matt.

„Ihr kennt euch?", fragte die Blonde erstaunt, und nahm dann mit kokettem Lächeln einen Handkuss des Magiers entgegen.

„Flüchtig", stammelte Azure, während der komische Kerl die zweite Dame mit einem Bussi beglückte.

Als er letztendlich bei ihr ankam, steckte sie ihre Hände, so schnell sie konnte, in ihre Rocktaschen und lächelte schief. Der Kerl hatte schließlich einen Bart und wenn Azure etwas war, dann kitzlig. Nicht auszudenken, wenn sie vor diesen blöden Sumpfrallen auch noch in albernes Gelächter ausgebrochen wäre, dann schon lieber ertragen, dass der Mann sie einen Moment lang aus wasserblauen Augen verblüfft ansah, und sich dann lediglich vor ihr verbeugte.

„Mein Name sein Garymoaham. Ich mich freuen, euch kennen zu lernen."

„Azure", murmelte die Taffe.

„Also, mein Name ist Azure."

„Das sein kurzer Name für so hübsche Frau", scherzte der Magier und zwinkerte ihr verschwörerisch zu.

„Aber Ihr vielleicht nichts dafür könnt, dass euer Name so kurz. Ich auch nur habe Namen von Mama und Papa, andere sein verloren gegangen bei großes Feuer in unserem Dorf, das war schwerer Verlust."

Einen Moment lang sah es so aus, als würde der Magier Garymoaham in Erinnerungen versinken, dann jedoch zog er ein riesiges, weißes Taschentuch hervor und schnäuzte sich so laut, dass Azure kurz davor war, sich die Ohren zuzuhalten. Die beiden anderen Damen schienen auf jeden Fall sehr gerührt und nahmen den Mann sogleich in ihre Mitte, boten ihm etwas zu essen und zu trinken an und schienen die Heldin vollständig vergessen zu haben.

„Psst, worauf wartest du denn noch?", zischelte mit einem Mal der Busch neben Azure.

„Schwing die Hufe!"

Erschrocken zuckte Azure zusammen und starrte wie vom Donner gerührt das Gestrüpp an, bis sie endlich die kleinen Hörner zwischen den Ästen sah und den leichten Schwefelgeruch wahrnahm, der Stevie immer begleitete.

„Musst du mich denn so erschrecken?", fauchte sie zurück.

Dass sie im ersten Moment gedacht hatte, es wäre tatsächlich der Busch, der mit ihr sprach, war ihr mehr als peinlich.

„Na sonst stehst du ja übermorgen noch hier", kam die leicht verärgerte Antwort aus Stevies Versteck.

„Jetzt weiß ich, wo es langgeht und kann die anderen spüren, komm´!"

Mit diesen Worten hüpfte der Dämon aus dem Busch, schlich sich in weitem Bogen um die Dreiergruppe am Fuße des Turmes herum und winkte Azure, ihm in eine grasbewachsene Gasse zu folgen. Möglichst unauffällig kam jene dieser Aufforderung nach und ließ sich von Stevie zu einer etwas herunter gekommene Herberge führen.

In dem kleinen, schmuddeligen Schankraum standen gerade einmal drei wacklige Tische und hinter dem Tresen warf ein grobschlächtiger Kellner, mit langen strähnigen Haaren Azures finstere Blicke zu. Dabei polierte er abermals ein Glas mit einem Lappen, bei dem sie sich ernsthaft fragte, ob das Glas nicht ohne diese Behandlung sauberer gewesen wäre. Als das Auge des merkwürdigen Gesellen jedoch auf Stevie fiel, der ganz ungeniert durch die modrige Gaststube mit Eichenholz spazierte, verzog sich sein Gesicht zu einem beifälligen Grinsen und er grüßte die Heldin mit einem fast ergeben wirkenden Kopfnicken. So schnell Azure konnte, folgte sie Stevie, der inzwischen durch eine Tür an der Hinterseite der Gastube getreten war. Vor ihnen wand sich ein schneckenförmiger Gang in die Tiefe, aus der seltsame Worte und Geräusche hervordrangen, der durchdringende Geruch von Schwefel lag in der Luft, und die klamme Feuchtigkeit des Tunnels schien irgendwie ölig zu sein.

„Spürst du sie?", erkundigte sich Stevie neugierig.

Seine Flammenaura wirkte in der Dunkelheit heller.

„Wen?", fragte Azure.

Sie spürte etwas, so viel war sicher. Es war wie ein Prickeln auf der Haut und dort unten, das wusste sie plötzlich genau, befanden sich Dämonen. Einer von ihnen schien ebenso wie Stevie ein Wichtel zu sein, der andere jedoch fühlte sich merkwürdig an; fast so, als wäre dort, wo er stand, eine leere Stelle in Azures Wahrnehmung.

„Was ist das?", fragte sie Stevie erstaunt, als der merkwürdige, blinde Punkt anfing, sich zu bewegen.

Schritte näherten sich und dann drängte sich ein Mann in dem schmalen Gang an ihnen vorbei. Er trug einen violetten Spitzhut tief ins Gesicht gezogen und hielt eine merkwürdig aussehende Kugel in seiner Hand, doch noch bevor Azure sich über diese wundern konnte, hatte sie einen Blick auch den dämonischen Begleiter des Mannes riskiert.

Im ersten Moment glaubte sie, einem riesigen und äußerst hässlichen Hund gegenüber zu stehen, der eine ziemlich unsanfte Begegnung mit einem Stachelschwein gehabt hatte, denn sein ganzer Rücken war über und über mit schwarz-weißen Stacheln bedeckt. Doch dort, wo über der mit unzähligen Zähnen bewehrten Spitzschnauze die Augen hätten sitzen müssen, ragten lediglich zwei große Hörner vom Kopf ab. Noch viel schrecklicher waren allerdings zwei fühlerartige Tentakel, die sich auf dem Rücken des Wesens aus seinen Stacheln erhoben und mit widerlichen, schnüffelnden Bewegungen nach Azure tasteten.

Ein kurzer, abgehackter Befehl brachte den Dämonenhund wieder zur Ordnung und mit einem fast belustigt klingenden Knurren, folgte er seinem Herren.

„Ein Teufelsjäger", nickte Stevie fachmännisch.

„Der Hexenmeister muss eine ganze Menge riskiert haben, um ihn zu bekommen. Sind selten heutzutage."

„Der war eklig."

Azure verzog angewidert das Gesicht.

„Ich hatte das Gefühl, dass er irgendwie, ich weiß nicht. Er ist wie ein blinder Fleck im Gehirn."

Einen Moment lang sah Stevie Azure verblüfft an, dann brach er in lautes, meckerndes Lachen aus.

„Ich wüsste nicht, was es da zu lachen gibt", schmollte die daraufhin.

„Genauso hat es sich aber angefühlt."
Stevie beruhigte sich langsam wieder.

„Das ist gar nicht mal eine so schlechte Beschreibung", kicherte unter den letzten Ausläufern seines Heiterkeitsausbruchs.

„Teufelsjäger ernähren sich ausschließlich von Magie. Sie fressen sie sozusagen. Das macht sie zu furchtbaren Waffen, wenn sie gegen einen zaubernden Gegner eingesetzt werden und dieser blinde Fleck, wie Ihr es nennt, ist eine Nebenwirkung dieser Fähigkeit."

„Und was ist daran jetzt so lustig?", beharrte Azure störrisch.

„Och, gar nichts", grinste Stevie frech und hüpfte leise vor sich hin lachend den Gang hinunter.

„Ich hasse diesen Wichtel", knirschte Azure, bevor sie dem Kerl in den halbdunklen Raum am Ende der Treppe folgte.

In der Mitte prasselte ein großes, einem Scheiterhaufen nicht unähnliches Freudenfeuer, an den Wänden standen Tische mit merkwürdigen Apparaturen, in denen verschieden farbige Flüssigkeiten leise vor sich hin blubberten und zischten. Der Wichtel, den Azure bereits gespürt hatte, rief Stevie einige kurze Worte auf dämonisch zu, die dieser ebenso beantwortete. Eine völlig in schwarze und dunkelviolette Stoffe gehüllte Frau, saß vor einem riesigen Webstuhl und nickte der Heldin zu. Das Material hatte dieselbe Farbe, wie ihre Gewänder.

„Schattenweberei, mein Kind", erklärte sie auf Azures fragenden Blick hin.

„Etwas, das jeder Hexenmeister gut gebrauchen kann. Diese Stoffe haben magische

Kräfte, die die eurigen um ein Vielfaches steigern können. Könnt ihr Schneidern?"

Stumm schüttelte Azure den Kopf, woraufhin die Frau sofort sämtliches Interesse an ihr verlor und sich wieder ihrem Webstuhl zuwandte.

Als Azure sich in dem schwülwarmen Raum umsehen wollte, kam eine weitere Frau auf sie zu, ihr unwirsch wirkendes Gesicht wurde von einer schweren, schwarzen Haarmähne eingerahmt,

„Was wollt Ihr hier?", blaffte sie Azure an.

„Ich suche René Vseticka", erklärte jene und versuchte, sich nicht von dem gebieterischen Auftreten des Gegenübers beeindrucken zu lassen.

„Was wollt ihr von ihm?", fragte die Frau misstrauisch nach, doch noch bevor Azure antworten konnte, betrat ein Mann den Raum aus einem Gang, der offensichtlich noch weiter in die Tiefe führte.

Als er Azure sah, erhellte sich seine Miene.

„Ah, da seid ihr ja endlich."

Er machte eine nachlässige Geste in Richtung der schwarzhaarigen Frau.

„Es ist gut Demisette, ich erwarte diese junge Dame bereits."

„Wie ihr wünscht, Meister René", nickte sie daraufhin und wandte sich wieder ihrer Arbeit zu.

René Vseticka hatte eine dunkle Haut, wachsame Augen und strahlte eine fast unangenehme Aura der Kraft aus, die Azure gleichzeitig beeindruckte und einschüchterte. Er führte sie in einen kleinen, von oben bis unten mit Büchern vollgestopften Nebenraum, bot ihr etwas zu essen und zu trinken an und ließ sich anschließend auf einem breiten Lehnstuhl nieder. Azure nahm ihm gegenüber auf einer kleinen Bank Platz.

„Wisst ihr, Azure", begann er, „ich will ganz offen sein. Ich hatte vor nicht allzu langer Zeit bereits eine vielversprechende Schülerin, Sabrina Meloni. Sie stand dort, wo ihr jetzt steht, und brannte darauf, die Kunst der Hexenmeistermagie zu erlernen. Ihr Talent war nicht von schlechten Eltern und mehr als das; sie war jung und eine wahre Augenweide. Hätte ich sie doch nur damals schon durchschaut, die falsche Schlange!"

Azure, die sich so eben noch gefragt hatte, was diese Lobeshymne auf seine vorige Schülerin eigentlich sollte, horchte auf.

Renés Augen sprühten förmlich Feuer, als er weiter sprach.

„Dieses diebische Weib brannte mit einem der Isle durch, Johnny Laforge. Der Verlust ihrer Person ist unbedeutend, aber ich schenkte ihr einen Blutsteinhalsschmuck, den ich unbedingt wiederhaben muss."

Er taxierte die Heldin.

„Bringt mir diese Halskette, Azure, und ich werde euch als meine Schülerin aufnehmen, ja mehr noch, ich werde euch beibringen, wie man die Schatten, das Feuer und die Leere selbst beherrscht. Bringt mir diese Kette und wenn ihr dafür Sabrinas Kopf von ihrem Hals schneiden müsst, so soll mir das Recht sein. Ihr Leben hat keinerlei Bedeutung mehr für mich und meine Informanten berichteten mir, dass sie und ihr diebischer Freund sich in der Nähe von Mansels Kürbisbeet verschanzt haben."

Wieder vor der Gaststätte musste Azure zunächst einmal blinzeln. Nach der schwefelschwangeren Düsternis des Kellergewölbes erschien ihr das sonnendurchflutete Stadtbild Aberdeens merkwürdig fremd. Die eindringlichen Worte des zukünftigen Lehrmeisters noch in den Ohren, wandte sie sich zum Gehen. Sie würde sich beeilen müssen, denn Mansels Kürbisbeet lag, wie sie auf Anfrage von dem schmierigen Wirt erfahren hatte, fast am anderen Ende des Waldes von Stirling. Sie kaufte noch ein paar Vorräte auf dem Markt und machte sich wieder zurück auf den Weg, den sie heute Vormittag schon einmal in entgegen gesetzter Richtung zurückgelegt hatte.

„Hast du dir eigentlich schon überlegt, wie du mit den ganzen Kerlen fertig werden willst", fragte Stevie sie, nachdem sie Edinburgh bereits eine Weile hinter sich gelassen hatte und die Sonne langsam begann, am Horizont zu versinken.

„Wenn Meister Renés Informationen stimmen, dann ist diese Sabrina nicht allein, und ohne Hilfe bin ich mir nicht sicher, ob du dieser Aufgabe wirklich gewachsen bist."

Azure, die es inzwischen aufgegeben hatte, ihre Diener immer wieder an die richtige Anrede zu erinnern, überlegte scharf. So ungern sie das zugab, irgendwie hatte Stevie nicht ganz Unrecht. Sie würde das alleine nicht schaffen. Aber wo sollte sie...

„Ha, nimm dies!", rief da plötzlich eine Stimme aus dem Wald und kurz darauf taumelte ein ziemlich mitgenommen aussehender Mann auf den Weg.

Dessen Hose rauchte und an seiner Nase hing ein großer Eiszapfen, als er die Taffe sah, warf er die Arme in die Luft und lief schreiend davon. Verwundert sah Azure ihm nach.

„Halt!", brüllte die Stimme von vorhin erneut.

„Du wiederkommen und mir dein Halstuch geben, elender Strauchdieb!"

Es schnaufte und knackte und raschelte im Gebüsch und Azure musste geblendet die Augen schließen.

„Grün und violett", schoss es ihr durch den Kopf.

„Oh bitte, nicht der schon wieder!

Doch es half alles nichts, vor der Heldin stand abermals der Magier aus Aberdeen. Mit kampfbereiter Miene und gezücktem Zauberstab sah er sich wild suchend um und als sein Blick auf Azure fiel, breitete sich jedoch ein Lächeln auf seinem Gesicht aus.

„Ah, schöne Frau ist gekommen. Gary freut sich, allerdings hat Gary keine Zeit, denn er sammelt Halstücher für Lady Muller beim Holzfällerlager. Sie hat Gary ein Hemd dafür versprochen."

„Aha...", murmelte Azure", „Halstücher, ja nein, alles klar."

„Ja!", erklärte Garymoaham gewichtig, während er sich an den Waldrand setzte und eine Wasserflasche entkorkte.

„Diese roten Halstücher sein von guter Qualität. Lady Muller hat gesagt, sie viel besser als die von den Isle in Perthshire und außerdem es sein gute Tat, wenn man beklaut diese Islebande, die unsicher macht den ganzen Wald von Stirling."

Unauffällig stupste Stevie seine Begleiterin in die Seite und deutete einige Gesten in Richtung des Magiers. Azure schüttelte vehement den Kopf, doch als er gar nicht locker ließ, sah sie ein, dass es zumindest einen Versuch wert war.

„Ich suche ebenfalls nach den Isle", bemerkte sie möglichst beiläufig und setzte sich neben Garymoaham ins Gras.

„Ich habe gehört, einer ihrer Anführer soll hier ganz in der Nähe sein Lager aufgeschlagen haben."

„Wirklich?", fragte der Magier begeistert und sprang tatendurstig auf.

„Dann lasst uns zusammen hingehen und ihnen zeigen, wo die Harke hängt."

„Äh, das heißt Hammer", verbesserte Azure ihn automatisch.

„Aber ansonsten hört sich das vernünftig an."

„Dann los, schöne Azure", strahlte der Magier und hielt ihr hilfsbereit die Hand hin.

„Zusammen wir werden noch viel mehr Halstücher bekommen."

Während sie nun also zu dritt über den Waldweg wanderten, erfuhr Azure eine Menge über ihren neuen, redseligen Begleiter. Garymoaham war in Jedburgh, dem südlichsten Gebiet der östlichen Königreiche, geboren und aufgewachsen. Nicht unbeeindruckt lauschte sie seinen farbenprächtigen Schilderungen von Tigern, Panthern und Raptoren, den kilometerlangen, weißen Sandstränden, die ganz Jedburgh umgaben, und dem Klang der Trommeln, die von den Lagern der Trolle nachts durch den Urwald dröhnten.

„Die sein nicht alle schlecht", erklärte Garymoaham ernsthaft.

„Mein Vater mit ihnen Geschäfte gemacht, als noch am Leben war. Sie guter Lieferant für alle Arten von Kräutern und Tränken un ich auch von ihnen gelernt."

Einem alten Trollmedizinmann sei es dann schließlich auch zu verdanken gewesen, dass Garymoaham den Überfall der Blutsegelkanoniere auf sein Dorf überlebte, so erklärte er weiter. Der Troll hatte den jungen Gary damals vor den Angreifern versteckt und ihn bei sich behalten, als dessen Eltern getötet wurden. Als er wenige Jahre später starb, hatte Garymoaham sich allein durch den Dschungel geschlagen und war schließlich in Booty Bay gelandet, dem Handelshafen von Jedburgh. Dort hatte er dann einige Zeit als Dockarbeiter verdient, bis ein Reisender aus Aberdeen seine magische Begegnung entdeckte und ihn mit einem Empfehlungsschreiben dorthin schickte.

„Und nun ich bin hier, Seite an Seite mit schöner Frau, um die Welt von Dieben und Mördern zu befreien", schloss er und stürzte sich mit wahrer Begeisterung auf ein Silberblatt, das am Wegesrand bis dahin still und friedlich vor sich hin gewachsen war.

Na ja, dachte Azure bei sich, eigentlich ist er ja wirklich nett und vielleicht ist es gar keine so schlechte Idee, mit einem Mann an der Seite durch Südschottland zu reisen.

Als die letzten roten Schimmer des Sonnenuntergangs dem bläulichen Mantel der Nacht gewichen waren, kam das Trio schließlich an dem beschriebenen Kürbisbeet an, das jedoch, wie sich herausstellte, eher das Ausmaß eines kleinen Feldes hatte. Zwei einsame Wachen, in die die Abenteurer unvorsichtigerweise hinein gerannt waren, lagen zum Glück ziemlich schnell mit den Gesichtern nach unten im Gras. Nur noch dumpfes Gemurmel drang zwischen ihren Knebeln hervor und ihre Halstücher ruhten warm und sicher in Garymoahams Rucksack. Nachdem sich Azure noch einmal von dem festen Sitz der Fesseln überzeugt hatte, schlich sie weiter, wenngleich auch etwas umsichtiger als vorher.

„Dort es muss sein", flüsterte Garymoaham kurze Zeit später und deutete auf einen beleuchteten Schuppen auf der anderen Seite des Kürbisackers. Wenn man genau hinsah, konnte man immer wieder Gestalten sehen, die vor den Fenstern auf und ab gingen. Offensichtlich wurde die Hütte bewacht.

„So ein Mist!", fluchte Azure leise.

"Wie sollen wir da jetzt rankommen? Wir können ja schließlich schlecht alle umbringen, es muss einen anderen Weg geben, die Halstücher zu bekommen."

Der Magier schien zwar nicht besonders begeistert von diesem Vorschlag - er wäre wohl am liebsten sofort in die Hütte gestürmt, um den Isle ihr Habe zu entreißen - doch dann nickte er und sie robbten leise und vorsichtig näher an den Lichtschein heran. Tatsächlich schlichen insgesamt drei Wachen um das Haus, jeder von ihnen bis an die Zähne bewaffnet. In das feuchte Gras gedrückt beobachteten Azure, Garymoaham und Stevie die Hütte. Wie man es auch drehte und wendete, es schien keine Lücke in dem gut durchdachten Rhythmus der Wachen zu geben.

„Wir sie doch umbringen müssen", bemerkte Garymoaham nachdenklich.

„Ich nicht sehen andere Möglichkeit um an Halstücher zu kommen, es seien zu viele."

„Nein!", fauchte Azure ärgerlich. Schlimm genug, dass sie wahrscheinlich Gras- und Erdflecken in ihrer Robe haben würde. Blut schien da nicht auch noch dazu kommen.

Ein lautes Schnauben ließ die Helden zusammenzucken. Etwas prustete und schnüffelte ganz in ihrer Nähe. Man hätte meinen können, eine ganze Herde besoffener Wildschweine machte sich über den kleinen Acker her, an dessen Rand sie lagen.

Etwas quiekte.

„Was zur Hölle ist das?", zischte Azure beunruhigt.

Unauffällig schob sie sich näher an Garymoaham.

Der runzelte die Stirn und dachte angestrengt nach, dann erhellte ein Lächeln sein gebräuntes Gesicht.

„Das müssen sein Prinzessin", strahlte er Azure an.

„Ich schon überall gesucht nach ihr."

Die Taffe zweifelte einen Moment lang ernsthaft an dem Geisteszustand des Begleiters. Eine Prinzessin? Hier? Angestrengt richtete sie ihr Augenmerk wieder auf das Feld und der Mond tat ihr den Gefallen, ausgerechnet jetzt hinter dessen Wolke hervorzukommen, so dass sie in seinem Licht einen Blick auf das Kürbisfeld werfen konnte.

„Ja, das da sein Prinzessin!", flüsterte Garymoaham aufgeregt und deutete auf ein riesiges, mit hellem Fell bedecktes Schwein, das sich vor Azures staunenden Augen majestätisch über den Acker walzte.

Es hätte bestimmt zwei ausgewachsene Männer gebraucht, um das Gewicht des Tieres auf einer Waage auszugleichen und ungefähr fünf, um die gefährlich blitzenden Hauer im Schach zu halten. Begleitet wurde Prinzessin, wie das Schwein offensichtlich hieß, von zwei weiteren Tieren, die einer Leibgarde gleich hinter dem blonden Vieh her trotteten. Immer wieder sicherten sie mit tückisch blitzend Augen nach allen Seiten, offensichtlich um notfalls sämtliche Gefahren für ihrer Anführerin aus dem Weg zu räumen.

„Das ist ein Schwein", murmelte Azure.

Wie ihr auffiel, war das nicht besonders geistreich und so schickte sie vorsichtshalber einen drohenden Blick an Stevie, der bereits den Mund zu einer spitzen Bemerkung geöffnet hatte.

„Richtig", bestätigte Garymoaham nickend.

„Diese Schwein sein berüchtigt in ganze Gegend. Besitzer kümmert sich nicht, wessen Gemüse es frisst. So hat mich Frau Stonefield - sie sein gemüsebestohlene Nachbarin von Schweinebesitzer - beauftragt, zu töten Prinzessin."

Azure rollte innerlich mit den Augen. Hatte dieser Nichtsnutz denn nichts Besseres zu tun, als jeden noch so dämlichen Auftrag anzunehmen, den ihm irgendein Bauer befahl? Jetzt würde sie es wohl nicht nur mit einer räuberischen Diebesbande, sondern auch noch mit einem riesigen Mastschwein aufnehmen müssen. Einem Schwein, das Leibwächter hatte. Es sei denn...

„Stevie?", flüsterte Azure.

„Meinst du, du kannst das Schwein dazu bringen, dass es dir nachrennt?"

Der Dämon sah sie misstrauisch an.

„Ja sicher könnte ich das", raunze er.

„Aber ich wüsste nicht, warum ich das tun sollte, ich bin ja nicht lebensmüde."

„Nein, dafür haben wir ja andere Gruppenmitglieder", murmelte Azure und hielt Garymoaham vorsichtshalber an seiner Robe fest, denn der Magier war schon drauf und dran, sich auf Prinzessin zu stürzen.

„Aber du bist als Einziger klein genug, damit die Wachen dich nicht sehen. Ich denke, wenn wir das Schwein dazu bringen könne, dass es die Wachen beschäftigt wird es einfacher werden die Hals...äh ...tücher zu bekommen."

Stevie rang mit sich. Einerseits war das ein direkter Befehl seiner Herrin. Andererseits war der Plan einfach schwachsinnig. Schließlich seufzte er schicksalsergeben. Was blieb ihm schon anderes übrig?

„Also gut", maulte er.

„Aber glaub nicht, dass das zur Gewohnheit wird, das nächste Mal kann irgendwer anders Lockvogel spielen."

Er warf noch einen letzten, bösen Blick auf die beiden Menschen und hüpfte dann in Richtung der Schweine davon.

Angespannt beobachtete Azure den kleinen Lichtpunkt, den Stevies Feueraura in der Nacht bildete. Er wurde kurz heller, es knallte und ein unglaubliches schrilles Quieken durchschnitt die Nacht.

Das Nächste, was Azure wahrnahm, war der durchdringende Geruch von gebratenem Speck und ein höchst hektischer Stevie, der schreiend an ihr vorbeilief.

„Ich hab die Schweine, wo sollen sie hin?", rief er im Laufen und schickte dann mehrere höchst unfreundlich klingende Flüche auf Dämonisch hinterher, denn die Tiere holten auf.

In der Ferne erklangen bereits aufgeregte Rufe. Fackeln versuchten, die Dunkelheit zu vertreiben und die Angreifer ausfindig zu machen. Offensichtlich war ihre Aktion nicht unbeachtet geblieben und mehrere Wachen liefen bereits in ihre Richtung, in ihren Händen sah man Dolche und Messer.

„Zum Haus!", brüllte die Heldin Stevie hinterher.

„Lauf!"

„Die Bruderschaft wird eure Machenschaften nicht dulden!", erklang da ein Ruf hinter Azure. Sie drehte sich um und sah sich einem Isle gegenüber, der sich mit einem heiseren

Kampfschrei auf sie stürzen wollte. Ihr blieb keine Zeit mehr zu reagieren, Ihr Kopf war wie leergefegt von sämtlichen rettenden Zaubern und auch ihren Dolch hätte sie unmöglich rechtzeitig erreichen können. Die Augen des Isle blitzten triumphierend auf, als er seine Waffe zum tödlichen Stoß erhob.

Entsetzt schloss Azure die Augen und schickte noch einen letzten, leise gemurmelten Fluch zum Himmel. Sie hatte doch gleich gewusst, dass das hier nur schief gehen konnte, wieso war sie auch nicht zu Hause geblieben? Neben ihr murmelte jemand eine eigenartig klingende Formel.

Einige Sekunden verstrichen und immer noch war nichts passiert, allerdings war es merklich kühler geworden und ein seltsames Knacken lag in der Luft. Azure fröstelte, aber als nach einer kleinen Ewigkeit immer noch nichts passiert war, entschloss sie sich zaghaft, ein Auge zu öffnen. Vor Schreck blieb ihr buchstäblich die Luft weg.

Ungefähr zwei Zentimeter vor ihren Rippen, genau dort, wo sich ihr Herz befand, stak der Dolch des Isle in die Luft. Allerdings bewegte er sich nicht, ebenso wenig wie der Rest des

Mannes. Eine dünne Eisschicht bedeckte seinen gesamten Körper und hatte ihn offensichtlich bei lebendigem Leibe festgefroren, nur die Augen rollten wild hin und her und versuchten, Azure anstatt des Dolches zu durchbohren.

Garymoaham grinste.

„Ich neu gelernt."

Die Heldin machte vorsichtshalber einen Schritt von der Dolchspitze weg und funkelte Garymoaham an.

„Warum hast du das denn nicht gleich gemacht, das hätte uns eine Menge Ärger erspart."

Der Magier kratzte sich etwas verlegen den Bart.

„Ich vergessen. Wenn Spruch neu, ich manchmal vergesse, was gelernt, außerdem Spruch nicht hält ewig."

Tatsächlich begann die Eisschicht um den gefrorenen Dieb schon verdächtig feucht zu glänzen. Wahrscheinlich würde er in spätestens einer halben Stunde wieder auf freiem Fuß sein, eventuell sogar früher. Azure hatte nicht vor, so lange zu warten.

„Komm!"

Sie winkte Garymoaham und gemeinsam rannten sie leicht geduckt zu der Hütte, um die herum inzwischen ein Heidenspektakel herrschte. Die drei Schweine hatten begonnen völlig Amok zu laufen und die Isle-Bande hatte alle Hände damit zu tun, den gefährlichen Hauern auszuweichen, doch allzu lange würde jene Ablenkung nicht vorhalten, denn in der Tür der Hütte erschien in diesem Moment eine Frau.

Sie wirkte in der Tat wunderschön, aber ihre Züge waren zu einer boshaften Grimasse verzogen, was ihren Zauber doch erheblich minderte. Ununterbrochen keifte sie Befehle durch die Nacht und man bekam fast den Eindruck, die Isle hätten mehr Angst vor ihr als vor den wahnsinnig gewordenen Schweinen.

In diesem Moment hatte Sabrina Meloni - um niemand anderen konnte es sich bei der Frau handeln - offensichtlich Stevie entdeckt. Ein Schrei gellte durch die Nacht:

„Tötet den Wichtel!"

Fast augenblicklich stürzten sich drei der Isle auf Stevie, der einen jämmerlichen, gurgelnden Schrei von sich gab und dann unter deinem Haufen Körper begraben wurde. Azure zuckte unwillkürlich zusammen.

Als die drei Männer sich wieder erhoben, lag Stevie reglos auf der Seite, seine Flammenaura war verschwunden und es war unübersehbar, wer diesen Kampf gewonnen hatte. Befriedigt lachte Sabrina auf.

„Na bitte, es geht doch, ihr nutzlose Bande", rief sie und strich sich die langen, dunklen Haare aus dem Gesicht.

„Jetzt fangt endlich diese Schweine ein! Treibt sie meinetwegen drüben in der Scheune zusammen, aber macht, dass ihr hier wegkommt, ich will keinen Laut mehr hören."

Damit wandte sie sich um und schmetterte die Tür der Hütte ins Schloss. Die zusammengelaufenen Isle taten, was Sabrina befohlen hatte und lotsten mit Hilfe von Fackeln und eilends herbeigeschafften Heugabeln die immer noch tobenden Schweine in Richtung des gegenüberliegenden Feldrandes, an dem der dunkle Umriss eines Gebäudes erkennbar war.

Azure und Garymoaham dagegen nutzten die Chance, um sich näher an die Hütte heranzuschleichen, die nun inzwischen unbewacht da lag.

„Mhm, das sieht nicht gut aus", murmelte Azure, nachdem sie einen Blick durch eines der Fenster geworfen hatte.

Tatsächlich befand sich in dem Haus nicht nur Sabrina, sondern gleich drei Personen. Einer der beiden weiteren Kerle musste Sabrinas Geliebter, Johnny Laforge, sein. Wer der andere Mann war, war nicht zu erkennen, aber da die zwei rote Halstücher trugen, konnte es sich lediglich um einen weiteren Isle handeln, auf jeden Fall stellte er ein neues Hindernis dar.

„Morgan!", schnappte Sabrina gerade und wandte sich an den blonden der beiden Männer, der wie ein gefangenes Tier in dem kleinen Raum herumlief.

„Du musst diese Liste wieder finden und wenn Marshal Dugan von der Sache Wind bekommt, wird er dir Soldaten auf den Hals hetzen. Dieser Wisch wird uns noch alle an den Galgen bringe, ich bin nur von Inkompetenz umgeben."

„Beruhige dich, Sabrina!", schaltete sich der andere Mann ein.

„Es wird schon keiner den Fetzen finden, und selbst wenn, bezweifle ich, dass der dämliche Dugan herausfindet, dass es sich dabei um einen Abholplan für unseren Anteil an den königlichen Goldminen handelt."

„Schrei doch noch lauter", schimpfte Sabrina und funkelte den Mann an.

„Warum gehst du nicht nach draußen und siehst nach, ob deine schwachsinnigen Untergebenen wenigstens mit einem einfachen Schwein fertig werden?"

Morgan, dessen Blick Sabrinas wütend ausgestreckten Arm gefolgt war, blieb mit einem Mal wie angewurzelt stehen, als er Azure am Fenster entdeckte. Seine Überraschung dauerte allerdings nicht lange an.

„Dort!", plärrte er.

„Wir werden beobachtet."

„Die schnapp ich mir", rief der andere und die zwei stürmten aus der Tür.

Noch bevor Azure richtig wusste, wie ihr geschah, hatte sie von Morgan einen Hieb in die Nieren bekommen und sah für einen Augenblick lang nur noch bunte Sterne. Mühsam rang sie nach Luft, und taumelte unter einem Schwertstreich des anderen hindurch. Zum Glück, wie sie dann feststellte, denn dort, wo sich eben noch ihr Kopf befunden hatte, versengte ein Feuerball die Holzwand der Hütte. Sabrina hatte sich ebenfalls in den Kampf gestürzt.

Während die beiden Männer sich nun gleichzeitig auf Garymoaham stürzten, tat Azure einfach das Nächstbeste, was ihr einfiel und hechtete mit einem verzweifelten Spruch auf Sabrina zu. Sie schaffte es tatsächlich, die abtrünnige Hexenmeisterin zu überrumpeln und kreischend, fauchend, kratzend und spuckend wälzten die beiden Frauen kurz darauf auf dem Boden.

Sabrina war stark und sie schreckte vor keinem noch so fiesen Trick zurück. Immer wieder schlugen ihre Fäuste auf Azure ein. Die wehrte sich verbissen und als ihre Gegnerin einige Schritte zurücktaumelte, um erneut einen Feuerball zu schleudern, nutzte die mutige Heldin die Atempause, um sich zu konzentrieren. Sie begann eine Formel zu murmeln, die, wie Berta ihr beigebracht hatte, einen Schattenblitz erzeugen konnte.

In einem irren Wettlauf wirkten die beiden Frauen ihren Zauber und fast gleichzeitig lösten sich ein Schatten, ja ein Feuerball von den Händen ihrer Beschwörerinnen. Während Azure dem für sie bestimmten Feuerzauber noch um Haaresbreite ausweichen konnte, wurde Sabrina von Azures Schattenblitz mitten ins Gesicht getroffen. Von der Wucht des Anpralls wurde die

Böse zu Boden geschleudert und blieb dort in einer fast anmutig wirkenden Pose liegen. An ihrem Hals glitzerte noch die gestohlene Halskette.

Schwer atmend stand Azure mitten im Raum und lauschte ängstlich auf die Geräusche, die von draußen hereindrangen. Es war nichts mehr zu hören; nur die Grillen zirpten leise im Dunkel der Nacht, daraufhin erklangen Schritte, die Stufe vor der Hütte knarrte und die Tür begann aufzuschwingen. Kampfbereit und ihre schmerzenden Rippen ignorierend sprang Azure auf, immer weiter öffnete sich die Tür und gab schließlich den Blick auf den Mann in der Tür frei.

„Gary", stöhnte Azure auf, aber sie lächelte erleichtert.

„Gary hat es diesen Strauchdieben gezeigt", grinste der Magier und hielt ihr freudestrahlend zwei weitere, rote Halstücher entgegen.

„Sie jetzt sein Eis am Stiel, aber was sein mit deinem kleinen Freund?"

„Ich weiß nicht", antwortete Azure leise. Müde rappelte sie sich auf und trat zu der am Boden liegenden Sabrina.

Mit einem kurzen Ruck entfernte sie die Halskette vom Hals der anderen Hexenmeisterin. Dabei bemerkte sie eine kleine Blutlache, die begann, sich von deren Hinterkopf langsam über den Fußboden auszubreiten. Wenn man genau hinsah, konnte man aber die flachen Atemzüge erkennen, unter denen sich die Brust hob und senkte. Azure spuckte noch einmal neben Sabrina auf den Boden und verließ dann mit Garymoaham die Hütte.

Draußen kamen sie an den eingefrorenen Isle vorbei, aber Azure beachtete sie gar nicht. Vorsichtig näherte sie sich der Stelle, an der Stevie lag, seine kohleglühenden Augen waren geschlossen und die behaarte Brust bewegte sich nicht. Azure musste schlucken, sie hatte diesen Dämon nicht unbedingt gemocht, aber jetzt, da er anscheinend die Welt verlassen hatte.

„Wo wir gerade dabei sind, wäre es nett, wenn du mich vielleicht mal neu beschwören könntest", meckerte eine Stimme in Azures Kopf.

„Es zieht ziemlich in der Zwischenwelt."

„Stevie", ließ Azure verwundert verlauten und sah sich um.

„Nein, Altvater Low", stöhnte die Stimme.

„Ja natürlich ich, und jetzt mach halt, wir haben nicht ewig Zeit."

Halb grinsend, halb verärgert murmelte Azure die Formel, die zur Beschwörung des Wichtels diente. Stevies Körper verschwand vor ihren Augen und wenige Augenblicke später stand er wieder gesund und munter vor sich hin nörgelnd neben Azure.

„Aber dass mir das nicht zur Gewohnheit wird", schimpfte der Dämon, während sich die drei Abenteurer durch die dunkle Nacht auf den Rückweg nach Edinburgh machten.

„Dass ich nicht wirklich sterben kann, heißt nicht, dass dieser Vorgang angenehm ist. Jedes Mal, wenn ich von dort nach hier wechseln muss, fühlt es sich an, als würde man durch einen fünf Meter langen Flaschenhals gepresst und ich bin nicht dafür geschaffen, um dir deine Feinde vom Hals zu halten. Sieh zu, dass du dir dafür jemand anderen suchst."

„Ich hab dich auch lieb", grinste Azure und klimperte mit der wieder gewonnen Halskette.

Gleich morgen liefere sie diese bei Meister René ab und sie würde sich zur Schneiderin ausbilden lassen, denn ihre Robe hatte unter der ganzen Aktion doch ziemlich gelitten. So schwer konnte das mit dem Schneidern schon nicht sein.

Kapitel 4

Die Reise nach Oban

„Nope!", peitschte eine Stimme durch den kleinen Raum der angesehensten Schneiderei von Aberdeen.

„Das darf nicht wahr sein! Ich glaub´s nicht, so eine Katastrophe!"

Reflexartig duckte Azure sich und betrachtete gleichzeitig die Ursache für die wüste Schimpftirade. Ok, die Naht war nicht so ganz gerade, aber so schlimm war es nun nicht.

„Wer hat diesem Mädchen erlaubt, die Seidenstoff zu benutzen?", donnerte Schneidermeister Sam Houser und sein schwarzer Schnurrbart sträubte sich wild in alle Richtungen.

Seine stilvolle Kleidung mit den weiten Hosen, dem seidenen Hemd und den hohen Schaftstiefeln hätten einen Beobachter leicht an den Gestiefelten Kater erinnern können, wenn dieses Märchen, denn in Südschottland bekannt gewesen wäre. Jetzt allerdings schien ihm eine ganz gewaltige Maus über die Leber gelaufen zu sein, mit funkensprühenden Augen riss er Azure ihr Nähstück aus den Händen und wedelte damit wild in der Gegend herum.

„Ich verlange eine Erklärung!", plusterte er sich auf.

In diesem Moment hob eine der Schneiderinnen ihre Hand und als sie sich entdeckt wähnte, knickste sie nervös.

„Das ist meine Schuld, Mister Houser", gab sie zögernd zu.

„Die junge Dame wollte sich in der Schneiderei ausbilden lassen und da dachte ich …"

Ja, das hatte Azure eigentlich auch gedacht. Auf dem Weg zu ihrem Lehrmeister, René Vseticka, war sie an diesem Morgen an der Schneiderei vorbeigekommen und kurzentschlossen hatte sie den Laden mit den herrlichen Auslagen betreten, um nur mal eben schnell das Nähen zu lernen. Jetzt saß sie hier bereits seit geschlagenen zwei Stunden und selbst das vorgeschnittene Kleid sah irgendwie, nennen wir es mal merkwürdig aus. Da war ein Ärmel, wo keiner hingehörte und die aufgesäumte Zierborte zog den Stoff zu hässlichen Falten zusammen, es war tatsächlich eine Katastrophe.

„Was habe ich immer gesagt?", stöhnte der Schneidermeister augenrollend und tupfte sich mit einem spitzenbesetzten Taschentuch die Stirn ab.

„Ihr sollt die Anfänger von die Anfänger unterrichten lassen."

Mit einem etwas gequälten Lächeln wandte er sich an Azure.

„Es tut mir wirklich leid, aber ich fürchte, ihnen ist kein großer Gefallen getan mit diesem Kleid. Wenn sie wirklich daran interessiert sind, Schneiderin su werden, dann müssen sie erst einmal mit einfachen Sachen anfangen aus Leinenstoff."

Azure fühlte, wie alle Augen auf ihr ruhten und es war ihr höchst unangenehm, dass sie die

Schneiderin in eine solche Lage gebracht hatte, aber schließlich hatte sie nie behauptet, nähen zu können. So zauberte sie das überzeugendste Lächeln, das sie in diesem Moment zustande brachte, auf ihr Gesicht und nickte ernsthaft. Eigentlich wollte sie auch noch etwas sagen, doch Schneidermeister Houser hatte schon längst wieder das Interesse an ihr verloren, stattdessen klatschte er in die Hände und winkte ungeduldig einem der Gesellen.

„Los, Lawrence!", rief er.

„Du wirst dieser jungen Dame nun zeigen, wie man eine Leinenrobe macht."

Darauf neigte er sich nahe an das Ohr seines Gesellen und flüsterte eindringlich:

„Sieh´ zu, dass sie den Stoff auch bezahlt."

Damit stolzierte der Gestiefelte Kater von dannen und ließ Azure mit Lawrence allein. Der grinste, nahm ihr das ruinierte Kleid ab und zeigte ihr nun, wie man mit wenigen Stichen ein einfaches Leinenkleid schneidern konnte. Nach einigen Versuchen bekam Azure den Dreh raus und das Ergebnis war im Endeffekt sogar einigermaßen ansehnlich.

Etwas zähneknirschend bezahlte sie Stoff und Faden und legte nach einigem Zögern noch ein paar Kupferstück in die immer noch ausgestreckte Hand des Gesellen. Es gab eben nichts umsonst, auch keinen Unterricht in Schneiderei und um fast ihre gesamte Barschaft erleichtert, aber um zwei Kleider reicher machte sich Azure dann endlich auf den Weg zu ihrem Meister.

Im Keller des „Geschlachteten Lamms" angekommen, warf die Heldin im Vorbeigehen einen sehnsüchtigen Blick auf den Webstuhl der Schattenweber-Meisterin. Wenn sie fleißig übte, würde sie vielleicht auch einmal so etwas herstellen können, oder sie wurde so reich, dass sie diese Sachen kaufen konnte. Beide Möglichkeiten schienen ihr durchaus attraktiv. Doch jetzt musste sie erst einmal die wieder beschaffte Halskette zurückgeben.

René Vseticka war äußerst zufrieden mit Azures Leistung. Er ließ die Kette mit den roten Steinen mehrmals durch die Finger gleiten, während er ihrer Schilderung von den Vorgängen an Mansels Kürbisbeet lauschte.

Als sie geendet hatte, brummte er nachdenklich:

„Vielleicht hat euer Diener Recht."

Stevie, dem es gar nicht gefallen hatte, dass Azure von dessen Niederlage erzählt hatte, spitzte die Ohren zwischen seinen Ziegenhörnern. Endlich jemand, der ihn verstand und vielleicht würde er jetzt tatsächlich von dieser unfähigen Hexenmeisterin befreit werden. Offensichtlich sollte es nur noch schlimmer kommen.

„Azure, es wird an der Zeit, dass ihr einen weiteren Diener bekommt", verkündete René Vseticka feierlich.

„Folgt mir zum Beschwörungskreis!"

Unsicher ging die Heldin ihrem Lehrmeister in einen dunklen Gang nach, der sich wieder einmal schneckenförmig in die Tiefe wand. Er endete in einem weit verzweigten Netz von düsteren

Katakomben, in dem Azure schon nach etwa zwei Minuten vollkommen die Orientierung verloren hatte. So folgte sie ihrem Meister möglichst nah auf dem Fuß und versuchte nicht darüber nachzudenken, was für Knochen da wohl immer mal wieder im Schein der mitgebrachten Öllaterne aufleuchteten. Ratten huschten an ihren Füßen vorbei und man konnte das Wasser an den schimmeligen Wänden herunter fließen sehen, da machten es die vielen Netze mit den handtellergroßen Spinnen doch fast heimelig.

Endlich erreichten Azure und ihr Lehrmeister einen von mehreren Fackeln schwach erleuchteten Raum. Auf seinem Boden war mit lilafarbener Kreide ein großes Pentagramm aufgemalt. Runen und andere magische Symbole vervollständigten den Beschwörungskreis, dessen Linien wie von einer inneren Energie zu pulsieren schienen. Auf ein Wort von René fingen die Fackeln rundherum an, heller zu leuchten, sodass Azure erkannte, dass sie in der Mitte einer Gruft standen. An den Wänden konnte man die Särge sehen, sorgsam aufgebahrt in den dafür vorgesehenen Nischen.

Vseticka trat an ein Stehpult, auf dem ein sehr altes, mit Lesezeichen versehenes Buch thronte. Er blätterte eine Weile darin herum, dann nickte er und winkte die Heldin heran.

„Hört gut zu, Azure", begann er ernst.

„Ich werde euch nun einen Leerwandler in diese Welt beschwören, wenn es gelingt, ihn zu besiegen, wird er euer Sklave sein und wenn nicht, nun ja."

Über das „wenn nicht" wollte Azure sich lieber keine Gedanken machen. Etwas ängstlich blickte sie Stevie an, der zuckte nur mit den Schultern, verschränkte die Arme vor der Brust und sah gelangweilt zur Decke.

„Schöne Hilfe", dachte Azure wütend.

Es wird wirklich Zeit für einen neuen Diener.

René Vseticka hatte inzwischen begonnen, Beschwörungsformeln vor sich hin zu murmeln. Seine Augen waren geschlossen, doch hinter den Liedern konnte man die Augäpfel hin und her rollen sehen, dabei umklammerte er die wieder beschaffte Blutsteinkette so fest, dass die Fingerknöchel weiß hervortraten.

Der Beschwörungskreis startete heller zu glühen, kleine Energieblitze lösten sich von ihm und ließen Azures Haare in alle Richtungen abstehen. Dann begann sich im Zentrum des Pentagramms etwas zu manifestieren, erst war es ziemlich klein, doch dann riss die Grenze zwischen den Welten mit einem Mal auf und spuckte einen Dämon in die Realität. Mit einem schmatzenden Laut schloss sich der Riss wieder.

Der Leerwandler sah eigenartig aus, am ehesten konnte man ihn noch mit einer enormen, blauen Wolke vergleichen, denn der ganze Körper schien irgendwie aus gefärbter Luft zu bestehen. In einem rudimentär ausgebildeten Gesicht glühten unheimliche Augen, prächtige juwelenbesetzte Armschienen schlangen sich um muskulös wirkende Arme, die in krallenbewehrten Händen endeten. Trotzdem schien all das auf einem wirbelnden Schleier aus Dunkelheit zu schweben. Es war wirklich unheimlich.

Auf einen Wink ihres Meisters hin näherte sich Azure vorsichtig dem dämonischen Geist. Als ihre Füße die Linien des Beschwörungskreises berührten, kam plötzlich Leben in den Leerwandler und er stürzte sich auf Azure.

Ein heftiger Schmerz durchzuckte ihren Arm, als der Dämon mit seinen mächtigen Klauen danach schlug. Entsetzt taumelte Azure rückwärts und warf, in Erwartung einer riesigen Fleischwunde, einen Blick auf ihren Arm. Zu ihrem Erstaunen war ihr Arm, bis auf einen kleinen Kratzer unverletzt, der Schmerz jedoch schien grenzenlos. Erneut griff der Leerwandler an und diesmal traf sein Hieb der jungen Frau ungeschützte, linke Seite. Wieder flammte heftige Pein in Azure auf, doch wie schon das Mal zuvor, war ihr Körper augenscheinlich unverletzt.

Blind vor Tränen taumelte sie ungeschickt unter einem erneuten Angriff hindurch und inkantierte nun selbst einen Zauber, der ihren Gegner schwächen sollte. Gleichzeitig begann sie, innerlich gegen den Schmerz, der offensichtlich nur in ihrem Kopf stattfand, anzuatmen, sie würde sich doch nicht von einer blauen Wolke besiegen lassen.

Es war ein harter, langer Kampf, der Azure bis an die Grenzen ihrer magischen Kräfte brachte, doch schließlich warf der Leerwandler in einem letzten Aufbäumen die Arme in die Luft. Einen Augenblick danach sanken nur noch die leeren Armschienen zu Boden; der Dämon war besiegt.

Müde, verschwitzt, aber überglücklich nahm Azure wenig später die beiden Unterstützer der Arme in Empfang. Mit ihnen, so erklärte ihr René, könne sie nun jeder Zeit wieder den Leerwandler in ihre Dienste rufen und die solle allerdings vorsichtig sein, denn eine Beschwörung eines solchen Helfers sei immer mit einer Anstrengung verbunden. Im falschen Moment entzögen jene vielleicht wichtige und magische Reserven.

Azure hörte nur noch mit halbem Ohr zu, endlich hatte sie einen Diener, mit dem sie etwas anfangen konnte und der vor allem nicht zu sprechen vermochte. Nach einem sehr bescheidenen Mittagessen in der Gaststube des geschlachteten Lamms beschwor sie noch einmal den „dicken Blauen", wie sie ihn liebevoll getauft hatte. Da kam mit einem Mal Leben in den sonst so lethargisch wirkenden Wirt.

„Ja seid Ihr denn von allen guten Geistern verlassen?", wetterte er lautstark und wies mit missbilligendem Gesichtsausdruck auf den Leerwandler.

„Dummes Ding! Ihr könnt doch nicht einfach mitten vor allen Leuten einen Dämon beschwören. Wenn die Stadtwachen das mitbekommen, werden sie euch sofort verhaften und irgendwo wegsperren, bis Ihr alt und grau seid. Sagt nicht, ich hätte euch nicht gewarnt!"

Enttäuscht zog Azure eine Schnute, da hatte sie schon einmal so einen dicken Blauen und dann...

„Sein Name ist übrigens Julian", meldete sich da eine Azure nur zu bekannte Stimme in ihrem Kopf.

„Stevie?"

Azure sah sich suchend um.

„Wo bist du?"

„Na, in der Zwischendimension", kam die wenig begeisterte Antwort zurück.

„Wusstest du denn nicht, dass du nur jeweils einen Dämon befehligen kannst? Solange du diesen dämlichen, hohlen Luftsack mit dir herumschleppst, bin ich dazu verdonnert, Löcher ins Nichts zu glotzen."

Azure wusste nicht, ob sie lachen oder weinen sollte. Nun hatte sie schon gedacht, sie wäre mehr oder weniger von dieser quengelnden Landplage befreit, stattdessen hatte sie jetzt seine Kommentare direkt in ihrem Kopf. Das konnte ja heiter werden.

Mit einem letzten, bedauernden Blick auf Julian murmelte sie die Formel, die Stevie wieder in ihre Welt beschwor. Augenblicklich löste sich der Leerwandler auf und an seiner Stelle stand nun wieder der ziegengehörnte und ziemlich sauer aussehende Wichtel.

„Und was machen wir jetzt?", nölte er.

„Vielleicht noch ein wenig Einkaufen? Oder noch eine Häkelstunde?"

„Nein", antwortete Azure düster. „Ich hab kein Geld mehr."

„Na fein", ächzte Stevie.

„Wir übernachten also im Wald oder wie?"

„Vielleicht würde Garymoaham mir was leihen", überlegte Azure, während sie langsam in Richtung des Gasthauses wanderte, in dem sie und der Magier die Nacht verbracht hatten.

„Klar", stimmte Stevie ausnahmsweise mal zu.

„So ein Kräuterpflücker hat eigentlich immer Geld. Und außerdem habe ich gehört, dass ein Magier auch Essen herbeizaubern kann. Nicht, dass dir eine kleine Diät nicht gut tun würde, aber du wirst immer so unausstehlich, wenn du hungrig bist."

Azure warf Stevie einen bitterbösen Blick zu und machte sich dann sich auf die Suche nach Garymoaham. Sie fand ihn schließlich vor der

Kathedrale des Lichts im Sonnenschein auf einer Bank sitzen, in der einen Hand hatte er einen kleinen Kuchen, von dem noch ein ganzer Stapel neben ihm auf der Bank lag, in der anderen hielt er einen Fetzen Pergament, den er aufmerksam studierte. Als sie näher trat, sah er auf und ein breites Lächeln trat auf sein Gesicht.

„Ah, Azure", begrüßte er sie freudig.

Schnell räumte er seine Habseligkeiten beiseite, unter denen deren neidischer Blick auch einen neuen Kampfstab entdeckte. Sie war sich ziemlich sicher, dass er den heute Morgen noch nicht getragen hatte, denn schließlich hätte er ihn wohl kaum in seinem Rucksack verstauen können.

„Was habt Ihr da?", fragte Azure neugierig und biss herzhaft in einen der kleinen Kuchen, die Garymoaham ihr angeboten hatte.

Er schmeckte nicht schlecht, wenngleich sie doch den Eindruck hatte, dass irgendetwas damit nicht so ganz stimmte. Vielleicht lag es daran, dass er tatsächlich herbeigezaubert war.

„Ich nicht so genau wissen", erklärte Garymoaham mit einem weiteren kritischen Blick auf das Pergament.

„Ich gefunden in der Nähe von großem Spiegelsee und mein Meister mich geschickt um Wasser zu holen, damit er kann prüfen auf magische Rückstände. Ich dort gesehen viele von dieser Isle-Bande."

„Lasst mich mal sehen."

Die Heldin nahm Garymoaham das Schriftstück aus der Hand, aber es standen nur Zahlen darauf, die in scheinbar willkürlicher Reihenfolge aufeinander folgten. Was bedeuteten sie? Azure wurde und wurde das Gefühl nicht los, dass sie sich an irgendetwas erinnern sollte, als Stevie neben ihr aufstöhnte:

„Wie lange wird es wohl in etwas noch dauern, bis dir einfällt, dass Sabrina Meloni von einer Liste über ihre Goldraubzüge gesprochen hat?"

Ja richtig, die andere Hexenmeisterin hatte so etwas erwähnt und womöglich war das genau die Liste, die sie so eben in Händen hält.

Garymoaham hingegen betrachtete im Moment mit großem Interesse Stevie, der versuchte, möglichst unschuldig auszusehen.

„Woher ihr noch mal gesagt, kommt diese sprechende Affe?", sagte er mit gerunzelter Stirn.

„Ich vielleicht mir besorgen sollte auch ein Haustier, es scheint zu sein ziemlich nützlich."

„Affe?", zischte Stevie Azure zu und seine Flamenaura glühte grünlich auf.

„Naja", flüsterte sie zurück.

„Irgendeine Erklärung musste ich ihm doch schließlich geben."

Ein Grinsen ihrerseits war dabei nicht wirklich zu unterdrücken.

„Darüber reden wir noch", giftete Stevie zurück.

Garymoaham schlug vor, zunächst mit dieser Liste bei der Stadtwache von Aberdeen vorstellig zu werden. Beim Anblick der riesigen Wachkaserne wurde Azure etwas mulmig zu Mute und sie war sich sicher, dass das keine gute Idee war. Tatsächlich verwies man sie sehr zu ihrem Ärger bereits vor dem Tor an Marschall Dennis in Edinburgh. Er wäre dafür zuständig und jetzt sollten sie lieber die Straße räumen.

Zähneknirschend machten sich die drei also wieder auf den Weg nach Edinburgh. Sie fanden Marschall Dennis über einigen Landkarten in seiner Wachstube sitzend, jener grüßte nur knapp und versank dann wieder in brütendes Schweigen. Azure nahm kurzerhand die erbeutete Liste und schob sie ihm direkt vor die Nase. Erst jetzt schien er richtig zu bemerken, wer da vor ihm stand.

„Sieh an", meinte er lächelnd.

„Die junge Troll-Töterin. Was verschafft mir die Ehre?"

Azure, die sich irgendwie nicht ganz ernst genommen fühlte, wies auf das Pergament.

„Wir haben das da gefunden und haben Grund zu der Annohme, dass sich dabei um einen Plan zur Ausraubung der königlichen Goldminen handelt."

Der Marschall stutzte und besah sich dann das Fundstück genauer. Dann kramte er ein dickes Buch aus einer Schublade hervor und begann die Zahlen auf dem Pergament mit denen aus dem Buch zu vergleichen. Dabei wurden seine Bewegungen immer fahriger und sein Gesicht begann sich zu röten.

„Ihr habt Recht", stieß er schließlich aufgeregt hervor.

„Darüber muss ich sofort Gryan Stoutmantle informieren. Er ist der Kopf der Volksmiliz, die es sich zur Aufgabe gemacht hat, das Ackerland von Oban zu beschützen und niemand kennt die Minen im Westen besser als er. Ich werde sofort eine Botschaft verfassen."

Er zog ein etwas ausgefranstes Stück Pergament hervor, schrieb mit fliegenden Fingern einige Zeilen darauf und versiegelte den

Brief mit einem dicken Klecks roten Siegelwachses.

„Azure", sagte er fast feierlich, „ich weiß, dass Ihr eine mutige, junge Frau seid und Euer Begleiter erscheint mir nicht weniger tapfer. Das Königreich braucht treue Untertanen wie euch, würdet Ihr diesen Brief zu Gryan Stoutmantle in Oban bringen? Ich bin mir sicher, er kann die Hilfe von zwei solch außerordentlichen Kämpfern gut gebrauchen."

Geschmeichelt nahm Azure den Brief entgegen, deutet einen Knicks an und schwebte mit stolz geschwollener Brust nach draußen. Garymoaham folgte ihr, sichtlich beeindruckt von der langen Rede des Marschalls.

„Na, da habt ihr euch ja einen schönen Bären aufbinden lassen", schimpfte Stevie, der draußen vor der Tür in einem Busch auf sie gewartet hatte.

„Wieso?", fragte Azure verdattert.

„Erst einmal wirst du ja wohl nicht auf diese hochtrabende Geschwafel von wegen

Königstreue hereingefallen sein", meckerte Stevie weiter und Azure wurde bei jedem Wort ein bisschen kleiner.

„Zweitens hat er sich durch euch gerade praktischerweise einen bezahlten Boten gespart. Wirklich clever. So sieht der gar nicht aus."

„Euer Affe sein ein bisschen frech", lachte Garymoaham da und beendete so den herannahenden Streit.

„Aber ich ihn trotzdem mögen, irgendwie. Kommt ihr dann?"

Damit schulterte Garymoaham sein Gepäck und wies auf einen Wegweiser.

„Oban" stand darauf, die angegebene Entfernung war allerdings schon dem Wetter zum Opfer gefallen.

Stumm musterten Azure und Stevie sich, der Dämon zuckte mit den Schultern und folgte dem Magier, der abermals fröhlich singend voran zog. Leicht verstimmt schlich die Heldin den beiden nach und schwor sich, bei einer weiteren

Gelegenheit wieder ihren Leerwandler Julian zu beschwören und wenn es nur war, um Stevie zu ärgern.

„Anno!", gellte eine ungeduldig klingende Stimme zwischen den Häusern der nachtelfischen Hauptstadt hindurch.

Ein Eichhörnchen keckerte vorwurfsvoll und eines der violetten Blätter der das Gesamte überschattenden Bäume sank langsam neben Nancy zu Boden. Das allerdings war auch alles, was sich regte, denn von ihrem großen Bruder, den sie bereist seit über einer Stunde überall suchte, war nirgends auch nur eine Ohrspitze zu sehen.

Aufgebracht trat sie nach dem Blatt und lief dann zwischen den baumähnlichen Gebäuden der Händler-Terrasse hindurch. Oben auf der steinernen Empore, wo sonst die Krieger ausgebildet wurden, holte sie tief Luft, um noch einmal zu rufen, als sie plötzlich Stimmen und Gelächter von einem der nahe gelegenen Teiche vernahm. Wenn sie nicht alles täuschte, gehörte eine davon Anno. Sie murmelte eine Formel und stürzte dann auf vier pelzigen Pfoten in Richtung des Lärms.

„Fang!", rief der größte der fünf Nachtelfen und warf den schweren Lederball mit solcher Wucht nach seinem Kameraden, dass der kreischend in Deckung ging und der Ball mit Vollgas ins Wasser prallte.

Eine riesige Fontäne spritzte empor und traf denjenigen, der sich bis dahin faul auf einer Balustrade in der Sonne geaalt hatte, mitten ins Gesicht.

„Seid ihr bescheuert?", brüllte er wütend und wollte schon nach dem auf dem Wasser treibenden Ball greifen, als ihn plötzlich ein Bär ansprang.

Dadurch nun völlig aus dem Gleichgewicht gebracht kippte der Nachtelf über die Kante und platschte ebenfalls ins Wasser.

Als er hustend und spuckend wieder auftauchte, lachten die anderen vier bereits aus vollem Halse und der kleine Bär ließ höchst schuldbewusst die langen, spitzen Ohren hängen. Er brummte leise.

„Das war wirklich eine Glanzleistung, Anno", prustete der erste Nachtelf wieder und klopfte dem pelzigen Winzling auf den Rücken.

„Hast du fein gemacht, Nancy."

Der kleine Bär brummte erneut und plötzlich stand wie aus dem Boden gewachsen wieder eine junge Nachtelfe mit kurzen, grünen Haaren auf der Brücke. Auch ihr hingen die Ohren bis zu den Schultern herab.

„Tut mir wirklich leid", murmelte sie und reichte ihrem triefenden Bruder die Hand, damit er wieder aus dem Wasser kommen konnte.

„Was sollte denn das?", herrschte er sie an und strich sich die Tropfen aus den kurzen, blauen Haaren.

„Hast du jetzt völlig den Verstand verloren?"

„Anno, jetzt beruhig dich mal wieder!", mischte sich nun ein weiterer Elf - es war der,

der sich vorhin geduckt hatte - in die Unterhaltung ein.

Ein weißer Pferdeschwanz fiel ihm fast bis zur Hälfte des Rückens hinab und im Gegensatz zu den anderen war er lediglich in Stoffkleidung gehüllt.

„Ich glaube nicht, dass Nancy das mit Absicht gemacht hat."

Der jungen Nachtelfe standen nun bereits fast die Tränen in den Augen und sie nickte nur noch stumm. Anno war sein Ausbruch inzwischen schon fast unangenehm. Er murmelte etwas Unverständliches in seinen Bart, das notfalls als Entschuldigung durchgehen konnte, und stupste die kleine Schwester in die Seite.

„Nun sag schon, was du wolltest?", meinte er versöhnlich.

„Na, die Bärenform", sagte sie vorwurfsvoll.

„Ich habe jetzt endlich gelernt, wie man sich in einen Bären verwandelt."

„Das musst du Anno nicht erzählen, der hat's nicht so mit seiner Bärenform", grinste nun der erste Nachtelf wieder und lümmelte sich zwischen die zwei restlichen Teilnehmer der Szene. Als einer der beiden nicht schnell genug Platz machte, kam ein tiefes Grollen aus der Kehle, woraufhin der „Angesprochene" stumm beiseite rückte.

„Er verschwendet seine magische Kraft lieber darauf, andere Leute zu heilen."

„Ach, halt's Maul", fauchte Anno und setzte sich vorsichtshalber ein Stück weiter weg von dem Trio.

Ihrem Anführer, der sich selbst irgendwann in „Pete" umgetauft hatte, und seinen zwei Brüdern war so einiges zuzutrauen, besonders, da der jüngste der Drei, den alle nur „George" nannten, angefangen hatte, sich demonstrativ mit einem seiner Dolche die Fingernägel zu säubern. Er grinste Anno herausfordernd an, aber der ging nicht darauf ein, ihm war jetzt nicht nach einem Duell, selbst wenn es in Perth noch so langweilig war. Hier passierte selten etwas. Es gab Eichhörnchen und Gras und Blätter und noch mehr Gras.

„Hey, wollt ihr mal mein neuestes Lied hören?", fragte da Cedrik, der Nachtelf mit den weißen Haaren. Seine rechte Hand langte nach dessen ständig präsenten Lauten.

„Nein, du Kaninchenkopf", knurrte Pete.

„Tu mir einen Gefallen und verschone mich mit deinem Gejaule."

„Sei vorsichtig, was du sagst, Cousin", lächelte Cedrik mit eisiger Miene.

„Sonst könnte es sein, dass du dich irgendwann einmal nackt tanzend mitten im Tempel des Mondes wieder findest."

„Das würdest du als Priester nicht wagen", winkte Pete ab. „Außerdem hätten die Priesterinnen dann wenigstens mal was zu gucken. Und bis du dieses Gedanken-Kontroll-Dings wirklich beherrscht, mache ich mir sowieso keine Sorgen darüber."

Jetzt war es an Anno zu grinsen und es war recht angenehm, wenn nicht immer nur er derjenige war, der den Spott der Gruppe abbekam.

„Also ich würde das auch gerne mal sehen", rief Nancy jetzt dazwischen und fing sich dafür einen Katzenkopf von ihrem großen Bruder ein.

„Du machst jetzt mal lieber, dass du schön weiter lernen gehst", schimpfte er. „Na los, ab mit dir!"

Schmollend verzog sich die junge Nachtelfe wieder in Richtung des großen Baumes, in dem die Druiden ihr Heiligtum erbaut hatten. Sie erwiderte noch zaghaft Cedriks Abschiedswinken, dann verwandelte sie sich wieder in einen Bären und tollte übermütig davon.

„Nun ermutige sie nicht noch!", fauchte Anno den weißhaarigen Elfen an, der inzwischen allen Protesten zum Trotz begonnen hatte, an den Saiten seines Instruments zu zupfen.

„Du weißt eben nicht, wie man mit Frauen umgehen muss", konterte Cedrik feixend, woraufhin die ganze Gruppe wieder in wieherndes Gelächter ausbrach.

„Ach rutscht mir doch alle mal den Buckel runter", bellte Anno, sprang auf und rauschte nun ebenfalls in Richtung des Druidenbaumes davon, allerdings wollte er nicht wirklich die heiligen Hallen des Zirkels des Cenarius betreten. Sein Lehrer würde ihn nur wieder fragen, ob er inzwischen die Aufgabe erledigt hatte, die er ihm gestellt hatte.

Den ersten Teil davon hatte er in St. Andrews, der Heiligen Stadt, die nur von Druiden betreten werden durfte, mit Leichtigkeit bestanden. Wochenlang hatte er vorher mit Pete zusammen geübt, bis die beiden wirklich mehrere Minuten unter Wasser bleiben konnte, ohne auftauchen zu müssen, und gemeinsam waren sie durch den riesigen See Loch Ness getaucht, um schließlich nass und erschöpft wieder vor ihrem Druidenlehrer zu stehen.

Thommy Burgl hatte sie beide gelobt und dann mit höchst eigentümlichen Anweisungen wieder weggeschickt. Erst, wenn sie sein Rätsel gelöst und ihm ein Zeichen gebracht hatten, das bewies, dass sie die wahre Bedeutung der Anpassung an das Wasser verstanden, dann bringe er ihnen eine weitere Verwandlung bei.

Pete hatte die Raterei nach einer Weile aufgegeben und gemeint, er würde auch so ganz gut schwimmen, Anno hingegen wollte diese Aufgabe unbedingt erledigen; nur hatte er leider keinerlei Idee wie. Frustriert verwandelte er sich in seine liebste Tierform und schlich auf samtenen Raubkatzenpfoten in Richtung des großen Transport-Kristalls, nur auf diesem Weg konnte man die Stadt der Nachtelfen betreten oder verlassen.

Zwischen den knorrigen Wurzeln eines riesigen Baumes, die so hoch über den Erdboden aufragten, dass sie eine Art Baldachin bildeten, erfüllte ein sanftes, amethystfarbenes Licht die Luft. Es stammte von einem mächtigen Kristall, der von unten in den Baum eingelassen worden war. In silbern schimmernde Rüstungen gekleidete Schildwachen patrouillierten ständig auf beiden Seiten des magischen Tores, sodass es eigentlich unmöglich war unbemerkt hindurch zu kommen und auch diesmal gelänge es Anno nicht.

„Halt, wer da?", rief eine der Wachen mit heller Stimme und verstellte Anno den Weg. Der gab seufzend seine Tarnung auf und wechselte wieder in die Nachtelfengestalt.

„Ich bin es doch nur", maulte er. „Ich möchte zum Hafen."

„Nichts da", ranzte ihn die Wache an.

„Du und deine Freunde, ihr habt Ausgehverbot. Ich kann euch nicht durchlassen."

„Euch?", stutzte Anno noch, da legte sich bereits ein Arm freundschaftlich um seine Schultern.

„Ach kommt schon, seid doch nicht so", lächelte Cedrik die Wache an.

„Wir versprechen auch ganz brav zu sein und keinen Unsinn zu machen."

„Genau", erklang Petes Stimme von Annos andere Seite und auch der um gut einen halben Kopf größere Druide sah mit einem Mal aus wie ein sprichwörtliches Lämmchen.

Die Wache musterte die jungen Nachtelfen kritisch. Sie kannte die drei Unruhestifter genau. Und sie wusste, dass ihr ihre Wachleitende die Hölle heiß machen würde, wenn etwas passierte und man erfuhr, dass ausgerechnet sie diesen Ausgang zu verantworten hatte. Blumenduft umschmeichelte mit einem Mal ihre Nase und sie blickte direkt in ein Paar leuchtende Augen.

„Wir sind auch vor Sonnenuntergang wieder zurück", versprach Cedrik eindringlich und hielt der Wach-Elfe die so eben gepflückte Blume auffordernd entgegen.

„Es liegt uns fern, eine so schöne Frau in Schwierigkeiten zu bringen."

„Na dann raus mit euch", lächelte die Wache geschmeichelt. „Und seid pünktlich."

„Sind wir doch immer", antwortete Pete mit krampfhaft unterdrücktem Lachen.

Eilig und vor allem bevor die Wache es sich anders überlegen konnte, stürmten die Drei auf das Kristalltor zu und als sie es erreichten, schien mit einem Mal der Baum unter ihren Füßen zu verschwinden. Alles in ihrem Kopf dreht sich und war erfüllt von dem hellen Licht.

Instinktiv schloss Anno die Augen und öffnete sie erst, als er wieder festen Boden unter sich spürte und der Geruch von Salzwasser ihm in die Nase stach. Sie waren in Stratham, dem einzigen Hafen der abgelegenen Insel, die die Nachtelfen zu ihrer Heimat gewählt hatten.

„Ah, süße Freiheit", grinste Pete und streckte sich ausgiebig.

„Los, wer zuletzt am Schiff ist, muss die erste Runde bezahlen."

„Was soll das heißen?", erkundigte sich Cedrik misstrauisch.

„Du willst doch wohl nicht etwa nach Portham übersetzen?"

„Doch", grinste Pete noch breiter.

„Genau das."

„Aber ich habe gerade mein Wort gegeben, dass wir pünktlich zurück sind", protestierte Cedrik empört und warf die Hände in die Luft.

„Man, können wir einfach gehen, ohne dass ihr dieses Spiel dauernd abziehen müsst?", schaltete Anno sich ein. Normalerweise konnte er sich ja über das Geplänkel der beiden amüsieren, aber heute ging ihm das einfach nur gewaltig auf die Nerven.

„Wie der Herr befiehlt", antwortete Cedrik und machte eine affektierte Verbeugung vor seinem Freund.

„Also: Schiff oder Greif?"

„Schiff!", antwortete Pete sofort.

„Ich mag diese blöden Federviecher nicht. Und außerdem ist das Schiff viel unauffälliger."

„Will heißen, ich muss mich wieder alleine rausreden", seufzte Cedrik und machte sich auf den Weg zum Anlegesteg.

Der Fährmann war nicht weiter misstrauisch, als ein einzelner, vertrauenswürdig aussehender Nachtelf eine Fahrkarte löste und lichtete bald darauf den Anker. Es beunruhigte ihn zwar etwas, dass sein Fahrgast offensichtlich dazu neigte, Selbstgespräche zu führen, aber im Grunde genommen ging ihn das ja nichts an. Er verrichtete hier nur seine Arbeit und die bestand nun mal darin, Waren und Fahrgäste zwischen der Insel, die die Stadt Perth und das umliegende Gleneagles beherbergte, und der Dunkelküste mit ihrem Hafen Portham hin und her zu befördern. Besonders viele Fahrgäste hatte er allerdings nie, denn die Nachtelfen zogen es im Allgemeinen vor, unter sich zu bleiben, und Gäste waren in Perth selten.

„Das ist aber das letzte Mal, dass ich das mache", zischte Cedrik den beiden Druiden zu, die getarnt in eine Raubkatze verwandelt neben ihm auf dem Schiff saßen.

Die eine Katze gähnte hingebungsvoll.

„Ja, ich weiß, dass ich das immer sage, Easy, aber diesmal ist es mein Ernst."

Die Katze kratzte sich hinter dem Ohr.

„Oh, na wie du meinst", maulte Cedrik weiter.

„Das wird dich was kosten, Cousin."

Die andere Katze verdrehte die Augen und legte dann ihre Pfoten über den Rand der Reling. Ihr Blick heftete sich sehnsuchtsvoll an den Horizont. Anno wäre gerne einmal weiter als bis in das Gebiet der dunklen Küste gereist und wie oft schon hatte er am Pier gesessen, an dem das Schiff an- und ablegte, das zwischen den beiden Kontinenten verkehrte. Unbemerkt hatte er die Passagiere aus den östlichen Königreichen beobachtet.

Da stiegen finstere Zwerge aus, von oben bis unten - was wohlgemerkt aus Annos Sicht nicht sehr weit war - mit Waffen gespickt und in schwere Rüstungen und Pelze gehüllt. Er hatte Gnome gesehen mit ihren noch kürzeren Beinen und den piepsigen Stimmen und im Besitz von Dingen, die sich vollkommen seinem Verständnis entzogen. Und schließlich waren dort die Menschen gewesen.

Anno gab es zwar nicht gerne zu, doch Menschen faszinierten ihn, sie waren so vielfältig in ihrer Gestalt und ihrer Gesinnung, wie Blätter an einem Baum hingen. Von allen Besuchern, die er in Portham je gesehen hatte, schienen stets die Lebenden diejenigen gewesen, die er am wenigsten einzuschätzen wusste. Diese Wesen, deren Lebensspanne so viel kürzer war als die der Nachtelfen, schienen besessen davon, der Welt ihren Stempel aufzudrücken; ganz so, als könnten die angehäuften Reichtümer und in Stein gehauenen Bauwerke ihnen zu Ewigem Leben verhelfen.

Es gab noch etwas, dass ihn an dem Menschen faszinierte.

„Anno, kommst du jetzt endlich?"

Verblüfft sah der junge Druide auf. Ohne dass er es bemerkt hatte, waren sie in Portham angekommen. Cedrik und Pete standen bereits auf dem breiten Steg und des Zweiten Schwanz zuckte nervös hin und her. Anno beeilte sich, das Schiff zu verlassen und als sie außer Sichtweite des Fährmanns waren, verwandelte er und Pete sich zurück. Sein Blick wanderte kurz zu dem gegenüberliegenden Steg, an dem gerade eines der großen Überseeschiffe anlegte und neugierig taxierte er die aussteigenden Fahrgäste.

„Na, was für dich dabei?", schmunzelte Cedrik und stieß Anno spielerisch in die Seite

„Na los, schnapp sie dir, Tiger."

"Ach, Schnauze", brummte der nur.

Ihm war heute wirklich nicht nach Scherzen zumute.

„Was denn?", meinte Pete grinsend.

"Seit wann bist du schüchtern?"

„Es reicht, ok?", grollte Anno.

„Wisst ihr noch die Paladina vor zwei Wochen?", stichelte Pete weiter.

„Die mit der üppigen Auslage? Ich hab gedacht, wir müssten Anno einen Lappen unters Kinn binden, sonst wäre ihm alles noch auf die Brust getropft."

„Ich hab gesagt, es ist genug", herrschte Anno den Freund an.

Seine Hände zuckten danach, dem anderen Druiden an die Kehle zu gehen, aber er beherrschte sich.

„Wenn ihr noch weiter Witze auf meine Kosten machen wollt, bitte sehr. Aber rechnet dann nicht mehr mit meiner Gesellschaft."

„Vielleicht wechseln wir einfach mal das Thema", versuchte Cedrik, den aufkommenden Streit zu schlichten.

„Zum Beispiel: Was machen wir denn nun heute? Ich würde vorschlagen, wir gehen erst mal ins Gasthaus. Ich hab einen Bärenhunger."

Anno zögerte.

„Ich sag auch nichts mehr", ließ sich Pete nach einem auffordernden Blick von Cedrik vernehmen.

„Anno ist aber auch empfindlich, was das Thema betrifft."

„So wie du, was das Fliegen angeht", flötete Cedrik und brachte sich dann schnell vor einem Fausthieb seines Cousins in Sicherheit.

„Also was ist, kommt ihr nun?"

Die zwei anderen Nachtelfen sahen Anno fragend an. Der verzog das Gesicht zu einer gequälten Grimasse, hob die Schultern und nickte schließlich. So kehrten die drei in dem kleinen, aber sauberen Gasthaus von Portham ein, wo sie sich mit Schreitergulasch und Melonensaft in eine Ecke verzogen, um so etwas von den fremdländischen Gästen getrennt zu sitzen.

Man gab sich gastfreundlich in Portham, das immerhin einen der wichtigsten Häfen von Skye darstellte, doch das hieß nicht, dass einem die Besucher auch willkommen waren. Letztendlich schienen die durch den Schankraum schwirrenden Gespräche immer wieder eine gern genutzte Quelle für die neuesten Informationen aus den anderen Teilen Südschottlands. Nicht selten traf man hier Reisende, deren Zunge nach der langen

Überfahrt nur allzu leicht durch einige Schlucke elfischen Weins gelockert wurden.

Über seinen Kelch gelehnt lauschte Anno gerade den poltrigen Erzählungen eines Zwergenpärchens, das sich auf der Durchreise ins Steinkrallengebirge befand, als Pete ihn anstieß.

„Sag mal, willst du eigentlich immer noch diese Prüfung für die Wasserform machen?"

„Ja, sicher", gab Anno zur Antwort und nahm einen weiteren Schluck aus seinem Kelch.

Pete grinste.

„Zufällig hat mir nämlich ein Vögelchen gezwitschert, dass wir dafür einen Anhänger finden müssen, der wie ein Seelöwe aussieht. Den müssen wir nach Perth bringen, dann rückt der alte Burgl auch mit der Wasserform raus."

„Woher weißt du das alles auf einmal?", fragte Anno ungläubig nach.

„Kennen wir die Antwort auf diese Frage nicht schon", seufzte Cedrik und rührte in den Resten seines Gulaschs herum.

„Er wird wieder einmal George losgeschickt haben, um ihm Informationen zu besorgen, die überhaupt nicht für seine Ohren bestimmt waren."

„Nein, du irrst, werter Cedrik", verteidigte sich Pete feixend.

„Es war Shadowhunter."

„Egal welchen deiner zweifelhaften Brüder du zum Spionieren losgeschickte hast, es ist einfach nicht richtig", tadelte Cedrik.

„Aber immerhin weiß ich jetzt, was wir machen müssen", winkte Pete ab und wandte sich wieder an Anno.

„Also was ist, willst du nun Einzelheiten oder nicht?"

Anno überlegte kurz, dann nickte er sehr zum Ärger von Cedrik, der aufstand und sich an der

Theke noch ein Getränk bestellte. Er blieb gleich, um sich noch ein wenig mit der Bedienung zu unterhalten, die von dieser Entwicklung höchst angetan war. Man konnte ihr perlendes Lachen durch die gesamte Gaststube hören.

Pete räusperte sich und begann dann zu erzählen:

„Burgl hat sich wohl mit dem obersten Erzdruiden unterhalten. Wir beide sind seit langem mal wieder ernsthafte Anwärter auf das Johnnygen der Wasserform. Er vJohnnygt dafür allerdings, dass wir diesen Anhänger des Seelöwen wieder finden; ein uraltes Relikt, das aus zwei verschiedenen Teilen besteht. Die eine Hälfte repräsentiert dabei die Kraft des Seelöwen, die andere seine Beweglichkeit und Wendigkeit unter Wasser und erst wenn wir beide Teile anschleppen, wird er uns den neuen Zauber beibringen."

„Fein", meinte Anno sarkastisch.

„Dein Bruder hat nicht zufälligerweise auch noch mitbekommen, wo wir diesen Anhänger herbekommen?"

„Na ja", gab Pete zu.

„Nicht direkt, aber sie müssen beide unter Wasser zu finden sein, denn der Erzdruide meinte noch, dass wir ohne unser Training vorher nicht in der Lage sein würden, die Teile zu finden. Ich glaube, sie wissen selbst nicht genau, wo sie sind."

„Prima", stöhnte Anno.

„Das heißt also, wir dürfen sämtliche Küsten von ganz Südschottland abtauchen, damit wir diese Anhänger finden? Ich glaub's ja nicht."

„Ich auch nicht", ließ sich da Cedrik vernehmen.

Er kam mit drei frisch gefüllten Bechern an den Tisch zurück und seine Augen blitzten schelmisch.

„Zufällig habe ich nämlich gerade erfahren, dass eine Expedition von Gnomen vor nicht ganz zwei Wochen einen sensationellen Fund gemacht hat. Es handelte sich dabei um den Teil eines alten Amuletts, und sollen wir mal raten, wie das wohl aussah?"

„Wo ist der Anhänger jetzt?", wollte Anno wissen.

Ihm schwante bereits nichts Gutes.

„Außer Landes gebracht, noch bevor irgendein Elf einen ernsthaften Anspruch darauf anmelden konnte", erklärte Cedrik weiter.

„Wahrscheinlich wird es jetzt irgendwo in Auchterarder ausgestellt."

„Aber du sagtest, sie hatten nur einen Teil des Amuletts", hakte Pete nach.

„Ja", lächelte Cedrik.

„Genau so ist es.

„Und wo ist der andere Teil?", fragte Anno ungeduldig nach.

Warum ließ sich der Kerl auch nur alles so aus der Nase ziehen?

„Ach, ich weiß ja nicht, ob euch nicht schon zu viel geholfen wurde", murmelte Cedrik in seinen Becher hinein.

„Wenn du nicht willst, dass du morgen alle deine Knochen einzeln nummeriert auf dem Tisch eines Gnoms wieder finden willst, solltest du meine Geduld nicht weiter strapazieren", knurrte Pete und zeigte seine spitzen Eckzähne.

„Ist ja schon gut, ich verrate es euch ja", gab Cedrik nach.

„Die Bedienung hat gesagt, dass die Expedition in der Nähe des Cliffspring-Wasserfalls ihr Lager aufgeschlagen hat. Vielleicht wäre es klug, ihnen einen Besuch abzustatten, bevor sie sich auch noch den zweiten Teil des Amuletts unter den Nagel reißen."

„Ja, du sagst es, einenBesuch", grinste Pete und ließ seine Fingerknöchel knacken.

„Ich wollte schon immer mal einen Gnom verhauen. Widerliche, kleine Teppichratten."

„Wir reden erst mal mit ihnen, verstanden?", wies Cedrik seinen Cousin zurecht.

„Vielleicht haben sie den Anhänger ja auch noch gar nicht gefunden."

Die Schatten der vielen Bäume, die entlang der Dunkelküste ihr karges Dasein fristeten, begannen schon länger ebensolche zu werfen, als sich die drei Nachtelfen schließlich in Richtung Norden in Bewegung setzten. Vor ihnen lagen etliche Meilen einsamer, nasser Sandstrand, an dem nicht einmal die Riesenkrabben sonderlich interessant wirkten, nur eines war an dieser Stelle der Geschichte schon sicher: Sie würden nicht pünktlich vor Sonnenuntergang zurückkehren.

„Sind wir bald da?"

Entnervt wischte Azure sich über die Stirn, Schweiß und Staub bildeten eine unangenehm juckende Schicht auf ihrem ganzen Körper und sie hätte eine Menge dafür gegeben, jetzt baden zu können, oder zumindest stehen bleiben.

„Ich weiß nicht, ob wir bald da sind. Frag Gary", fauchte sie ärgerlich.

Der Magier, der sich gerade über eine Pflanze gebeugt hatte, um sie zu ernten, blickt erstaunt auf.

„Was sein mit Gary?", wollte er wissen.

„Ach nichts, ich rede mit Stevie", murmelte Azure.

Sie konnte dem Wichtel sein Genörgel eigentlich nicht einmal verübeln. Ihr war selbst danach, sich einfach irgendwo in den Schatten zu setzen, doch genau so etwas gab es in Oban offensichtlich nicht.

Riesige, teilweise schon abgeerntete, braungelbe Felder erstreckten sich rechts und links des Wegs, so weit das Auge reichte. Hier gab es jede Menge Wölfe, die zwar ein graubraunes Fell hatten und laut Garymoaham Kojoten hießen, aber genauso angriffslustig waren, wie ihre Vettern im Wald von Stirling. Zusammen mit der Sonne, der eintönigen Landschaft und dem ständigen Gezirpe einer ganzen Horde von

Grillen ließen sie Oban alles andere als attraktiv erscheinen.

Manchmal waren sie auch an riesigen, mechanischen Erntegolems vorbeigekommen, die verlassen und trügerisch ruhig zwischen den Stoppeln herumstanden. Näherte sich man ihnen jedoch zu weit, so kam mit einem Mal beängstigendes Leben in diese Kolosse. Offensichtlich wild entschlossen, als Nächstes Menschenköpfe zu ernten, waren sie Garymoaham und Azure nachgerannt und hatten dabei die gigantischen, sensenbesetzten Hände wie Windmühlenflügel durch die Luft sausen lassen.

Nur mit Mühe waren die drei Abenteurer diesen Maschinenwesen entkommen, wobei Azure mit Erschrecken hatte feststellen müssen, dass einer der Zauber, den ihr ihr Meister René Vseticka noch mit auf den Weg gegeben hatte, schwieriger zu sein schien, als sie zunächst angenommen hatte. Angeblich sollte der Bezauberte nämlich in panischem Schrecken vor dem Hexenmeister flüchten, aber die Golems hatte das nicht die Bohne interessiert. Einzig

Garymoahams Eiszauber hatte wieder einmal Schlimmeres verhindert.

Frustriert vor sich hin brütend stapfte Azure nun also dem immer noch fröhlich singenden Magier hinterher und ließ sich von Stevie die Ohren voll jammern. Ein toller Tag. Nein wirklich.

„Du bist dir ganz sicher, dass wir da vorhin rechts abbiegen mussten?", fragte Azure Garymoaham nun gefühlt zum ungefähr hundertsten Male.

„Gary sich ganz sicher sein. Er Gespür dafür, wo sein richtige Weg", versicherte der Magier und reckte zur Bestätigung den Daumen in die Luft.

„Dein Wort in Blizzards Gehörgang", murrte Azure.

„Wie wär's denn, wenn wir hier mal rechts gehen? Da unten scheint es einen Strand zu geben. Dann könnte man wenigstens mit den Füßen im Wasser laufen."

Garymoaham blickte zweifelnd in Richtung der aufgewühlten See.

„Ich nicht sicher, Wasser immer haben auch Krokodile. Oder Haifische und Nagas, es besser, wenn wir bleiben auf den Hügeln."

„Mir reicht´s langsam mit deinen Hügeln", schimpfte Azure.

„Ich hab ständig die Hälfte davon in meinen Schuhen, es ist heiß, mir tun die Füße weh und überhaupt ist hier kein einziger Mensch in dieser ganzen, gottverlassenen Gegend. Weißt du was, ich geh jetzt hier rechts und zwar zum Wasser."

Azure raffte den Rock und stapfte schnellen Schrittes in Richtung Strand. Sie hörte zwar noch, wie Garymoaham lautstark protestierte und ihr prophezeite, dass sie das noch bereuen würde, doch das war ihr im Moment schnuppe.

Etwa fünfzehn Minuten später stellte sie fest, dass der Magier verdammt Recht gehabt hatte mit seiner Weissagung.

Ein äußerst scharfer Speer drückte sich mit Nachdruck an ihre Kehle und der Mundgeruch des Wächters schlug eine zwei Tage tote Ratte um Längen. Hilflos musste Azure mit ansehen, wie diese Dinger ihr Gepäck plünderten, ihre Vorräte fraßen und mit ihrer Unterwäsche auf dem Kopf spazieren gingen. Es war einfach nur zum Heulen.

„Hey, du hässlicher Fisch!"

Azures Worte schrumpften zu einem erstickten Keuchen, als das geschuppte Fischwesen, dessen Speer nur noch tiefer in ihren Hals bohrte. Seine riesigen Glubschaugen sahen Azure heimtückisch an und aus dem mit kleinen, spitzen Zähnen besetzten Maul drang ein bedrohliches Gurgeln. Die gelben Stacheln auf dem Rücken raschelten, als es einige Laute an seine fischigen Mitwesen richtete und mit einer flossenartigen Hand auf Azure wies. Die anderen Wesen antworteten ähnlich artikuliert und der Speer wurde von der Heldin Hals entfernt, doch noch bevor sie sich darüber freuen konnte, bohrte er sich schmerzhaft in ihr Hinterteil. Anscheinend wollte man sie irgendwo sonst hinbringen.

Da Azure nicht viel anderes übrig blieb, lief sie nun also in der Mitte dieses stinkenden Haufens grün und gelb geschuppter Amphibien und fragte sich, was denn wohl noch alles passieren sollte.

Nun, wahrscheinlich wirst du als ihr Abendbrot enden, gab Stevie freundlich zur Auskunft. Der Wichtel war schneller, als er einen Feuerball hatte zaubern können, von zwei Speeren durchbohrt worden und hockte nun wieder miesepetrig wie üblich in der Zwischenwelt.

„Irgendwelche Vorschläge?", wollte Azure wissen.

Wie wäre es, wenn du jetzt endlich mal den blauen Windbeutel raus lässt, spottete Stevie. Du warst doch so scharf auf den.

Azure verzog ärgerlich das Gesicht. Ja, sie hätte Julian jetzt gebraucht, doch die zu seiner Beschwörung nötigen Armschienen klapperten im Moment lustig um die Flossen des Wächters, außerdem hätte sie Zeit gebraucht, um den Leerwandler heraufzubitten. Zeit, die ihr diese Viecher bestimmt nicht geben würden.

Gerade als am Horizont ein kleines Dorf aus Schilfhütten auftauchte, zerriss ein ohrenbetäubender Schrei die Luft. Etwas, ja jemand kam die Böschung hinunter gestürmt, begleitet von einem gewaltigen Klappern und dem wiederholten Aufblitzen von Waffen in seinen Händen.

„Sterbt, Murlocs!", hört man den Mann rufen.

„Die holde Jungfrau ist mein und ihr werdet sie nicht bekommen."

Im folgenden Augenblick war er mit einem einzigen Streich herangekommen, seiner Axt streckte der Krieger Azures nächsten Bewacher nieder, woraufhin die Fischwesen in heller Aufregung durcheinanderliefen. Als sie sich allerdings bewusst wurden, dass es sich bei dem Angreifer nur um einen einzelnen Kämpfer handelte, wendete sich das Blatt blitzschnell.

Mit einem Mal sah sich der Mann einem guten Dutzend scharfer Speere gegenüber, was dessen Enthusiasmus jedoch nicht im Geringsten dämpfte. Grimmig packte er seine beiden Äxte fester und machte sich bereit für den Kampf. In einem einzelnen Gefecht wäre es dem Mann bestimmt auch gelungen, sie zu schlagen. Dummerweise griffen die Murlocs alle zusammen an, so dass bald nur noch ein wilder Haufen an Armen und Beinen, zu sehen war, von denen immer wieder, welche abgetrennt durch die Gegend flogen. Es konnte nur noch eine Frage der Zeit sein, bis einige von ihnen keine Flossen mehr hatten.

Steh nicht so herum und halte Maulaffen feil. Tu endlich was Nützliches und beschwör deinen Leerwandler, schimpfte Stevie in Azures Kopf und holte sie so aus ihrer Starre.

Eilig klaubte sie die Armschienen von den Armen des toten Murlocs und murmelte die Formel. Wenige Augenblicke später stand Julian in seiner ganzen, blauen Herrlichkeit vor ihr.

„Los, tu was", herrschte Azure ihn nun ihrerseits an.

„Verbreite Qual und Leiden oder so."

Gehorsam machte der Leerwandler sich an die Arbeit. Einige der Murlocs, die immer noch fleißig versuchten, den Krieger auseinanderzunehmen, wandte sich nun dem neuen Feind zu. Sie stießen mit ihren Speeren nach dem blauen Dämon, doch wie erwartet schwirrten sie damit nur durch leere Luft. Einzig wenn sie die Armschienen des Leerwandlers trafen, erschauerte dessen Gestalt etwas.

Er wird sich nicht ewig halten können, erinnerte Stevie Azure. Wenn die Armschienen zu stark beschädigt werden, wird er sich auflösen. Vielleicht solltest du doch noch einmal diesen neuen Zauber ausprobieren.

Azure sammelte sich. Ihre magische Kraft war durch die Beschwörung schon etwas angeschlagen, aber für ein paar einfache Zauber würde es reichen. Sie konzentrierte sich und sprach dann erneut den Furchtzauber. Wie von allen Höllenhunden gepeinigt schrie einer der Murlocs plötzlich auf, warf seinen Speer zur Seite und lief in heller Panik davon. Azure wiederholte den Zauber und erneut packte einen ihrer Angreifer das blanke Entsetzen, so dass er fluchtartig das Weite sucht. Die Taffe schwankte schon leicht, denn diese Bezauberungen waren anstrengender, als sie gedacht hatte. Da fror mit einem Mal eines der Fischwesen genau vor ihrer Nase ein.

„Gary", seufzte Azure glücklich, bevor sie taumelnd am Strand zusammenbrach.

Das Letzte, was sie hörte, war der schreckliche, gurgelnde Kampfschrei der Murlocs.

Kapitel 5

Ärger in Auchterarder

Azure blieb ruckartig stehen und ihr Herz setzte einen Schlag aus, nur um im darauf folgenden Moment mit doppelter Geschwindigkeit gegen ihren Brustkorb zu hämmern. Um sie herum war nahezu kein Laut zu hören; nur der Wind strich leise durch die leeren, dunklen Gänge der unterirdischen Bahn und wie aus einer anderen Welt drang das merkwürdige Gebrabbel des grünen Gnoms vom Bahnsteig gegenüber zu ihr herüber. Dampf zischte plötzlich aus einem Rohr weit über Azures Kopf und löste sie so aus ihrer Erstarrung, bebend trat sie einen Schritt zurück und starrte in die Dunkelheit neben dem Tunnel. Dort war nichts erkennbar und nicht das leiseste Geräusch drang daraus hervor an ihr Ohr.

„Hallo?", fragte sie unsicher und der Klang ihrer Stimme hallte unheimlich von den steinernen Wänden wieder.

Eine Antwort erhielt sie allerdings nicht, zögernd machte sie einen Schritt in Richtung der düsteren Ecke und kniff die Augen zusammen.

Hatte sie dort gerade eine Bewegung ausgemacht? Sie wagte noch einen Schritt.

„Komm noch näher und es könnte das Letzte sein, was du tust", säuselte eine Stimme in der Dunkelheit.

„Entschuldigung", stotterte die Heldin und schluckte.

„Ich gehe dann mal besser weiter."

Azure wollte sich schon auf dem Absatz herumdrehen, als die Stimme sie zurückhielt.

„Wenn du meinst, dass das eine gute Idee ist", höhnte sie.

„Ich halte dich nicht auf und rede sowieso schon zu lange mit dir."

So langsam regte sich unter Azures Angst vor dem, was sich dort verbergen konnte, die Neugier. Sie wollte wissen, mit wem sie sprach und vor allem, was er – denn um einen er handelte es sich der Stimmlage nach – mit seiner

Warnung gemeint hatte. Sie beschloss, es mit Höflichkeit zu versuchen.

„Bevor ich gehe", begann sie, „wüsste ich doch gerne, warum ihr meint, ich solle nicht nach Auchterarder gehen?"

„Oh bitte", stöhnte die Stimme.

„Reisende soll man nicht aufhalten, es wird bestimmt lustig, das mit anzusehen."

„Aber was …", wollte Azure antworten, aber ein wütendes Schnauben unterbrach sie.

„Was bringt man euch jungen Dingern heutzutage eigentlich bei?", schimpfte die Stimme. „Wenn du mit dem großen Blauen dahinten nach Auchterarder reinspazierst, was meinst du wohl, was dann passiert? Erwartest du Blumen und eine Ehrengarde?"

„Nein, ich …", versuchte Azure, einzuwerfen, aber sie kam nicht sehr weit.

„Wobei eine Ehrengarde wird es vielleicht geben", überlegte die Stimme.

„Diebesjäger Farmountain wird sich keine Gelegenheit entgehen lassen, seinen dicken Hintern in die Öffentlichkeit zu hängen. Also geh´ nur, Mädel, ich schau mir gerne an, wie jemand anders verhaftet wird."

Die Heldin starrte ungläubig in die Dunkelheit, in der sich die gehässige Stimme zu einem undeutlichen, wütenden Brummeln gedämpft hatte. Inzwischen hatten sich Azures Augen soweit an die schwache Beleuchtung gewöhnt, dass sie tatsächlich meinte, eine gedrungene Gestalt erkennen zu können, die dort in der Ecke hockte.

„Ein Zwerg?"

Azure zog die Augenbrauen in die Höhe.

„Ja, ein Zwerg", äffte der Winzling sie nach.

„Was hast du denn erwartet? Den verschwundenen König von Aberdeen?"

„Ich habe gedacht, es wäre was Gefährliches", grinste Azure.

Sekunden später gefror ihr Grinsen zu einer Maske, als einen schier zentnerschwere Last sie zu Boden drückte, sich ein Dolch an ihre Kehle presste und von buschigen Augenbrauen umrandete Augen sie zornig anfunkelten.

„Lache nicht über mich", knurrte der Zwerg drohend.

„Niemand scherzt über den Schakal."

„Ich werd´s versuchen", presste Azure mühsam und unter Keuchen hervor und dachte dabei, dass ein Zwerg offenbar tatsächlich in der Lage, eine Lage buchstäblich auszusitzen war, ganz einfach in dem er sich auf das Problem draufsetzte.

„Das will ich auch hoffen", schnappte der Zwerg, kletterte wieder von Azure runter, und ließ den Dolch in seinem … ihre Mundwinkel zuckten verdächtig.

„Was?", schnauzte sie der Zwerg an.

„Gar nichts", beeilte sich, Azure zu versichern.

Trotzdem musste sie sehr an sich halten, um nicht laut loszulachen.

Der Zwerg bot nämlich trotz seines grimmigen Wesens einen höchst unterhaltsamen Anblick. Er steckte in etwas, dass bei jemandem, der ein bis zwei Kleidergröße weniger trug, ein feiner Festanzug gewesen wäre. Der Zwerg hingegen wirkte wie einen schlecht gestopfte Leberwurst aus blauem Samt. Dazu standen seine Haare an der einen Seite wüst in alle Richtungen, während die andere mit einer großen Menge Fett an den Kopf geklatscht worden war. Auch der struppige Bart schien an der einen Seite gestutzt, während Azure überlegte, ob in der anderen Hälfte nicht vielleicht schon eine Amsel ein Nest gebaut hatte. Die Krönung waren allerdings seine riesigen, nackten Füße, deren Behaarung so manchen Greis als Kopfschmuck in Verzückung versetzt hätte.

„Ich sehe genau, dass du lachst", brummte der Zwerg und überlegte anscheinend, ob es sich lohnte, den Dolch noch einmal aus der engen Samtpelle hervorzuzerren.

„Fiele mir gar nicht ein", schwindelte Azure.

„Ich sehe nur, dass ich offensichtlich nicht ganz auf dem neuesten Stand der Mode bin. Und wo habt Ihr nur diese interessante Frisur machen lassen, ich müsste unbedingt mal wieder zum Friseur."

„Dann solltest du dich beeilen", knurrte der Zwerg.

„Vielleicht erwischt den Mätre noch auf dem Schiff nach Skye."

„Wen?", fragte Azure nach und machte ein dummes Gesicht.

„Den Master, der letzte Friseur von Auchterarder", erklärte der Zwerg mit einem Funkeln in den Augen.

„Irgendwie hat er es vorgezogen, die Stadt sehr schnell zu verlassen und ich frage mich, ob das an meinem Rapier lag, dass seine komische Katze beinahe hat erblinden lassen. Ein fürchterliches Vieh."

„Wer, der Master oder die Katze?", fragte Azure grinsend.

„Beide", lachte der Zwerg.

„Am Allerschlimmsten ist mein Großcousin Robert, der hat mir den ganzen Schlamassel eigentlich erst eingebrockt."

Er wies anklagend an sich herab.

„Auf einer Hochzeit muss man angemessen gekleidet sein", säuselte er, allem Anschein nach eben jenen Cousin nachahmend.

„Ich scheiß´ drauf, was die Leute sagen, solange das Bier kalt und das Essen gut ist. Soll er die hässliche Spinatwachtel doch heiraten, meinen Segen hat er, aber ich mache mich nicht zum Gespött der gesamten Sippschaft."

„Das kann ich verstehen", antwortete Azure mitfühlend.

„Und zu allem Überfluss", setzte der Zwerg seine Rede fort, „läuft mir auch noch die dämlichste, junge Hexenmeisterin über den Weg, die unter Südschottlands schöner Sonne unterwegs ist, mein Tag ist perfekt."

„Hey!", protestierte Azure schwach.

„Ich konnte doch nicht ... also ich hab doch nicht ... ich wusste doch nicht."

„Ach Papperlapapp!", winkte der Zwerg ab.

„Entweder du suchst dir einen anderen Weg um die Stadt herum, was schwierig werden wird, oder du lässt den blauen Windbeutel da wieder in seiner Höllendimension verschwinden. Ich meine, wenn du einen Wichtel hättest oder so, das ginge, aber der? Unmöglich!"

„Der Kerl gefällt mir", ließ sich Stevie vernehmen, „und er hat zudem noch Recht. Also los, beschwör mich!"

Zwei gegen einen ist unfair, maulte Azure, fügte sich dann aber in ihr Schicksal. Sie entließ Julian, verstaute seine Armschienen wieder in ihrem Gepäck und beschwor an der Stelle den jungen Gefährten, der sich genüsslich reckte und streckte.

„Mein Name ist Stevie", stellte er sich dem Zwerg anschließend vor und warf sich stolz in die

Brust. Jener musterte ihn, als habe er etwas Ekliges gerochen.

„Bisschen mickrig", stellte er fest.

„Na ja, für die Stadt genau das Richtige, ihr solltet ihm vielleicht eine Leine umbinden."

„Was?", empörte sich Stevie

„Gute Idee", überlegte die Heldin.

„Ein Maulkorb wäre auch nicht schlecht. Mein Name ist übrigens Azure."

„Schakal", brummte der Zwerg.

„Ich nehme mal an, das da soll mit und ihr werdet einen Führer brauchen, ich bin auch gar nicht teuer."

Mit diesen Worten griff er nach dem Paket, dass Julian bei seinem Verschwinden zurückgelassen hatte, schulterte es und fing an, fröhlich pfeifend durch den großen Tunnel in Richtung Auchterarder zu marschieren. Eilig raffte Azure ihre Siebensachen zusammen und folgte dem merkwürdigen Zwerg, von dem sie sich noch nicht ganz sicher war, dass er wirklich vertrauenswürdig war, aber sehr weit kann ein Wicht ohne Schuhe bestimmt nicht laufen, dachte Azure noch. Sie ahnte jedoch nicht, wie sehr sie sich mit dieser Annahme täuschen sollte.

Zunächst gelangten sie in die Tüftlerstadt und an jeder Ecke standen dort Gnome und werkelten an Dingen mit vielen Schrauben, Hebeln und Knöpfen. Kleine penibel aufgeräumte Geschäfte verkauften Ingenieursbedarf, Alchemie-Zubehör der allerfeinsten Sorte und

„Sachen, die Bumm machen!"

„Seit die Gnome aus ihrer unterirdischen Hauptstadt Gnomeregan vertrieben wurden, gewährt König Ziemer ihnen hier Unterschlupf", erklärte Schakal.

„Dort unten ist jetzt alles voller Troggs und Unmengen der durch die ausgetretene Strahlung völlig durchgedrehten Maschinen. Am besten spricht man sie aber nicht darauf an. Sie trauern alle noch den guten, alten Zeiten nach und schmieden fleißig einen verrückten Plan nach dem anderen, um die Stadt zurück zu erobern."

Darauf gingen sie in die Halle der Forscher. Unter einer riesigen Kuppel wurden dort fossile Eier, Skelette von ausgestorbenen Tieren und einige wertvolle Kunstschätze aus dem Zeitalter der Hochgeborenen ausgestellt. Daran angrenzend konnte Azure einen Blick in eine halbrunde, bis zur Decke mit Büchern vollgestopfte Bibliothek werfen.

„Ist meist ziemlich langweilig hier", meinte Schakal beiläufig und riss sich unter dem bösen Blick eines gnomischen Forschers ein Streichholz an einer steinernen Truhe an, die ein Schild als „Uldamanrelikt" ausgewiesen hatte.

Grinsend steckte er sich seine Pfeife in Brand und beförderte das Streichholz in hohem Bogen in eine antike Vase.

Noch mit der Schimpftirade des Gnoms in den Ohren setzten die drei ihren Rundgang durch den äußeren Ring in das so genannte „Düstere Viertel" fort. Schmuddelige, leicht schiefe Häuser drängten sich unter einer niedrigen, steinernen

Decke zusammen und einige nicht besonders Vertrauen erweckende Händler boten Waren feil, die allesamt dazu geeignet schienen, jemanden mehr oder weniger schmerzhaft um eine Ecke zu bringen und ohne ihn zurückzukehren.

„Hier gibt es Dämonen", stellte Azure irritiert fest.

Ihre Sinne sagten ihr ganz deutlich, dass mindestens ein Exemplar dieser Gattung in der Nähe war. Es hatte eine merkwürdige, süßlich-klebrige Ausstrahlung, die Azures Nackenhaare unweigerlich zum Abstehen brachten. Einen Augenblick lang sah Schakal sie verdutzt an und fing dann an schallend zu lachen.

„Ja natürlich, Dummerchen", kicherte er und wischte sich die Tränen aus den Augen.

„Hier gibt es alles, was es eigentlich nicht gibt, und wovon die wachsamen Beobachtungen des Gesetzes vielleicht nicht unbedingt etwas wissen sollten, und Fisch."

„Fisch?", wiederholte Azure entgeistert.

„Ja, Fisch", knurrte Schakal und deutete auf einen Laden, an dem ein Schild mit der Aufschrift

„Reisender Angler" hing.

„Zwerge mögen normalerweise nichts, was mit allzu viel Wasser zusammenhängt. Passt einfach nicht zu ihnen, aber der alte Stonebrand hatte schon immer einen leichten Wasserschaden."

Nach wie vor verwirrt von der eigenartigen Wahrnehmung des Dämons, folgte Azure dem Schakal weiter auf ihrem Rundgang.

„Hast du eine Ahnung, was das vorhin war?", flüsterte sie Stevie leise zu.

„Wie hat es sich denn angefühlt?", wollte er wissen.

„Als hätte mir jemand die Augen und Ohren mit Honig zugekleistert", versuchte Azure vergeblich, das Gefühl zu beschreiben.

Stevies Augen leuchteten auf und seine Flammenaura erhielt für einen Moment eine leicht rötliche Färbung.

„Eine Sukkubus", rief er aufgeregt.

„Wenn wir mit dieser Tour hier fertig sind, sollten wir vielleicht noch einmal zurückkommen, vielleicht sehen wir sie ja noch."

„Was auch immer", seufzte Azure und beeilte sich, Schakal in das Mystikerviertel zu folgen.

Den zentralen Platz dieses Viertels wurde von einem großen, künstlichen Teich beherrscht, in dessen azurblauem Wasser sich die edelsteinverzierten Säulen der prächtigen Halle der Mysterien widergespiegelten. Eine kleine Gnomenfrau mit einer Frisur fast so hoch aufgetürmt wie sie selbst schlingerte mit schweren Körben beladen um den Brunnen und rief immer wieder:

„Saftige Früchte zu verkaufen! Direkt aus den üppigen Wäldern von Stirling, holt Euch Eure frischen Früchte hier."

Als sie die Heldin erblickte, wackelte sie noch einen Schritt schneller und hielt ihr ihre Waren direkt unter die Nase.

„Hier, beißt in einen frischen, saftigen Apfel", zwitscherte sie.

„Fünf Stück nur 22 Kupferstücke."

„Nein, danke Bimble", lehnte der Schakal ab und konnte Azure gerade noch davon abhalten, sich an dem reichlichen Angebot zu bedienen.

„Die junge Dame ist mit mir unterwegs."

„Dann sollte sie aufpassen, wo sie ihren Geldbeutel hat", lachte die Gnomin und gab Azure einen halben Apfel umsonst.

„Grüße Rami von mir, wenn ihr ihn seht, er wird mit seinen Pasteten wohl wieder irgendwo an der Großen Schmiede unterwegs sein."

„Machen wir", antwortete Schakal griesgrämig.

„Sag´ auch Robert unbedingt einen lieben Gruß von mir", ließ sich die Gnomin weiter vernehmen, ohne sich von Schakals Augenrollen davon abhalten zu lassen.

„Ich wünsche ihm und seiner Frau wirklich alles Gute für die Zukunft."

„Ja ja, machen wir", versicherte Schakal eilig und schob Azure weiter in Richtung des Bankenviertels.

„Die macht mich noch mal wahnsinnig", murmelte er dabei in seinen Bart und bewahrte Azure ganz knapp davor, in einem riesigen Graben zu fallen, der den breiten Weg in zwei Hälften teilte.

Einige Meter tiefer floss unter stabilen, eisernen Gittern rot glühende Lava träge vor sich hin und heizte die Luft um sich herum auf sommerliche Temperaturen auf.

„Ist nicht besonders angenehm, da unten zu landen", erklärte Schakal halb missbilligend, halb stolz.

„Die Temperatur ist auszuhalten, auf jeden Fall für Zwerge, aber man kommt nur an wenigen Stellen wieder heraus und muss immer die halbe Stadt umrunden, um wieder an die Oberfläche zu kommen."

Kurz darauf befanden sie sich dann auf einem belebten, heillos überfüllten Platz, auf dem Azure erst einmal der Mund offen stand. Die Luft war erfüllt von Begrüßungsrufen, Handelsangeboten und Schmähungen. Abenteurer versuchten, ihre erbeuteten Schätze zu verkaufen und Verzauberer boten lauthals ihre Dienste an. Zwerge, Gnome und Menschen eilten mit gewichtigen Mienen zwischen den großen, zweckmäßigen Gebäuden hin und her. Tiere wieherten, brüllten, grunzten und heulten dazwischen, als gäbe es kein Morgen, und Kriegsausrufer bemühten sich, das Ganze noch durch die Verkündung der neuesten Meldungen von der Front zu übertönen. Mit einem Wort: Chaos.

„Was ist das hier alles?", versuchte Azure, über den Lärm hinweg zu erfahren.

„Das Bankenviertel", rief Schakal ebenso laut zurück.

„Hier gibt es alles, was man für Geld kaufen kann. Das da drüben ist das Auktionshaus, dort wird alles gehandelt, was nicht niet- und nagelfest ist und wenn man Häuser und

Kriegsschiffe verkaufen könnte, würdest du die dort wahrscheinlich auch bekommen. Ihm genau gegenüber liegt die Bank von Auchterarder. Dort lagern in riesigen Tresoren Unmengen von Gold und mehr oder weniger wertvollen Gegenständen und jeder, der will, kann sich dort gegen eine gewisse Gebühr Schließfächer mieten, in denen er dann ebenfalls etwas aufbewahren kann."

„Aber es ist so laut hier", jammerte Azure und hielt sich die Ohren zu.

„Das ist auch gut so, wie soll ich denn sonst meiner Arbeit nachgehen?", antwortete der Schakal lachend und erbarmte sich aber trotzdem, Azure weiter in das Militärviertel zu führen.

Hier saß die junge Hexenmeisterin nun auf einem hölzernen Wagen zwischen „Helmen, Platten und Ketten" und „Schlachtholzwaffen" und versuchte erfolglos, kleine Steine in das riesige Kohlebecken zu werfen, das sich vor dem zentralen Rekrutierungsbüro von Auchterarder befand. In schwere Rüstungen und knarrendes Leder gehüllte Gestalten kamen und gingen hier fast ebenso aus und ein wie stolze Kampfmagier und heilkräftige Priester. Von drinnen konnte man die bellenden Befehle der Ausbilder hören, die ihre Truppen auf die Unterstützung der Allianz gegen die Einheiten der wilden Horde einschworen und ihnen Ruhm und Ehre auf den Schlachtfeldern versprachen.

„Alles Mumpitz!", brummte Schakal und blies eine Rauchwolke in Richtung der hohen, gewölbten Decke.

„Eine nette Prügelei dann und wann mag ja etwas für sich haben, dann habe ich auch nicht dagegen, wenn meine Gegner unverständliches Kauderwelsch sprechen und nach Trollschweiß oder Kuhstall stinken. Regelmäßig meinen Allerwertesten für die so genannte gute Sache zu riskieren, nein danke!"

„Schakal!", rief mit einem Mal jemand und ein Zwerg stürmte mit wehendem Bart auf Schakal zu.

„Endlich finde ich dich, wo hast du nur die ganze Zeit gesteckt?"

Der Schakal stöhnte leise.

„Wenn ich vorstellen darf: Robert."

Er wies auf den stattlichen, blonden Zwerg mit wachen, freundlichen Augen und dem strahlenden Lächeln eins noch nicht Verheirateten.

„Sehr erfreut", murmelte die Heldin und war sich nicht sicher, ob sie das wirklich war. Dieser Frohsinn war ihr unheimlich.

„Mein Name ist Azure."

„Angenehm", lächelte Robert und schüttelte deren Hand kräftig durch.

„Ich nehme an, sie sind Schakals Begleitung heute für die Hochzeit?"

„Äh was?", sagte jene alarmiert.

„Das hättest du mir aber sagen müssen", schimpfte Robert an Schakal gewendet.

„Ich bin mir ja nicht sicher, ob der Platz am Tisch ausreicht. Und wir brauchen einen anderen Stuhl für deine Freundin."

„Sie ist eine Kundin!", fuhr Schakal auf. „Und wenn du nicht sofort abschwirrst, dann …"

„Und sie braucht ein neues Kleid", fuhr Robert unbeirrt fort.

„Wir werden mal sehen, ob in meinen Schränken nicht noch etwas habe, das ihr passen könnte. Notfalls ändern wir ein bisschen was ab, dann wird es schon gehen."

„Das ist wirklich sehr nett, aber …", versuchte Azure einzuwerfen, doch auch sie entkam dem enthusiastischen Robert nicht.

Eine halbe Stunde später trug sie ein Kleid in einem bestechenden Gelbton mit blassvioletten Verzierungen, so faszinierend vor allem deswegen, weil die Farbe in den Augen wehtat, außerdem zwickte es unter den Armen.

„Todschick!", attestierte Robert und sah sehr mit sich zufrieden aus.

„Stimmt", grinste der Schakal.

„Wenn ich das tragen müsste, würde ich vor Scham sterben."

„Ach, du hast einfach keinen Sinn für Schönheit", meckerte Robert.

„Meine kleine Zuckerelfe hat dieses Kleid immer sehr gerne getragen."

„Wahrscheinlich weil das so gut zu ihrer scheußlichen Haarfarbe passt", murmelte der Schakal wohlweislich so leise, dass Robert es nicht hören konnte.

„Ist sie wirklich so hässlich?", flüsterte Azure ihm zu.

„Ich hab selten was Schlimmeres gesehen", antwortet Schakal grinsend.

„Sie hat Manieren wie der letzte Holzfäller."

„Robert!", ertönte da eine Stimme mit der Lieblichkeit eines Nebelhorns.

„Wo ist mein Hochzeitskleid?"

„Ich komme, mein Augenstern", flötete Robert und eilte mit einem Berg von weißem Tüll und Taft in das obere Stockwerk seines Hauses.

„Es wird Zeit!", schimpfte die Stimme.

„Ich erfriere hier oben noch."

Wenige Augenblicke später stampfte etwas die Treppe herunter, das wirkte, als hätte man Wut, schlechte Laune und Zahnschmerzen auf etwa einen Meter zwanzig blonde Weiblichkeit komprimiert und diesem Gebilde dann ein Hochzeitskleid übergestreift. Stechende Augen hafteten sich an Azure und die durchdringende Stimme verlangte zu wissen:

„Wer ist das und was macht die in meinem Kleid?"

„Aber Mausebärchen", säuselte Robert beruhigend auf seine zukünftige Frau ein und eilte hastig die Treppe hinunter.

„Du weißt doch, dass dieses Kleid dir etwas … na ja."

„Willst du damit etwa behaupten ich wäre fett?", kreischte die Zwergin los und schwang trotz des festlichen Aufzugs auf einmal eine riesige Axt durch die Luft.

„So beruhige dich doch", flehte Robert. „Ich bin mir sicher, wir können das klären."

„Ja", warf Azure angesichts der Chance ein, das Teil loszuwerden und ihren Kopf zu behalten.

„Ich ziehe das Kleid einfach wieder aus, es ist mir sowieso etwas zu eng, außerdem steht es euch sicherlich viel besser, ich sehe darin furchtbar aus."

Die Zwergin hielt in der Bewegung inne, mit der sie so eben einen Stuhl nach ihrem zukünftigen Ehemann schleudern wollte.

„Im Ernst?", fragte sie misstrauisch nach.

„Natürlich", versicherte Azure mit einem gewinnenden Lächeln.

„Also schön", knurrte die Zwergin und ließ den Stuhl zu Boden poltern.

„Ich will das Kleid wieder und ich will ein Feuerwerk, heute Abend."

Damit drehte sie sich um und rollte einer weiß berüschten Armee gleich wieder in den ersten Stock hinauf.

„Sie meint es nicht so", seufzte Robert und zuckte entschuldigend mit den Achseln.

„Sie ist nun mal etwas…"

„Aufbrausend? Ungehobelt? Raffgierig?", schlug Schakal vor.

Er warf ihm einen wütenden Blick zu.

„Na was denn?", feixte der Schakal und hob abwehrend die Hände.

„Nun bleiben sie mal ganz unruhig, das wird schon alles werden."

„Ja aber wo soll ich bis heute Abend ein Feuerwerk herbekommen?", stöhnte Robert, hob den Stuhl auf, den Marc hatte fallen lassen, und setzte sich darauf.

„Ach, das bekommst du in Auchterarder an jeder Ecke", winkte Schakal ab.

„Ich werde dir bis heute Abend jemanden auftreiben, der sich darum kümmert."

„Das ist sehr nett von dir, Cousin", sagte Robert.

„Jaja, keine Ursache", brummelte der Schakal.

„Dann müssen wir uns jetzt ein wenig beeilen."

Wenig später starrte Azure mit großen Augen auf die wohl größte Schmiede, die es überhaupt geben konnte. Aus baumdicken Rohren, die aus der Decke hervorragten, ergoss sich ein stetiger Sturzbach flüssigen Metalls in drei gigantische Auffangkessel und vor dort weiter in einen riesigen, rotglühenden See, der das Herzstück der Stadt bildete. Die Luft flirrte vor Hitze und die Luft war erfüllt vom hellen Klang der Schmiedehämmer, die von Dutzenden von

Zwergen an unzähligen Amboss geschwungen wurden. Dazu ächzten zwei gewaltige Blasebälge im Takt eines titanischen Kolbens, der durch zwei noch monumentalere Schwungräder angetrieben wurde.

„Das ist …", begann sie und suchte nach den richtigen Worten.

„Ziemlich groß", beendete Stevie ihren Satz.

„Es erinnert mich ein bisschen zu Hause, zumindest von der Temperatur her."

„Beeindruckend, nicht wahr?", sagte Schakal und der Stolz, ein Zwerg zu sein, stand ihm mit glühenden Buchstaben ins Gesicht geschrieben.

„Doch ich fürchte, ich muss mich jetzt leider verabschieden."

„Du verlässt uns?", fragte Azure und war ehrlich etwas enttäuscht.

Insgeheim hatte sie gehofft, einen Gefährten für den Weg nach Loch Modan gefunden zu haben.

„Nun, meine Zeit ist knapp bemessen", lächelte Schakal entschuldigend und nahm einen geschäftsmäßigen Ton an.

„Hier rechts findet Ihr übrigens einen Arzt, falls Euch etwas fehlt, einen Reagenzienhändler, verschiedene Bekleidungsgeschäfte für Stoff- und Lederrüstungen, und nicht zu vergessen natürlich den Thronsaal. Falls Ihr eine Audienz bei Magnus Ziemer wünscht, wendet euch am besten an eine der Wachen, sie werden euch sicher weiter helfen. Ihr solltet Euch wirklich die Zeit dafür nehmen, lebt wohl!"

Er deutete noch eine kleine Verbeugung an und verschwand dann blitzschnell im Gewühl einer Gruppe, die auf dem Weg zum nahe gelegenen Greifenhort waren.

„Schade", seufzte Azure ein wenig irritiert über den schnellen Abschied und blickte auf den Wichtel herab, der begonnen hatte, etwas vor sich hin zu murmeln.

„Einunddreißig", sagte er gerade.

„Zweiunddreißig. Dreiunddreißig."

„Wie bitte?", wunderte Azure sich.

„Fünfunddreißig. Sechsunddreißig", antwortete Stevie und grinste frech.

„Na schön, wie du willst", schnaubte Azure und fing an, durch den inneren Ring der Stadt zu wandern.

Sie bewunderte die Auslagen der Geschäfte („Tausendneunhundertdreiundachtzig."), kaufte ein Stück hausgemachten Kirschkuchen („Zweitausendzweihundertneunundsechzig."), aß ihn („Zweitausendsiebenhundertachtundvierzig.") und ließ sich aus lauter Trotz von einem Handwerkswarenverkäufer über die Verwendung von Angelködern aufklären. („Dreitausendfünfhundertsechsundvierzig!").

„Okay", fauchte Azure schließlich genervt und baute sich vor dem Wichtel auf.

„Entweder du erzählst mir jetzt, was das soll, oder wir sind geschiedene Leute!"

„Dreitausendsechhun...im Ernst?", fragte Stevie und vergaß völlig, weiter zu zählen.

„Natürlich nicht", giftete Azure und rollte mit den Augen.

„Also los, sag´ schon, was du da eigentlich die ganze Zeit machst."

Stevie setzte eine uninteressierte Miene auf.

„Also wenn du das nicht erkennst, dann weiß ich auch nicht", antwortete er und verschränkte die Arme vor der Brust.

„Du hast damit angefangen, als wir an der Großen Schmiede standen", überlegte Azure.

„Warm", ließ sich Stevie vernehmen.

„Genauer noch, als der Schakal gegangen war", führte Azure den Gedanken fort.

„Mhm...heiß", brummte Stevie.

„Und was soll das Ganze?", gab Azure das Spiel wieder auf.

Stevie sah sie an, als wäre sie beschränkt im Kopf.

„Hast du nicht vielleicht das Gefühl, dass dir etwas fehlt?", fragte er, der Sache offensichtlich überdrüssig.

„Etwas f...", begann Azure und stockte dann, als sie die Erkenntnis wie der sprichwörtliche Blitzschlag traf.

„Die Axt!", rief sie entsetzt.

„Dieser verdammte Hund hat meine Axt mitgehen lassen."

„Naja, du hast sie ihm ja geradezu aufgedrängt", nörgelte Stevie.

„Wunderst du dich das? Ich hab dem Kerl ja die ganze Zeit nicht über den Weg getraut. Ich sage nur: Leine!"

„Wie bekomme ich die denn jetzt zurück?", jammerte Azure und blickte unglücklich auf den brodelnden, lauten Moloch vor ihrer Nase.

„Den finde ich doch hier nie wieder."

„Wer weiß, vielleicht hat Auchterarder ja auch ein Fundbüro", stichelte Stevie und lachte meckernd."

Aber viel Hoffnung würde ich mir da nicht machen."

„Wartet!", flüsterte Cedrik eindringlich und hob warnend die Hand.

Er war mitten auf dem Weg wie angewurzelt stehen geblieben, so dass Anno und Pete fast in ihn hineingerannt wären.

Die beiden Druiden sahen sich erstaunt an. Sie hatten gerade erst ein Dorf links des Weges liegen lassen, eine längst verfallene Elfenstadt, die inzwischen von wilden Grells und üblen Grimmlingen behaust wurde. Heimtückische Wesen mit spindeldürren Armen und Beinen, langen Schwänzen und dämonenhaften Fratzen, denen es ein diebisches Vergnügen bereitete, in ganzen Horden über unvorsichtige Wanderer herzufallen und sie auszuplündern oder

Schlimmeres. Im Geamten war dies kein guter Ort, um eine Rast einzulegen.

"Was ist los?", fragte Pete ungeduldig und wurde von Cedrik mit einer herrischen Geste zum Schweigen gebracht.

„Hört ihr das denn nicht?", wisperte er tonlos. Anno spitzte die Ohren und zunächst konnte er nichts vernehmen, als das gleichmäßige Rauschen der Laterne, unter der sie standen und die mit ihrem magischen Licht das Grau des anbrechenden Tages eher noch kälter erscheinen ließ, als das sie Sicherheit versprach. Dann jedoch drang etwa an sein Ohr, das seine innere Alarmglocke zu klingeln brachte. Irgendwo nicht sehr weit von hier fand ein Kampf statt. Ein Blick in Petes Gesicht zeigte, dass er die Laute ebenfalls gehört hatte.

„Woher kommt das?", fragte er nun ebenso leise wie sein Cousin zuvor.

„Dort", antwortete Anno und wies in die Richtung, in der sie unterwegs waren.

„Hinter diesem Hügel liegt Portham."

Nahezu gleichzeitig setzten die drei Nachtelfen sich in Bewegung.

Schon von weitem rochen sie den Rauch, der von Portham aus in den Wald zog, und als sie näher kamen, konnten sie auch den Widerschein des Feuers am immer noch dunklen Himmel ausmachen. Befehle der Schildwachen hallten durch die Luft und mischten sich mit dem Klingen von Eisen auf Stahl und dem Gebrüll der Angreifer.

„Was ist das?", fragte Anno mehr an sich selbst gerichtet.

„Es hört sich an, wie eine Horde Tiere und doch wieder nicht."

„Ich weiß es nicht", knurrte Pete.

„Wir sollten das schleunigst herausfinden und zwar vorsichtig."

Sie schlichen sich nun langsamer an die Stadt heran und verharrten dann auf den Hügeln, die Portham wie eine Art natürlich Stadtmauer zur Landseite umgaben. Mit dem Meer auf der anderen Seite bildete die Stadt so trotz ihrer geringen Zahl an Wachen eine Art kleine Festung, die ein Feind sich zweimal überlegte anzugreifen. Dieser Gegner jedoch schien jegliche Vernunft über Bord geworfen zu haben und hatte die Wachen am Eingang brutal niedergemetzelt. Eilig sprang Cedrik auf und eilte zu einer der Aufseherinnen, an deren schwachen Bewegungen zu erkennen war, dass sie noch nicht tot war.

„Dieser verdammte Idiot", fauchte Pete und setzten dem weißhaarigen Nachtelfen nach. Ohne lange zu überlegen, folgte Anno den beiden.

Die Augenlider der Schildwache flatterten, als Cedrik ihr die Hand auf die Brust legte und in aller Eile einen Heilzauber über sie zu sprechen begann.

„Was ... wo ...?", stöhnte sie.

„Shh", machte Cedrik.

„Ihr seid immer noch schwer verletzt."

„Scotsmags", flüsterte die Nachtelfe.

„Sie kamen, eine ganze Horde, sie sind wahnsinnig geworden."

„Sprecht jetzt nicht mehr? Ich werde für euch tun, was in meiner Macht steht", versprach Cedrik und bettete ihren Kopf vorsichtig auf dem von Pfotenabdrücken übersäten Boden.

Die Schildwache lächelte dankbar und schloss die Augen. Ihr Atem ging immer noch flach.

„Meine Heilkraft reicht nicht aus, um ihre Wunden auf die Schnelle zu schließen", erklärte Cedrik den beiden Druiden.

„Ich werde bei ihr bleiben müssen."

„Tu das", stimmte Anno zu.

„Ich will jedenfalls wissen, was da vor sich geht. Sie sagte Scotsmags hätten sie angegriffen, aber das kann einfach nicht stimmen."

Anno hatte schon von Scotsmags gehört und sie auch bereits einmal aus der Ferne beobachtet. Diese Wesen ähnelten aufrecht gehenden Bären; sie trugen primitive, aus Federn, Knochen und Stofffetzen zusammengesetzte Kleidung, pflegten eine noch einfachere, schamanistische Kultur und lebten im Allgemeinen sehr zurückgezogen. Nie und nimmer hätten sie sich zusammengerottet und fielen über eine Stadt, selbst wenn sie so klein war wie Portham und doch bot sich ihm genau dieses Bild, als sie am ersten der wenigen Häuser vorbei in Richtung des Tumults liefen.

An einer umgestürzten Laterne lag die Leiche eines Scotsmags. Er lag mit dem Gesicht nach unten im Gras, dessen Vorderpranken umklammerten immer noch ein schartiges, gekrümmtes Schwert und seine kräftigen Hinterpranken hatten die Erde um ihn herum aufgewühlt. Anno gab sich einen Ruck und drehte ihn um.

Die toten Augen des Scotsmags blickten blutunterlaufen in den inzwischen rosa gefärbten Himmel und die breite Schnauze war schaumbedeckt. Einer der großen Eckzähne war abgebrochen und in der Brust steckten Teile einer Mondgleve, dem traditionellen, dreiklingigen Schwert der Nachtelfenwachen, das sowohl geworfen, wie auch im Nahkampf eingesetzte werden konnte. Wenn eine der Klingen aus dem Kreis herausgebrochen war, musste der Angriff mit sehr großer Wucht ausgeführt worden sein ... oder die Wache hatte sich sehr verzweifelt gewehrt.

„Dort!", keuchte Pete plötzlich und wies in Richtung des Gasthauses, in dem sie noch am Abend zuvor gespeist hatten.

Eine Ecke des direkt am Meer liegenden Gebäudes stand lichterloh in Flammen und im Schein des Feuers waren Schildwachen und Scotsmags in einen heftigen Kampf verstrickt. Jene schienen den Angreifern ohne Zweifel in ihrer Kampfkunst überlegen und nicht wenige der braun- und grau befellten Körper der Tiermenschen zierten inzwischen das Schlachtfeld. Was den Scotsmags jedoch an Technik fehlte, machten sie durch pure Wildheit und den Einsatz von Klauen und Zähnen wieder wett, sodass der Ausgang des Kampfes noch lange nicht entschieden war.

„Zum Henker!", gellte die Stimme der obersten Schildwache Linda über die Köpfe ihrer Untergebenen hinweg.

„Lasst sie spüren, was es heißt, unser Heiligtum zu entweihen!"

Als hätte dieser Ruf die Kräfte der Wachen neu entfacht, startete die Front der Scotsmags langsam, aber stetig zurückzuweichen. Mehr und mehr von jenen begannen, ihr Heil in der Flucht zu suchen, bis schließlich auch der letzte derer seine zerbrochene Stangenwaffe von sich warf und mit schmerzerfülltem Gebrüll das Weite suchte. Eine der Schildwachen setzte an, ihn noch im Davonlaufen mit ihrer Mondgleve niederzustrecken, ließ ihre Waffe aber sinken, als ein männlicher Nachtelf unvermittelt zwischen ihr und dem Scotsmag auftauchte.

„Lasst es gut sein, Schwester", rief er und hob die Armen gegen den Morgenhimmel.

„Sie sind zurückgeschlagen, lassen wir sie ziehen, wir haben Wichtigeres zu tun, als unsere Rache zu suchen."

„Wie Ihr befehlt, Ältester Hurst", antwortete die Schildwache und senkte den Kopf.

Der Nachtelf, dessen Oberkörper im Feuerschein glänzte, lächelte nachsichtig.

„Auch in diesen Zeiten", erklärte er, „müssen wir uns erinnern, wie weit einen Wut und Rachsucht bringen können. Geht jetzt und löscht das Feuer. Danach versorgt die Verwundeten."

„Es wird sofort geschehen", antwortete Linda stellvertretend für ihre Untergebene und teilte mit ein paar knappen Befehlen die unverletzten Wachen für die verschiedenen Aufgaben ein.

Magnus Hurst strich sich über das Gesicht und schirmte dann die Augen gegen den hellen Schein des nahen Feuers ab. In einiger Entfernung konnte er die Gestalten zweier junger Druiden ausmachen, die er schon des Öfteren bei ihren Ausflügen beobachtet hatte.

Der Hochgewachsene von ihnen stand hoch aufgerichtet, die langen dunkelblauen Haare nach der Art der Krieger zu Zöpfen verschlungen und das Gesicht unbeweglich wie das des großen

Weltenbaumes. Neben ihm der Kleinere und Wendigere des ungleichen Paars mit den unsteten Augen, die kurzen Haare noch zerzaust vom Nachtwind. Einer jedoch fehlte in diesem Gespann, das, wie Magnus wusste, eigentlich aus drei jungen Nachtelfen bestand. Er winkte die zwei herüber.

„Wo ist euer Freund?", fragte er gerade heraus.

„Ich sehe ihn nicht bei euch."

„Er versorgt eine Verletzte", erklärte der Größere.

„Wir fanden sie, als wir die Stadt betraten."

„War sie schwer verletzt?", fragte Magnus nach.

„Es schien so", antwortete der Andere.

„Gut", nickte Magnus. „Ich werde mich zunächst um euren Freund kümmern.

Wartet auf mich im Haus des Rates. Es ist das große Gebäude direkt am Strand. Und redet mit niemandem, bevor ich wieder bei euch bin."

Die letzte Aufforderung wäre im Grunde nicht nötig gewesen, da jeder der Bewohner Porthams durch den Lärm aufgescheucht worden war und nun mithalf, die Feuer zu löschen. Trotzdem konnte es nicht schaden den jungen Nachtelfen, die nachts allein in der Gegend herumstreunten, ein wenig Disziplin aufzuerlegen. Vor allem, wenn man bedachte, in welcher Gefahr die drei Freunde sich unwissentlich befunden hatten.

Hurst fand den dritten Nachtelfen am Eingang zu Stadt. Sein langes, weißes Haare klebte schweißfeucht an seiner Stirn und sein Gesicht erschien trotz des farbigen Scheins der aufgehenden Sonne ausgemergelt und bleich.

„Goodday, Freund", grüßte Magnus ihn.

„Lass mich dir helfen."

Er legte due Hände fest auf die des jungen Nachtelf und ließ seine heilenden Energien durch die beiden ermatteten Körper fließen. Wie

Blumen, die nach langer Trockenzeit wieder den Regen spüren, erholten sich die zwei Nachtelfen zusehends; die eine von ihren Verletzungen, der andere von dem Versuch, diese zu heilen.

„Habt Dank, Ältester Magnus", sagte die Wache, als sie wieder auf den Beinen war.

„Ohne Eure Hilfe und die dieses jungen Priesters, wäre die Verletzung möglicherweise mein Tod gewesen."

„So hätte es sein können", antwortete Magnus Hurst ernst.

„Danken wir Elune, dass sie unsere Wege anders geleitet hat. Und du, junger Freund, begleite mich zum Haus des Rates. Deine beiden Freunde erwarten uns dort bereits."

„Wir Ihr wünscht", gab der junge Priester zurück und folgte dem Ältesten zum Strand hinunter.

Anno schwang die Beine von der Brüstung des weitläufigen Balkons, als der Älteste zusammen mit Cedrik den Raum betrat, und trat eilig auf seinen Freund zu.

„Wie geht es dir?", fragte er leicht besorgt, denn jener wirkte nicht besonders trittsicher.

„Es geht ihm den Umständen entsprechend", gab der Älteste an dessen Stelle zur Antwort. „Euer Freund wird lernen müssen, mit seinen Kräften besser zu haushalten."

„Das kommt davon, dass er immer den Helden spielen muss", knurrte Pete, der beim Eintreten der beiden ebenfalls aufgesprungen war, und knuffte den Cousin spielerisch in die Seite.

„Kaum sieht er eine schöne Frau, muss er ihr seine Hand anbieten."

Der Älteste bedachte ihn mit einem tadelnden Blick.

„Die Sache ist ernster, als es im ersten Moment scheinen mag", erklärte er.

„Doch lasst uns zunächst eine kleine Stärkung zu uns nehmen. Ich denke, ihr könnt eine Rast vertragen, nachdem ihr euch die ganze Nacht unerlaubt herumgetrieben habt."

Anno und Cedrik senkten betreten die Köpfe. Pete hingegen verzog das Gesicht zu einem undefinierbaren Ausdruck, sagte jedoch nichts. Sie ließen sich gehorsam auf dem angewiesenen Lager aus Decken und Kissen auf dem Fußboden nieder, während eine Nachtelfe ihnen Brot, Quellwasser und eine Auswahl an frischen Früchten servierte.

„Wir...", begann Anno, nachdem ihr erster Hunger und Durst gestillt war.

„Wir haben ebenfalls einige merkwürdige Beobachtungen gemacht."

Er schilderte kurz das Treffen mit dem Unterwasser-Wesen, ließ ihre Begegnung mit den Forschern vom anderen Kontinent allerdings wohlweislich aus.

„Das ist in der Tat eigenartig", bemerkte Magnus Hurst und blickte nachdenklich auf das Meer hinaus.

„Vielleicht ein Zufall, vielleicht aber auch Teil desselben Problems, mit dem wir es bei den Scotsmags zu tun haben."

„Wie meint ihr das?", fragte Cedrik interessiert nach.

Man sah ihm an, dass er inzwischen wieder ganz zu Kräften gekommen war.

„Die Scotsmags sind normalerweise ein friedliches und zurückhaltendes Volk", erklärte Magnus Hurst. „Sie mögen uns Nachtelfen nicht besonders und halten sich lieber fern von unseren Siedlungen, doch noch nie haben sie von sich aus angegriffen, wenn sie nicht bedrängt wurden. Es scheint fast, als hätte eine dunkle Macht von ihnen Besitz ergriffen. Womöglich reagieren sie aber auch nur auf die absonderbaren Veränderung der Umwelt, ebenso wie es die Kreaturen des Meeres tun, die in letzter Zeit an den Strand gespült werden. Eurer Schilderung nach scheint ihr auf ein lebendes Exemplar der Gattung der Düsterdrescher, wie Doris sie nennt, gestoßen zu sein. Jene ist im Tempel des Mondes damit beauftragt worden, diese Kreaturen zu untersuchen. Ich werde ihr noch heute ..."

Ein eindringliches Klopfen an der Tür unterbrach die Überlegungen des Ältesten.

„Hurst!", platzte ein Nachtelf atemlos in die kleine Versammlung hinein. Seine Kleidung war einfach, sein Haar bereits grau und die Arme von unzähligen alten Narben überzogen.

„Verzeiht die Störung, aber ich habe Nachricht aus Glasgow."

„Es ist gut, Wolfesindis", winkte Magnus Hurst ihn herein.

„Erzähle uns, was du hörtest."

„Nicht ich, sondern Julie soll euch davon berichten", entgegnete der Nachtelf und trat beiseite um eine junge Schildwache durchzulassen.

„Good morinig", grüßte sie in die Runde und verbeugte sich vor dem Ältesten.

„Verzeiht auch mein rüdes Eindringen in eure Hallen, weiser Mann, aber meine Herrin, Christine Noser, schickt mich um Euren Rat. Sie sagt, die Nachforschungen bezüglich der Verderbnis der Scotsmags seien ins Stocken geraten und die Angriffe auf Dundee sind schlimmer als je zuvor. Sie ersucht Euch um Unterstützung in dieser Angelegenheit."

„Das ist bedenklich", murmelte Magnus Hurst und versank in nachdenkliches Schweigen.

Er schwieg so lange, dass Anno anfing, unruhig auf den Boden umherzurutschen, und fühlte sich unbehaglich unter dem Blick des Ältesten, der durch ihn hindurchzugehen schien und verstand nicht, wie alle so ruhig zu bleiben vermochten. Pete hatte sich still einem weiteren Nachschlag gewidmet, Cedrik war in eine Meditation versunken und die anderen beiden schienen zu Statuen versteinert zu sein. Fast wünschte Anno sich, dass die Scotsmags erneut angriffen, auch wenn er diesen Gedanken sogleich bereute.

„Ich habe eine Entscheidung getroffen", sagte Magnus Hurst schließlich mit gewichtiger Stimme.

„Eine Entscheidung, die mit einer Bitte verbunden ist an euch drei."

Er musterte nacheinander Pete, Cedrik und Anno.

„Ich möchte euch ersuchen, Julie auf ihrem Rückweg nach Glasgow zu begleiten. Christines Arbeit ist zu wichtig, als das ihr lange Aufschub gewährt werden könnte, und sie wird die Unterstützung drei so tatkräftiger und abenteuerlustiger Burschen gebrauchen können."

Die drei Freunde sahen sich überrascht an. Diese Wendung der Ereignisse traf nicht ganz ihre Erwartungen, doch es war klar, dass sie diese Bitte unmöglich ablehnen konnten.

„Es wird uns eine Ehre sein", sagte Cedrik als Erster, stand auf und verbeugte sich. Die anderen beeilten sich, es ihm gleichzutun.

„Gut", antwortete Magnus Hurst zufrieden. „Ihr solltet Euch noch eine Weile ausruhen, denn bis Dundee habt ihr einen recht weiten Weg vor euch. In der Zeit werde ich einige Dinge zusammenstellen, die ich Christine schicken möchte. Ich erwarte euch gegen Mittag wieder hier."

Die Sonne hatte ihren Zenit schon überschritten, als Anno noch schlaftrunken neben den anderen beiden zum Haus des Rates wankte. Sie wurden bereits von Magnus Hurst und der Schildwache erwartet, zu deren Füßen sich ein gut verschnürtes Bündel befand.

„Ihr seid spät", stellte der Älteste fest.

„Vergebt, weiser Hurst.", beschwichtigte Cedrik ihn mit einer entschuldigenden Geste.

„Wir wurden aufgehalten."

Dabei warf er Anno einen Ich-hab-es-dir-gesagt-Blick zu, woraufhin dieser seinen Mund zu einem gequälten Lächeln verzog, das hervorragend dazu geeignet war, die spitzen Eckzähne zu entblößen.

„Wollen wir hoffen, dass dies das letzte Mal auf eurer Reise war", beteuerte der Älteste augenzwinkernd und hob dann die Hände zu einem Abschiedsgruß.

„Geht jetzt rasch, meine jungen Freunde, und möge Elune mit euch sein."

Die Reisenden erwiderten den Gruß des Ältesten mit einer Verbeugung und machten sich dann auf den Weg in Richtung Dundee.
Da keiner der drei Freunde die Gegend im Süden der Dunkelküste besonders gut kannte, übernahm die Schildwache Julie die Führung. Sie folgten dem Weg durch den dichten Wald, der trotz der magischen Laternen und der hoch am Himmel stehenden Sonne von Nebelschwaden durchzogen wurde und somit trostlos, düster und abweisend wirkte. Sie streiften die verfallenen Ausläufer von Dunure, einer weiteren verlassenen Stadt der Hochelfen, deren Geister diese immer noch durchstreifen, und gelangten schließlich an die Wildschnellen.

Zwei kurze, breite Brücken verbanden hier eine kleine Insel in der Mitte des reißenden Wasserstroms mit dem festen Land. Unter ihnen gluckerte und rauschte das Wasser, sodass Anno es sich nicht nehmen lassen konnte, einen Blick über die Brüstung zu werfen. Pete hingegen stolzierte mit steifen Schritten und auf das jenseitige Ufer gerichtetem Visier über die Holzkonstruktionen hinweg, als fürchte er, sie könnten jeden Moment unter seinen Füßen zusammenbrechen. Cedrik, dem das Ganze nicht entgangen war, grinste daraufhin von einem langen Ohr zum anderen und stimmte ein kleines Wanderlied an, in dem es merkwürdigerweise größtenteils um hohe Berge und sehr tiefe Täler zu gehen schien.

„Hier links befindet sich übrigens der Hain der Uralten, die Heimstätte von Onu, dem Urtum der Lehren", erklärte Julie, nachdem sie den Fluss hinter sich gelassen hatten.

„Er ist sehr weise und ich würde unter normalen Umständen einen Besuch bei ihm unbedingt empfehlen. Heute allerdings drängt die Zeit, denn meine Herrin wird sicherlich schon ungeduldig auf die Nachricht des Ältesten warten."

Mit Bedauern sah Anno die Gelegenheit, einen der Uralten persönlich sprechen zu können, am Horizont verschwinden. Die Urtume, die hocheiligen Beschützer der Nachtelfen, waren immer ein erhebender Anblick. Sie schritten riesigen, lebendig gewordenen Bäumen gleich in Würde und stoischem Gleichmut einher und wussten viele Geschichten zu erzählen. Sogar aus der Zeit, als die Welt noch aus einem einzigen, riesigen Kontinent bestand und die Vorfahren der Nachtelfen gerade erst damit begonnen hatten, ihrem selbst gegebenen Namen Kaldorei, Kinder der Sterne, gerecht zu werden. Durch den großen Krieg gegen die dämonischen Horden der brennenden Legion, ausgelöst durch den Machthunger der Hochelfen und ihrer Königin Annett, war ihre Zahl allerdings stark dezimiert worden und nur hin und wieder hatte man das Glück, einem von ihnen zu begegnen.

An einem riesigen, kahlen Baum, der weit über den Weg hinausragte, teilte sich die Straße in zwei Richtungen.

„Wir können jetzt den rechten Weg einschlagen", erklärte die Schildwache bereitwillig.

„Er ist etwas kürzer und führt nahe am Meer entlang. Allerdings gibt es Berichten zufolge in der Nähe auch einen Stützpunkt der Horde und es wäre möglich, dass wir dort in Schwierigkeiten gelangen."

„Die sollen nur kommen", knurrte Pete angriffslustig.

„Mit ein paar stinkenden Orks und Trollen erden wir schon fertig."

„Als wenn du bis jetzt auch nur ein einziges Mal auch nur einem einzigen, friedlichen Tauren begegnet wärst", spottete Cedrik mit spitzer Zunge.

„Ich denke, wir sollten den längeren Weg nehmen."

„Den für Feiglinge?", fragte Pete lauernd, aber sein Cousin ging nicht auf die Herausforderung ein.

„Wie viel kürzer ist der Weg?", wollte Anno wissen.

„Nicht sehr", antwortete Julie.

„Er spart etwa eine halbe Stunde."

„Dann nehmen wir den längeren", entschied Anno und ging ohne sich noch einmal umzudrehen, an den anderen vorbei weiter in Richtung Süden.

Cedrik sah ihm kopfschüttelnd nach und murmelte leise:

„Also manchmal weiß ich wirklich nicht, wer von ihnen den starreren Hals hat."

Als sie die Grenze zu Glasgow überschritten, veränderte sich die Landschaft so schlagartig, als habe man eine Seite in einem Buch umgeschlagen. Die düsteren Nadelbäume wichen zurück und gaben den Blick auf saftige, grün und violett beblätterte Laubbäume frei. Kastanien, Eichen, Buchen, Birken, Ahorne und selbstverständlich auch die Eschen, die dem Landstrich seinen Namen gegeben hatten, bildeten ein atmendes, sonnendurchflutetes Dach über dem Weg. Auf den Wiesen rechts und links des Pfades zogen Hirsche friedlich äsend ihre Runden und über den Köpfen der Wanderer, schien ein ganzes Regiment an Vögel den immerwährenden Frühling zu lobpreisen. Ihr Gesang mischte sich mit dem allgegenwärtigen

Rauschen der großen und kleinen Bäume zu einer süßen Melodie, die vom Leben und der Herrlichkeit der Natur erzählte.

„Jetzt ist es nicht mehr weit bis zu Maestras Posten", sagte Julie und sah sich aufmerksam um.

„Ich bin froh, wenn wir ihn erreicht haben, denn in den Tiefen des Waldes sollen Verlassene gesichtet worden sein."

„Untote? Hier?", fragte Cedrik und blickte die Schildwache zweifelnd an.

Diese zuckte nur mit den Schultern.

„Benjamin White, der Heilkundige aus Dundee, vermutet, dass sie hier auf der Suche nach Heilkräutern die Natur verunreinigen und sie ausbeuten, wie alles, was sie in ihre verdorrten Finger bekommen."

„Irgendjemand muss sie aufhalten", grollte Anno.

„Möglicherweise stecken sie hinter dem Problem mit den Scotsmags und wir sollten uns wirklich beeilen. Je eher wir in Dundee ankommen, desto besser."

Sie erreichten nur wenige Zeit später Maestras Posten, einem spärlich besetzten Vorposten der Schildwachen, der, wie Julie ihnen erklärte, unter der Leitung von Lillith Shaw, einer Abgesandten aus Perth, stand. Mit Erstaunen bemerkte Anno, dass sich auch einige Menschen unter den Stationierten befanden.

„Es sind Abgesandte aus Aberdeen, der Hauptstadt der Menschen", erzählte Julie auf eine entsprechende Nachfrage hin beiläufig.

„Sie sind freundlich und achten unsere Gebräuche, bleiben aber meist unter sich."

Es blieb allerdings keine Zeit, sich lange mit den Gedanken um die Fremden zu befassen, da der Weg inzwischen steil anstieg und sie ihre Augen auf den Weg richten musste, um nicht an einem der extremen Abhänge wieder hinunter zu purzeln. Pete trabte einmal mehr als Bär neben ihnen her, wobei Anno stark die Vermutung hegte, dass ihm der Gang auf vier Pfoten in dem abschüssigen Gelände eine Art Sicherheit gab.

Die Landschaft ebnete sich wieder und als die Sonne begann im Westen zu versinken, erreichten sie schließlich Dundee. Die Stadt war auf einer natürlichen Insel errichtet worden und sogar noch etwas größer als Portham. Ganz aus Holz gebaute Häuser mit geschwungenen Dächern und reich verzierten Tragbalken fügten sich wie gewachsen in das harmonische Bild des Waldes ein und eine friedliche Ruhe lag über dem ganzen Ort, eine Ruhe, die je von einem Schrei durchbrochen wurde.

„Julie!", rief eine kräftig gewachsene Nachtelfe und kam mit langen Schritten auf die Ankömmlinge zugelaufen.

An ihrer Seite trabte ein prächtiger, brauner Wolf, der jeden der drei Freunde aus klugen Augen musterte. Ein ganzes Stück hinter ihm kam würdigen Schrittes ein großer, weißer Tiger herbei geschlichen und gesellte sich zu der kleinen Schar.

„Herrin", sagte die Schildwache Julie und beugte das Haupt.

„Ich bringe euch Grüße von Magnus Hurst."

„Nicht nur Grüße, sondern auch Unterstützung, wie es aussieht", antwortete die Nachtelfe, bei der es sich ganz offensichtlich um Christine Noser handelte, und stemmte die Fäuste in die Hüften.

„Drei wackere Krieger für den Kampf gegen was auch immer dort draußen vor sich geht. Nur immer herein mit euch, das Abendessen ist angerichtet."

Nachdem sie gegessen und getrunken hatten, erklärte Christine Noser, was sie bis jetzt herausgefunden hatte. Dabei kraulte sie Lucky, den Wolf, teilweise so heftig die Ohren, dass dieser warnend die Lefzen hochzog und leise knurrte.

„Die Angriffe auf Dundee werden von Tag zu Tag schlimmer und die Scotsmags werfen sich ohne Rücksicht auf ihr eigenes Leben in den Kampf und bedrohen alles und jeden, der sich auch nur in ihre Nähe wagt. Versteht mich nicht falsch, wir wollen diesem Volk nichts Böses, aber wir können schließlich auch nicht kampflos zusehen, wie sie über die wehrlose Bevölkerung herfallen und unsere Behausungen niederbrennen."

„Verständlich", warf Pete nickend ein.

Christine nahm schnell einen Zug auf ihren Krug mit Trichterwindentau und fuhr dann fort:
„Ich und mein alter Freund Dixas sind bei unserer Suche nach der Ursache der Verderbnis der Scotsmags auf die Aufzeichnungen eines Hexenmeisters gestoßen, der versucht hat, sich die Scotsmags zu Untertan zu machen. Der Hexenmeister ist zum Glück schon lange in die Abgründe der Geschichte zurückgekehrt, doch Dixas war sich sicher, dass er trotz allem etwa zurückgelassen hat, was uns bei unserer Suche nützlich sein könnte. Er sprach von einer zauberkräftigen Rute; über die Wirkungsweise dieses Gegenstandes hat er bis jetzt allerdings noch nichts herausgefunden."

„Wo ist Dixas jetzt?", fragte Anno neugierig.

Christine Nosers Finger krampften sich in das Fell des Wolfes.

„Was das angeht, fürchte ich das Schlimmste", sagte sie belegter Stimme. „Dixas brach bereits vor mehreren Tagen auf, um einen Teil der Rute, einen magischen Edelstein, zu suchen. Er meinte, dass dieser Edelstein möglicherweise in dem Schrein im Falathimsee am Fuße der Berge im Westen versteckt sei. Dort wurde der Edelstein jedenfalls aufbewahrt, bevor der Schrein überrannt worden ist."

„Überrannt?", horchte Cedrik auf.

„Von wem?"

Christine Noser ballte die Hand zur Faust und spie ein einzelnes Wort aus:

„Murlocs!"

„Das hat doch alles keinen Sinn", schimpfte Azure griesgrämig und ließ sich an einer Wand neben einer Kohlenpfanne hinabgleiten.

Wie um sie zu ärgern, zischte es in diesem Moment heftig und ein Funke sprang direkt ihre sowieso schon reichlich derangierte Robe und brannte ein Loch hinein. Fast wünschte sie, sie hätte das scheußlich, gelbe Kleid noch angehabt.

„Na prima", seufzte sie.

„Jetzt bin ich nicht nur bettelarm, jetzt sehe ich auch noch so aus. Seit Stunden rennen wir hier nun schon im Kreis und versuchen diesen Halunken zu finden, der meine Axt gestohlen hat. Aber außer ein paar qualmenden Füßen und jeder Menge blöder Antworten haben wir nichts, aber auch gar nichts bekommen."

„Ja, wir hätten ja auch Glück haben können", sinnierte Stevie.

„Wir hätten diese Sukkubus noch mal treffen können."

„Du immer mit deiner blöden Sukkubus", meckerte Azure.

„Sag mir lieber, wie wir diese Axt wieder bekommen."

„Was für eine Axt?", ertönte da eine Stimme direkt vor Azures Nase und als sie aufsah, blickte sie in ein Paar fröhlich blitzenden, blauen Augen.

„Emma!", rief Azure verblüfft.

„Wie kommst du denn hier her?",

„Na ich wohne hier", stellte die Gnomin lachend fest.

„Grade frisch aus Aberdeen zurückgekehrt, aber von was für einer Axt redest du da eigentlich die ganze Zeit?"

Schnell erklärte Azure, was ihr zugestoßen war. Auch Vivien konnte sich einen bissigen Kommentar über das blinde Vertrauen zu Fremden nicht ganz verkneifen, tätschelte dann aber beruhigend Azures Arm, wozu sie sich auf die Zehenspitzen stellen musste.

„Keine Sorge, wir finden diesen Kerl schon", behauptete sie optimistisch.

„Du sagtest doch, er wolle Feuerwerk kaufen, dazu muss er unweigerlich zu den Gnomen gehen, denn nur dort gibt es wirklich gutes Feuerwerk. Das war sein Fehler, denn niemand legt sich ungestraft mit Emma an. Komm´ nun!"

Sie trippelte also emsig voran, während ihr Azure immer noch etwas zweifelnd folgte. Sie konnte sich nicht vorstellen, wie Emma den Dieb finden wollte, aber sie schwieg darüber lieber. Etwas Besseres fiel ihr im Augenblick sowieso nicht ein. Emma schien hingegen erfolgreicher, als Azure zu hoffen gewagt hatte. Sie sprach aufgeregt auf Gnomisch mit einem Gnom mit kurzen rotbraunen Haaren und einem enormen Schnurrbart, der in dem Geschäft „Sachen, die Bumm machen!" als Verkäufer tätig war. Dabei gestikulierte sie derart mit Armen, Beinen und Zöpfen in der Gegend herum, dass Azure ganz schwindelig im Kopf wurde und mit grimmigem Gesichtsausdruck kehrte Emma schließlich von ihrem Gespräch zurück.

„Er war tatsächlich hier und erwartet heute Abend eine Lieferung in die Gastwirtschaft Bruuks Ecke", erklärte sie mit einem heimtückischen Funkeln in den Augen.

„Das ist hier ganz in der Nähe im Militärviertel und ich denke, wir sollten dafür sorgen, dass er seine Lieferung auch rechtzeitig bekommt, mit einer kleinen Überraschung von mir."

„Was genau meinst du damit?", wunderte sich Azure.

„Das", kicherte Emma, „wird eine Überraschung, aber ich glaube nicht, dass er deine Axt danach noch behalten will."

Kapitel 6

Durch Schnee und Eis und Loch Modan

„Alles klar?", fragte Vivien noch einmal und sah Azure dabei mit zuversichtlich strahlenden Augen an.

Auf ihrem Kopf thronte ein Helm mit viele Drähten, Schaltern und Leuchten und in ihrer Hand hielt sie etwas, das aussah wie ein Gewehr.

„Ich glaube schon", antwortete Azure unsicher. Ihr war dieses ganze technische Wirrwarr, das Vivien ihr um die Ohren gehauen hatte, bereits nach der ersten Minute zu kompliziert geworden und sie hatte sie darauf beschränkt, ein intelligentes Gesicht zu machen und an den Stellen, an denen es ihr sinnvoll erschien, zustimmend zu nicken.

„Gut, dann los", befahl Emma streng.

„Zunächst werden wir dich also verkleiden."

Die Gnomin steckte die Zunge zwischen die Zähne, zielte sorgfältig mit dem Gewehr auf

Azure und schoss. Instinktiv schloss jene die Augen. Es zog und zerrte an ihr, ihre Nase kribbelte wie zwei Heuschnupfen und als sie diese wieder öffnete, war die Tischplatte ein ganzes Stück weiter oben als vorher.

„Ack!", krächzte Azure und sah auf ihre Hände.

Sie waren klein und knubbelig und vor allem: Grün!

„Na das hat doch prima geklappt", attestierte Emma fachmännisch.

„Nun bleibst du für eine Stunde ein Gnom dank meines wunderbaren, modifizierten Diskombobulatorstrahls. Leider habe ich das mit der Optik nicht so ganz hinbekommen. Du siehst ein wenig aus wie meine armen Verwandten, die in Gnomeregan verstrahlt worden sind."

Sie zuckte entschuldigend mit den Schultern und fing dann an, verschiedene Dinge in eine große Tasche zu packen. Besonders sorgfältig behandelte sie dabei einen kleinen, viereckigen Kasten - mit vielen Drähten, Schaltern und Leuchten.

„Grün steht dir", feixte Stevie, der inzwischen fast so groß war wie Azure.

„Du solltest so bleiben, eine echte, optische Verbesserung."

„Du kleiner, mieser, hinterlistiger...", knurrte Azure mühsam beherrscht.

„Du hast doch gewusst, was sie vorhat."

„Du doch auch", grinste Stevie noch breiter.

„Ich hab genau gehört, wie sie es dir erklärt hat. Und so schlecht ist die Idee schließlich nicht. Immerhin würdest du auf einer Hochzeit mit lauter Zwergen wirklich sehr auffallen. Du willst die Axt doch wiederhaben, oder nicht?"

„Ja ja, schon gut", murrte Azure und folgte einer eifrig vor sich hin murmelnden Emma nach draußen.

Es war verwirrend, wie anders die Welt doch von weiter unten aussah. Einmal wäre Azure sogar fast von einem Magier, der sehr in Eile schien, über den Haufen gerannt worden.

Gerade als sie sich noch vor seinen Füßen in Sicherheit bringen wollte, verschwand er vor ihren Augen und erschien sich ein paar Meter weiter wieder aus der leeren Luft. Verblüfft starrte Azure dem Mann nach.

„Blinzeln", erklärte Vivien beiläufig.

„Eine praktische Sache, man muss nur aufpassen, dass man sich nicht in einer Mauer materialisiert. Kann sehr unangenehm sein so was."

An dem Gasthaus angekommen, war von drinnen bereits der fröhliche Lärm der Feiernden zu vernehmen. Es wurde gelacht und gesungen und das alles in einer Lautstärke, die einem mittleren Erdrutsch in nichts nachstand. Trinkende, singende, tanzende, essende und sich anschreiende Zwerge bildeten in dem Gasthaus ein wildes Durcheinander; wobei Azure argwöhnte, dass es sich bei den Letzteren um ganz normale Unterhaltungen handelte. Bei der polternden Aussprache der Zwerge war das schwer zu beurteilen. Es stand aber fest, dass Azure wirklich gut daran getan hatte, sich zu verkleiden, denn es gab nicht einen einzigen Menschen auf der ganzen Feier.

Das Brautpaar thronte indes am Kopf einer üppigen Tafel und huldigte seinen Gratulanten. Dabei wirkte die Braut einmal mehr wie eine aufgeplusterte Kröte im weißen Kleid, während das Lächeln des Bräutigams sich bemühte, auch noch die hellste der Fackeln zu überstrahlen. Neben ihm saß immer noch in seinem Samtanzug gezwängt der Schakal und versuchte, die Begeisterung in einem riesigen Bierkrug zu ertränken. Fast hätte Azure Mitleid mit ihm gehabt. Sie stieß Emma an und deutete unauffällig auf den Verbrecher.

„Das dort hinten ist er", flüsterte sie.

„Gut", gab Vivien mit einem Nicken zurück.

„Dann wollen wir mal loslegen."

Sie wurden vom Gastwirt in den ersten Stock beordert, wo Emma in Windeseile ein ganzes Bataillon von Sprengkörpern und Raketen auf den Balustraden postierte. Mit fröhlichem Zwitschern kündigte sie im Schankraum die

Vorstellung an, woraufhin sich die Gäste mit großem Gezeter und Gelärme nach draußen begaben und unter dem Balkon eine erwartungsvolle Masse bildeten. Es war unmissverständlich, dass man diese besser zufrieden stellte, denn falls man sie umsonst aus der Nähe der Bierfässer gelockt hätte, könnte etwas Fürchterliches passieren.

Emma rückte den Helm zurecht und grinste Azure aufmunternd zu.

„Showtime", sagte sie und presste energisch auf den Knopf des kleinen Kastens.

Fast gleichzeitig begann es überall um Azure herum zu leuchten, zu zischen und zu blinken. Zündschnüre brannten Funken sprühend ab und der Geruch von Schwefel lag in der Luft. Die ersten roten und grünen Leuchtsterne erhellten den künstlichen Himmel der Zwergenstadt und tauchten die Gesichter der Zuschauer und fröhliche Farben. „Ahs" und „Ohs" und „Was für eine Goldverschwendungs"-Rufe wurden laut, während immer mehr und mehr pyrotechnische Wunderwerke in der Luft explodierten.

Doch nun begannen die Raketen mit einem Mal ein sehr merkwürdiges Eigenleben zu entwickeln. Anstatt wie es ihre Bestimmung war, hoch in die Luft zu steigen und dort in einen bunten Funkenregen auszubrechen, änderten sie mitten im Flug ihre Bahn und strebten stattdessen einem ganz bestimmten Punkt auf dem Erdboden zu. Erschrocken spritzte die Menge auseinander, als die erste Sprengladung der Marke „Silver Passion" auf einem sehr verdutzten Zwerg explodierte. Sie bekam wenige Sekunden später Gesellschaft von einer Granate namens „Sonnenuntergang" und einigen kleinere Raketen, die sich als „Goldregen" ankündigten. „Fliegende Flammen" wurden gefolgt von „Geisterlichter" und „Knattergewitter 2000".

All das beobachtete Azure mit tellergroßen Augen, während Emma mit wildem Blick auf der Balustrade des Balkons auf und ab hüpfte und der Helm auf ihrem Kopf unaufhaltsam blinkte, klingelte und ratterte. Rauch und Pulverdampf hüllten schließlich das Szenario ein und als die letzte Sprengladung explodiert war, warf sich die Gnomin mit einem lauten „Hiiiijaaaa!" in die Tiefe. Azure konnte gerade noch sehen, wie sich ein kleiner Fallschirm sich auf ihrem Rücken öffnete, bevor sie in der weißgrauen Nebelwolke verschwand.

„Hey, warte auf mich!", rief Azure ihr nach und sprang nach kurzem Zögern hinterher.

In Ermangelung eines Fallschirms kam sie hart auf und überschlug sich ein paar Mal und blieb schließlich vor einem schwelenden Haufen Zwerg liegen, den Emma gerade mit ihren kleinen Fäusten bearbeitete.

„Jetzt gib endlich die Axt raus, du Lumpenhund, bevor ich noch ernstere Maßnahmen ergreifen muss", zeterte sie und versetzte dem Wicht einen groben Fußtritt.

Der Zwerg stöhnte und kam langsam wieder zu sich, dessen Kleidung wies großflächige Brandlöcher auf und seine Haare zerfielen, als er sich aufrichtete, zu schwärzlichen Staubwölkchen, die sich mit den Resten des Bartes zu einem kleinen, stinkenden Häufchen drapierten. Noch bevor er allerdings noch ein „Wo bin ich?" oder „Was war los?" von sich geben konnte, stürzte eine weiße Furie auf Vivien los.

„Hände weg von meinem Ehemann!", geiferte die Urgewalt von einer Braut und fletschte bedrohlich die Zähne.

„Er gehört mir ganz allein und wenn ihn jemand anbrüllt, dann bin ich das!"

Wie eine lebende Mauer aus weißer Seide baute sich Marc vor dem völlig verstörten Robert auf. Mordlust stand in ihren Augen und in dem Schimmern ihrer äußert scharfen Axt, mit der sie offensichtlich vorhatte, die Schänder ihres Gatten in mundgerechte Stückchen zu hacken. Sie erinnerte Azure an jemanden; da der jungen Hexenmeisterin aber partout nicht einfallen wollte, an wen, blieb nur die merkwürdig skurrile Frage in ihrem Kopf zurück, ob Zwerge eigentlich schwimmen konnten.

„Das war alles nur ein Missverständnis", versuchte sie zu intervenieren, als Emma bereits begann, einen Feuerball zwischen ihren Händen zu formen, um notfalls einen Angriff der Braut mit der Axt zu kontern.

„Wir haben doch eigentlich nur versucht …"

Ihre Stimme erstarb, als das Brautmonster ihre Aufmerksamkeit auf den zweiten Gnom in ihrer Reichweite richtete. Mir einem urzeitlichen Brüllen warf sich Marc in ihre Richtung, stürmte auf sie zu ... und an ihr vorbei gegen die Mauer des Gasthauses. Dort trat Stein auf Kopf, Wut auf Granit und schließlich Braut auf Fußboden.

Die inzwischen wieder versammelten Gäste belohnten die gelungene Vorstellung mit höflichem Applaus und zogen sich dann zu Bier und Braten an die Festtafel zurück. Zwerge sind hart im Nehmen und niemand zweifelte daran, dass das Brautpaar schon bald erneut unter ihnen weilen würde.

Azure fuhr zu dem Zwerg herum, der sie im letzten Moment vor der mordlüsternen Braut gerettet hatte und machte vor Überraschung einen Schritt zurück. Dort stand ein breit grinsender Schakal und erfreute sich ausgezeichneter Verfassung.

„Wenn ich gewusst hätte, dass ihr so gut seid, hätte ich selbst auf Feuerwerk bestanden", lachte er und schlug Azure auf die Schulter.

„Schakal?", keuchte die Heldin entsetzt.

„Ja", bestätigte er.

„Kennen wir uns?"

„Emma!", heulte Azure auf.

„Du hast den falschen Zwerg erwischt."

„Oh", erwiderte die Gnomin etwas verblüfft.

„Na ja, aber es hat doch gut funktioniert oder nicht. Gib zu, die Gedankenkontrollkappe mit der Universal-Fernbedienung zu kreuzen, war genial."

„Worum geht es hier eigentlich?", wollte der Schakal wissen und sah verwirrt von einem zum anderen.

„Azure will ihre Axt wiederhaben", erklärte Emma.

„Also rück´ sie heraus, sonst wird es dir schlecht ergehen."

Schakals Gesichtsausdruck wechselte von freundlichem Erstaunen zu geschäftsmäßiger Kühle.

„Ich weiß nicht, wovon ihr sprecht", sagte er.

"Und wer ist überhaupt Azure?"

„Ah!"

Azure legte all ihre Stimmgewalt in diesen Schrei. Sie hatte die Schnauze endgültig voll. Sie war ausgeraubt, in einem grünen Lepragnom verwandelt, fast plattgewalzt und in Stücke gehauen worden und jetzt wollte dieser verdammte Hundesohn sie auch noch für dumm verkaufen? Das war zu viel! Sie schrie , bis keine Luft mehr in ihren Lungen war und bunte Punkte vor ihren Augen zu tanzen begannen. Nur am Rande bemerkte sie, dass die Verwandlung sich von ihr löste und sie wieder auf ihre ursprüngliche Größe anwuchs. Erst, als sie wirklich fast erstickt wäre, schloss sie den Mund erneut und öffnete die Augen.

Vor ihr baute sich etwas auf, das an einen haarigen Busch erinnerte, sich aber bei näherer

Betrachtung als Schakal herausstellte, dem sämtlich Kopf- und Barthaare zu Berge standen. Auch Emma war etwas blass um die Nase geworden und selbst Stevie schien ein wenig beeindruckt von seiner Meisterin zu sein.

„Nicht schlecht", gratulierte er ihr.

„Wenn man das noch ausbaut, wird das mal ein ganz ordentliches Schreckgeheul."

Azure ignorierte ihn geflissentlich.

„Ich will jetzt endlich meine Axt wiederhaben", schnaufte sie.

„Und zwar jetzt gleich."

„Das könnte aber etwas schwierig werden", entgegnete der Busch.

„Die habe ich nämlich bereits verkauft."

„Verkauft?", echote Azure.

„Ja sicher", grunzte der Busch.

„War gar nicht so einfach, die an den Mann zu bringen. Ich musste sie einem Reisenden andrehen, denn keiner der Händler in Auchterarder wollte sie kaufen."

„Weil sie wussten, dass sie gestohlen war", vermutete Emma.

„Ach was gestohlen", brummte Schakal und fing an, seine Haare glattzustreichen.

„Das war der gerechte Lohn für eine anständige Stadtführung. Ich muss schließlich auch von etwas leben."

„Ja aber doch nicht von meiner Axt", quietschte Azure am Rande eines Nervenzusammenbruchs.

„Wie soll ich die denn jetzt wieder finden?"

„Keine Ahnung", gab Schakal zu.

„Die beiden sind wahrscheinlich schon über alle Berge."

„Welche beiden?", hakte Emma interessiert nach.

„Na so ein großer, gutaussehender Jüngling und sein grauhaariger Begleiter. Die beiden wollten ins Sumpfland und nach irgendwelchen Kräutern suchen."

„Na dann nichts wie los", rief Emma und rieb sich die Hände.

„Wenn wir uns beeilen, holen wir sie vielleicht noch ein. Ich packe nur schnell ein paar Sachen zusammen."

„Dann wünsche ich euch noch viel Glück", beteuerte der Schakal und wollte sich gerade umdrehen, als Azure ihn entschlossen am Schlafittchen packte.

„Nichts da", fauchte sie.

„Du kommst mit und hilfst uns, das bist du mir schuldig."

Schakal sah einen Augenblick lang so aus, als wolle er sich losreißen, doch dann wanderten seine Augen zu Emma, die mit einem freundlichen Lächeln einen Feuerball über ihrer Hand schweben ließ.

„Madness!", fluchte er und spuckte abfällig auf den Boden.

„Also schön, jemandem, der Robert in die Luft gesprengt und Marc bewusstlos geschlagen hat, kann ich wohl schlecht etwas abschlagen. Treffen wir uns morgen früh an den Toren von Auchterarder, denn heute Nacht würde es nämlich eine sehr ungemütliche Reise durch Dun Morogh werden."

Azure zögerte. „Wirst du auch nicht wieder einfach verschwinden?"

Der Schakal sah sie beleidigt an.

„Wenn ich einmal mein Wort gegeben habe, dann halte ich mich auch daran."

„Das wäre auch besser für dich", bemerkte Emma zuckersüß.

„Denn wenn du es nicht tust, werde ich dich ein zweites Mal finden."

„Ich kann sehr verstohlen sein", knurrte Schakal lauernd.

„Und ich habe eine Katzenaugenbrille", erwiderte die Gnomin lächelnd.

„Verdammt!"

Der Weg zum Falathimsee führte die drei Nachtelfen am nächsten Tag wieder zurück bis zu Maestras Posten. Dort wichen sie den Anweisungen Christine Nosers zur Folge vom Pfad ab und schlugen sich weiter in Richtung Westen durch das Unterholz, bis sie auf einer Lichtung auf einen kleinen See stießen. Die Trümmer des ehemals an dem See gelegenen Schreins staken noch hier und dort aus dem Wasser und ließen erahnen, welche Pracht er einmal beherbergt hatte. In der Mitte des Sees lag eine kleine Insel, auf der der ehemalige Altar des Heiligtums befand. Am gegenüberliegenden Ufer konnte man einige Gestalten erkennen, die im Watschelgang am Ufer auf und ab liefen. Sie sahen genauso aus, wie Christine Noser sie ihnen beschrieben hatte.

„Das sind also Murlocs", murmelte Anno halblaut und ließ sich zusammen mit den beiden anderen möglichst geräuschlos ins Wasser gleiten, immer darauf bedacht, keine allzu lauten Geräusche zu verursachen, kletterten sie kurz danach auf der Insel wieder an Land. Sie mussten nicht lange suchen, um Dixas' Schicksal ausfindig zu machen.

„Wir kommen zu spät, Freunde", bedauerte Pete und deutete auf den leblosen Körper eines Nachtelfen, der vor ihm auf dem Boden lag.

„Ich bin mir zwar nicht hundertprozentig sicher, aber ich fürchte, wir haben Maestra Christines Freund gefunden."

„Wir können ihn hier nicht so liegen lassen", stellte Cedrik fest.

„Lasst ihn uns ans Ufer bringen und ihn dort begraben."

Sie erledigten die grausige Pflicht, Dixas zu seiner letzten Ruhestätte zu betten, in vollkommenem Schweigen. Als sie den Körper so tief verscharrt hatten, dass die wilden Tiere ihn nicht mehr ausgraben würden, sprach Cedrik einen Segen über das schmucklose Grab und stieß ein zerbrochenes Schwert, das sie bei der Leiche gefunden hatten, mitten in die lose Erde. Mit einem merkwürdigen Gefühl in der Magengegend übernahm Anno die Aufgabe, in den Sachen des Toten nach weiteren Hinweisen zu suchen. Ein kleines Buch fiel ihm auf, und er begann darin zu lesen.

„Es ist Dixas´ Tagebuch", erklärte er nach einer Weile.

„Er redete davon, die Rute des Hexenmeisters Dartol mit Hilfe einer Dryade namens Shael'dryn wieder zu vereinen. Die Scotsmags haben sie in drei Teile geteilt um zu verhindern, dass sie noch einmal gegen sie verwendet wird, Dixas hatte Hinweise darauf, wo sich alle diese Teile befinden und war hier auf der Suche nach dem ersten von ihnen: dem Edelstein."

„Wo ist der Stein jetzt?", wollte Cedrik wissen.

„Der Schrein ist völlig zerstört worden."

„Wo soll er wohl sein", knurrte Pete.

„Diese stinkenden Fischmäuler werden ihn gestohlen haben. Also los, lasst uns ein paar Flossen brechen."

„Ich wünschte, es gäbe einen anderen Weg, den Stein wiederzubekommen", seufzte Cedrik.

„Du kannst ja mal versuchen, mit ihnen zu verhandeln", spottete Pete.

„Ich fürchte nur, dass du damit kein Glück haben wirst."

Wie sich herausstellte, hatte Pete mit seiner Vermutung nur allzu Recht, denn die Murlocs erwiesen sich als äußert aggressiv. Als die drei Nachtelfen sich ihnen näherten, kamen sie mit wilden, gurgelnden Lauten auf sie zu gerannt, schwenkten ihre Speere und Schwerte hoch durch die Luft und versuchten mit allen Mitteln, den Eindringlingen die Schädel zu spalten. Nur mit Mühe konnten die drei Freunde sich ihrer Haut erwehren. Keuchend, mit dem Blut ihrer

Feinde beschmiert und drei Meilen gegen den Wind nach Fisch riechend sanken sie schließlich nach der erfolgreichen Schlacht zu Boden, um sich etwas auszuruhen.

„Diebisches Drecksgesindel!", fauchte Anno und hielt einen großen, roten Stein in die Luft, den er gerade in der Tasche am Gürtel eines besonders feisten Murlocs gefunden hatte.

„Sie hatten den Edelstein tatsächlich."

„Mich würde viel eher interessieren, was sie schon so weit im Inneren des Landes tun", bemerkte Cedrik.

„Maestra Noser sagte doch, dass diese Wesen an vielen Stellen aus den Tiefen des Meeres emporgestiegen sind, um die Küsten zu besiedeln – was immer sie auch dazu getrieben haben mag, aber das hier ist kein Salzwasser."

„Hoffen wir einfach, dass es nicht noch mehr werden", brummte Pete und zog seinen Dolch mit einem schmatzenden Laut aus dem Körper eines toten Murlocs.

„Ich würde nur ungern fürchten müssen, jedes Mal eine Klinge an meiner Kehle zu spüren, wenn ich mich an einem Wasserlauf zum trinken hinunterbeuge."

„Ja hoffen wir es", sagte Anno nachdenklich.

„Aber vielleicht sollten wir jetzt erst einmal nach Dundee zurückkehren und Maestra Christine von unseren Funden erzählen, denn sie wird wissen wollen, was aus Dixas geworden ist."

Christine Noser nickte nur stumm, als die drei Freunde ihr die schreckliche Nachricht überbrachten. Sie strich mit einer fast zärtlichen Geste über das Buch und barg den Edelstein in ihrer Hand.

„Es ist gut", beruhigte sie.

„Schlimmer als der Gedanke, dass er nicht zurückkommen wird, war eigentlich nur die sehnsüchtige Hoffnung, dass er es doch tun würde, die jeden Tag aufs Neue enttäuscht wurde. Ich danke Euch für Eure Bemühungen."

„Es war uns eine Ehre, Maestra", antwortete Cedrik und bediente sich an den Erfrischungen, die Christine hatte auftragen lassen.

„Können wir noch bei etwas behilflich sein?"

„In der Tat das, könnt ihr", erwiderte jene und reichte den drei Freunden das Buch und den Brocken.

„Führt zu Ende, was Dixas begonnen hat, damit sein Tod nicht umsonst gewesen ist. Geht zu der Dryade Shael'dryn und bringt ihr den Stein. Sie wird wissen was zu tun ist und ihr werdet sie am Mondbrunnen östlich des Irsissees finden. Folgt dafür der Straße und wendet Euch gen Norden, wenn ihr einen kleinen, abgesteckten Weg zu Eurer Linken erreicht, aber seid vorsichtig, dieser Weg ist nicht einfach zu finden und die Dryaden sind trotz ihrer Freundschaft zu uns mitunter launische Geschöpfe und nicht immer zur Zusammenarbeit bereit."

„Unser Freund hier wird sie schon zu überzeugen wissen", lachte Pete und versetzte Cedrik und kräftigen Schlag auf die Schulter, so dass dieser sich an einer Mondbeere verschluckte.

„Ich werde mein Möglichstes tun", hustete der Geschlagene und rieb sich mit schmerzerfülltem Gesicht die malträtierte Stelle.

„Also gut, brechen wir auf", drängte Anno.

„So können wir vielleicht noch vor Anbruch der Dunkelheit am Irissee sein."

„Kalt", bibberte Azure und unterdrückte mit Mühe das Klappern ihrer Zähne.

Das führte dazu, dass die Schwingungen ihrer zusammengepressten Kiefer sich auf ihren gesamten Körper ausbreiteten und sie schließlich wie das sprichwörtliche Espenlaub zitterte.

„Aye, kalt", grinste Schakal.

„Was haste dir auch nicht mehr angezogen, Mädchen. Ich sagte doch, wir müssen durch Dun Morogh."

Azure warf ihm einen giftigen Blick zu und ließ ihre Augen dann über das schneebedeckte Tal gleiten. Die Sonne war noch nicht über die Gipfel der zerklüfteten Berge gestiegen und so badeten die weiten, weißen Flächen am Fuße des Abhangs unter ihr noch in einem grauen Dämmerlicht, das sie noch kälter und unwirtlicher erscheinen ließen. Hinter ihr lag Auchterarder, das sich erst von außen wirklich als die gewaltige Festung darstellte, die die Zwerge direkt in den Berg hinein gebaut hatten. Azure musste den Kopf in den Nacken legen, um auch nur annähernd bis zu den obersten Spitzen der Türme hinauf sehen zu können. Besser erkennbar war da das gewaltige Stadttor, geziert von den Umrissen eines riesigen, goldenen Ambosses, das – hochgezogen wie es war – den Blick auf eine monumentale Zwergenstatue freigab, die jedem Besucher kriegerisch einen Hammer und eine Axt entgegenstreckte. Das Tor wurde von dick gepanzerten Wachen bewacht, auf deren Rüstungen sich eine knisternde Eiskruste gebildet hatte und der Atem weißen Rauchwolken gleich zum Himmel stieg. Sie trugen das Wappen des Ziemer-Clans, ein roter Kreis, vor dem ein Hammer mit üblangem Stiel und darüber die Silhouette eines Berges prangte.

Azure fröstelte, es war wirklich verdammt kalt und vor allem extrem früh. Viel zu früh, um irgendwo hinzugehen, geschweige denn sich in dieser Schnee- und Eiswüste herumzulaufen, deren einzige Farbkleckse aus den kargen, widerstandsfähigen Nadelbäumen bestand, die sich unter den Schneelasten bogen. Ein kleines, weißes Kaninchen hoppelte hinter einem schneebedeckten Busch hervor, kratzte sich hingebungsvoll mit den Hinterpfoten an den Ohren und sah die Heldin dann aus schwarzen Knopfaugen an. Ein süßes Bild, wenn Azure nicht dauernd hätte daran denken müssen, was für hervorragende Handschuhe das Tier wohl abgebe.

„Einen wunderschönen guten Morgen!", krähte eine Stimme, und ein kugeliges Gebilde aus Pelz und Wolle hüpfte auf Azure zu.

Bei näherem Hinsehen entpuppte es sich als Emma, die in einem gut gefütterten Mantel steckte nebst Fäustlingen und allem. Wunderbar!

„Wir sollten uns beeilen", murrte der Schakal.

„Wenn wir Glück haben, erwischen wir die zwei noch bevor sie Stratford verlassen."

„Aber ist es denn sicher, dass sie dort übernachtet haben?", warf Emma zweifelnd ein.

„Wäre es nicht besser, gleich in Richtung des Südtor-Passes nach Loch Modan zu gehen, denn wir würden sonst wertvolle Zeit verschwenden."

Der Schakal guckte grimmig.

„Wir gehen nach Stratford. Punkt."

„Aber", begann Emma und hörte für die folgenden zwei Stunden auch nicht damit auf, auf Schakal einzureden.

Der wurde immer einsilbiger und an einem Wegweiser nach Stratford und Blackpool, an dem Eiszapfen von einem halben Meter Länge hingen, bog er kurzerhand links vom Weg ab, obwohl der Wegweiser eindeutig nach rechts wies. Auf eine entsprechende Nachfrage hin, brummte der Zwerg nur:

„Ich habe Spuren gesehen. Von zwei Leuten. Hier lang."

Azure konnte auf dem hart gefrorenen Boden nichts das Geringste erkennen, hütete sich jedoch, das zu erwähnen. Sie verkroch sich nur noch tiefer in ihrer Decke, die sie sich als notdürftigen Mantel umgehängt hatte, und stapfte hinter den anderen beiden her durch den knirschenden Schnee. Sie hätte zwar schwören können, dass sie auf dem Weg, den sie nahmen, ebenso gut hätten durch die kleine Bergstadt Stratford gehen können, deren kastenförmige Gebäude von dem Wegweiser aus schon fast in Sichtweite gewesen waren, aber auch diese Bemerkung verkniff sie sich. Ein Gefühl sagte ihr, dass sie bei Schakal gar nicht gut angekommen wäre.

„Mir gefällt's hier nicht", nörgelte Stevie und schlang die dünnen Ärmchen um den Oberkörper.

„Es ist viel zu kalt."

„Wem sagst du das?", murmelte Azure, obwohl sie zugeben musste, dass die Temperatur schon angenehmer geworden war, nachdem die Sonne ihren Weg in das Tal gefunden hatte.

Die Berge schimmerten nun in blendendem Weiß und nur an einigen Hängen hielten sich noch hartnäckig letzte Nebelstreifen. Trotzdem war die Landschaft eintönig. Weiß wechselte über nadelndes Grün und harziges Braun zu Weiß, Weiß und noch mehr Weiß. Zudem war der Weg, wenn es denn überhaupt einer war, nicht gerade, sondern wand sich umständlich zwischen kleineren Hügeln, vereisten Seen und unter der Schneelast zusammengebrochenen Bäumen hindurch, sodass man ständig aufpassen musste, wohin man trat. Erst ein leises Geräusch, wie ein fernes Klopfen, riss Azure aus der Monotonie ihres Trotts.

„Was ist das?", wollte sie wissen, erstaunt darüber, dass es hier außer den struppigen Wildschweinen und Schneehasen, die sie manchmal sichteten, überhaupt etwas Lebendiges geben sollte.

„Das ist der Steinbruch von Perthshire", erklärte Emma bereitwillig.

„Wenn wir die Biegung des Wegs hinter uns gebracht haben, müssten wir ihn eigentlich sehen können."

Das Geräusch wurde immer lauter und deutlicher und als sie den nächsten Hügel hinter sich ließen, kam tatsächlich eine riesige Halde in Sicht. Ihre Wände wurden von grob gezimmerten Holzgerüsten gestützt, damit die darin arbeitenden Zwerge nicht einfach unter sich begruben. Da ihnen der Steinbruch den Weg abschnitt, mussten sie einen Sprung von etwa fünfzehn Metern Tiefe in Kauf nehmen oder wohl oder übel darum herum gehen. Sie entschieden sich für die zweite Möglichkeit.

Am Ende ihres Umwegs musste Azure zwei Dinge feststellen. Zum einen, dass sich am Eingang des Steinbruchs ein schwer bewachtes Lager von Zwergen befand, allesamt raue Gesellen, die mit Spitzhacke und Bergbauhelm ebenso bewaffnet wirkten wie die Wachen von Auchterarder in ihren Rüstungen. Zum anderen, dass sich nahe des Steinbruchs ein gut gepflasterter, breiter Weg durch das verschneite Tal zog.

„Was zum …", fluchte sie und wollte schon wütend zu Schakal herumfahren, als das rhythmische Klopfen der Bergarbeiter jäh von wildem Geschrei unterbrochen wurde.

„Troggs!", gellte ein Ruf durch die Luft und sofort war das Lager in Alarmbereitschaft versetzt. Wie ein Mann rotteten sich die Zwerge zusammen und stürzten mit grimmiger Entschlossenheit in Richtung des Steinbruchs. Grün gekleidete Gebirgsjäger, die das gesamte Gebiet von Dun Morogh überwachten, eilten ebenfalls herbei und bildeten hinter ihnen eine Wand aus schussbereiten Gewehren. Zum Angriff bereit richtete sich die Aufmerksamkeit aller auf die schmale Furt, die den Eingang des gewaltigen Tagesbaus bildete.

Bange Sekunden tat sich überhaupt nichts und Azure wollte schon aufatmen, als eine Meute der hässlichsten Kreaturen aus dem Steinbruch hervorbrach, die die Heldin je gesehen hatte. Die Wesen waren offensichtlich humanoid, denn sie besaßen Gesichter mit Augen, Nase und Ohren an der richtigen Stelle und liefen auf zwei Beinen, so dass sie Azure etwa bis zur Brust reichten. Damit hörte die Ähnlichkeit mit einem

Menschen allerdings auch schon auf. Ihre übergroßen Köpfe mit struppigen, dreckverklebten Haaren saßen auf mageren, verkrüppelten und mit eitrigen Geschwüren überzogenen Körpern. Behaarte Arme schleiften fast auf dem Boden und waren sicherlich bestens dazu geeignet, sich in den gelben, krallenartigen Fußnägeln herumzupulen oder sich an den nur notdürftig durch dreckige Stoffstreifen verhüllten Hintern zu kratzen. Auf jeden Fall konnte sich Azure dieses Bildes in ihrem Kopf nicht erwehren.

Als die Troggs die Zwerge erblickten, stießen sie schrille Schreie aus und stürmten, ohne lange zu überlegen, vor. Sie kamen keine zwei Schritte weit, als schon die ersten von ihnen durch eine Salve von Kugeln getroffen wurde. Eine zweite Ladung mähte die nächsten Troggs nieder und die letzten Überlebenden des kleinen Ausbruchs wurden von Spitzhacken und schweren Bergbauhämmern empfangen. Es war kein schöner Anblick und Azure spürte, wie ihr die Reste des kargen Frühstücks sich gegen die Schwerkraft wehrten.

„Bisschen schwach auf der Brust, was?", lachte einer der Zwerge.

Er hielt einen besonders reich verzierten Hammer in der Hand und Azure vermutete daher, dass es sich um eine Art Vorarbeiter handeln musste.

„Nein, danke, mit meiner Brust ist alles in Ordnung", antwortete sie ungehalten.

"Erklärt mir lieber, was dieses Blutbad soll."

Der Zwerg grinste zunächst noch, doch dann wurde er ernst.

„Es wird immer schlimmer", holte er mit gewichtiger Stimme aus.

„Früher war alles, was man in den Bergen fand Geröll, Erz und ab und an ein hübscher Edelstein. Heutzutage ist jede verdammte Höhle von hier bis Aerie Peak mit Giantbabyn, Trollen, Kobolden oder am allerschlimmsten mit Troggs verseucht und ich sage Euch, wenn ihr der Welt einen Gefallen tun wollte, schlagt Ihr jedem von ihnen den Schädel ein und bohrt zur Sicherheit noch ein Schwert durch ihr Herz. Nur um sicher zu sein, dass sie auch wirklich tot sind."

„Ja, sicher ich werde es mir merken", murmelte Azure und beschloss im Stillen, um sämtliche Höhlen in Zukunft einen weiten Bogen zu machen.

Emma, die die Leichen der Troggs bis dahin mit großem Interesse studiert hatte, wandte sich an jetzt den Vorarbeiter. „Sagt Meister ..."

„Andrew McRhine", stellte der Zwerg sich vor.

„Meister McRhine, habt ihr zufällig zwei Wanderer gesehen, die hier des Weges gekommen sind?", wollte die Gnomin wissen.

„Es handelt sich um zwei Menschen, die, wie wir annehmen, auf dem Weg ins Sumpfland sind."

Andrew McRhine überlegte einen Moment, dann erhellte sich seine Miene.

„Ja, ich erinnere mich. Einer von ihnen, ein völlig verrückter Magier, wollte unbedingt in den

Steinbruch. Ich habe ihm gesagt, er müsse sich dazu erst die entsprechende Schutzausrüstung anziehen, aber er wollte nicht. Ist einfach an mir vorbei gelaufen, hat einige Troggs über den Haufen geschossen, nur um dann irgendwelches Gestrüpp zu pflücken."

Mit dieser Information und der Auskunft, dass die beiden sich von hier an auf dem Weg weitergegangen seien, machte sich die kleine Truppe wieder auf den Weg. Schier endlos zog sich die gepflasterte Straße zwischen den Bergen hindurch. Selbst wenn Azure zugeben musste, dass es sich auf dem befestigten Weg wesentlich besser vorankamen, so erschien es ihr doch wie eine Ewigkeit, bis sie wieder an einen Wegweiser kamen, einem kleinen Stück Zivilisation inmitten einer urtümlichen Landschaft. Nach kurzem Beratschlagen und einem mitleidigen Blick auf die immer noch frierende Azure, beschlossen Emma und Schakal, dass sie besser die südlichere Route nehmen sollten, die sie schneller an einen Pass brachte, der aus Dun Morogh herausführte. Dankbar folgte die junge Hexenmeisterin den beiden und hoffte, dass sie dann irgendwann einmal wieder Gefühl in ihre zu Eisklumpen erstarrten Füße bekommen würde.

Bereits kurze Zeit später erreichten sie ein großes Tor, das wiederum mit dem roten Hammerwappen geschmückt war. Hinter dem Tor führte ein langer, von zwergischen Kohlenpfannen ausgeleuchteter Gang schräg nach unten in den Berg hinein. Sie passierten den Gang und gelangten in ein kleines, abgeschiedenes Tal, in dem eine Station der Gebirgsjäger lag. Neben einen runden Bau mit Schießscharten standen zwei stählerne Kriegsmaschinen und die anwesenden, bewaffneten Zwerge wirkten äußerst wachsam. Allerdings schenkten sie der Gruppe nach einer oberflächlichen Überprüfung nicht mehr Aufmerksamkeit, als nötig war. So zogen die vier unbehelligt weiter durch einen Tunnel, der dem ersten bis aufs Haar glich, nur etwa doppelt so lang war.

„Wieso werden diese Wege eigentlich so stark bewacht?" wollte Azure wissen und zu ihrer Überraschung tat Schakal nach langer Zeit mal wieder den Mund auf.

„Orc", sagte er und fügte noch hinzu:

„Der Shindler-Clan siedelt im Sumpfland nahe der Grenze. Es gibt immer wieder Wahnsinnige, die sich selbst bis hierher vorwagen."

„Und scheitern", ergänzte Emma.

„Dem technischen Fortschritt sind diese primitiven Grobiane einfach nicht gewachsen."
Sie verließen den Tunnel wieder und Azure blinzelte etwas überrascht in eine freundliche Frühlingssonne. Vögel zwitscherten und das kleine Tal, in das sie blickten, war von üppigem, hellgrünen Gras bewachsen. Zwei gigantische Steinstatuen, die direkt in den Felsen gehauen schienen, überblickten die gesamte Landschaft und obwohl Azure sich sicher war, dass diese offensichtlich von Zwergen erbauten Kunstwerke noch die Jahrtausende überdauerten. Ihr war doch etwas mulmig, als sie unter der ausgestreckten Streitaxt des einen Zwergenkönigs – Schakal stellte ihn als Irgendwen den Soundsovielten vor – vorbei ging. Sie folgten dem Weg, der sie zwischen den beiden Königen hindurch bis nach Whitebrook führte, einer gemütlichen Zwergenstadt, die direkt am Ufer des Sees Loch Modan erbaut worden war. Sie wollten schon im Gasthof „Zum

Starkbierlager" einkehren, als Azures Aufmerksamkeit von etwas oder besser gesagt von jemandem gefesselt wurde. Zwischen all dem saftigen Grün drumherum, hätte die Farbe eigentlich nicht weiter auffallen sollen, aber die tiefstehende Sonne beleuchtete den Fußgänger so ungünstig, dass einem beim Anblick seiner giftgrünen Robe die Tränen in die Augen stiegen.

„Gary?", murmelte Azure ungläubig, als der Magier auch schon winkte.

Neben ihm stapfte fröhlich Kaserer einher und an seinem Gürtel hing .

„Meine Axt!", rief Azure und eilte den beiden Ankömmlingen entgegen.

„Azure", begrüßte Garymoaham sie. „Es schön, Euch zu sehen. Ihr gesunde Gesichtsfarbe."

„Ich laufe ja auch schon den ganzen Tag durch die Gegend um diese Axt dort wiederzubekommen", jammerte Azure und wies anklagend auf die begehrte Waffe.

„Ich muss sie wieder haben."

Es dauerte eine Weile und etliche Biere im Gasthof bis sie Kaserer, dann Garymoaham und dann noch einmal Ersteren auseinandergesetzt hatten, wie es zu dem ganzen Schlamassel gekommen war. Dabei schienen weder Stevies Zwischenrufe, noch Emmas Gedrängel, die Waffe doch einfach zurückzugeben, bevor sie sie ihm wegnehmen würde, besonders hilfreich. Zum Schluss jedoch zeigte der Krieger sich einsichtig.

„Es war sowieso keine besonders gute Axt", sagte er, während er sie Azure hinüberreichte.

„Die Verarbeitung ist wirklich hervorragend, aber für einen Menschen ist sie einfach schlecht ausbalanciert. Der Hohlkehlung am Kopf ist zu groß und die Griffnut liegt unterhalb der Anforderungen einer statistischen Durchschnittsgröße. Das wirkt sich ungünstig auf das koaxiale Gleichgewicht und die trigonometrische Schwunggebung aus. Ich hätte wissen müssen, dass sie für einen Zwerg gemacht wurde."

Alle am Tisch sahen Kaserer irritiert an. Einige Sekunden lang hörte man nichts als das Prasseln des Herdfeuers und das Geräusch, mit dem der er – wie Wirte es nun einmal zu tun pflegen – ein Glas polierte.

„Äh … ich …", stammelte der junge Krieger ob der gesammelten Aufmerksamkeit.

„Mein Vater war Waffenschmied, da bleibt so Einiges hängen."

Vor der Tür bellte ein Hund und im Haus nebenan ließ eine Hausfrau eine Nähnadel fallen.

„Ja das klingt logisch", sagte Emma schließlich mit einem fachmännischen Nicken, und die Runde wagte es wieder, sich zu bewegen und ihr Abendessen fortzusetzen.

Aufgrund der späten Stunde beschloss die Gruppe von Abenteurern, erst am nächsten Tag weiterzureisen. So lag Azure einige Zeit darauf im Dunkeln in einem sauberen Bett und lauschte Emmas leisen Atemzügen und dem ab und an auftretenden Murmeln von „Spannhobel fester anziehen" und „Feder falsche Größe, muss nachbestellen".

Neben ihr saß Stevie auf dem Nachttisch. Seine Flammenaura erhellte das Zimmer gerade so sehr, dass man ihn und Azures Gesicht erkennen konnte.

„Was nun, Meisterin?", nölte er.

„Wollen wir uns jetzt etwa mit dieser Meute durch die Lande schlagen?"

„Ich weiß nicht", antwortete Azure nachdenklich. „Die Idee kommt mir auch komisch vor, aber ist es nicht sicherer, wenn man nicht alleine unterwegs ist?"

„Du bist eine Hexenmeisterin!", empörte sich Stevie.

„Du hast mächtige Dämonen als Diener, verfügst über großes, magisches Potential, kannstn Feuer und Schatten beherrschen. Du solltest furchterregender und böser sein."

„Willst du mir jetzt einen Moral-Vortrag halten?", grinste Azure. „Oder bist du einfach nur eifersüchtig?"

„Eifersüchtig? Pfff!", machte der Wichtel und löschte beleidigt seine Flammen.

Mit einem Lächeln auf den Lippen schlief Azure ein und träumte einen sehr angenehmen Traum in dieser Nacht.

Der Mond schien hell und klar und seine Strahlen malten silbrige Muster auf den grünen Waldboden. Zwischen ihnen bewegten sich kleine Lichtpunkte hindurch – Glühwürmchen oder möglicherweise auch winzige Waldgeister – die der Lichtung eine geradezu märchenhafte Verwunschenheit gaben. Alles an dem Wald wirklich friedlich und ganz im Einklang mit dem großen Kreislauf des Lebens. Viel weniger einheitlich waren allerdings die drei Nachtelfen, die jetzt auf der Lichtung auftauchten und sich, wenngleich auch leise, stritten.

„Ich hab dir gesagt, wir sind zu früh abgebogen", meckerte Anno und sah Pete vorwurfsvoll an.

„Hey, da war ein Weg. Was kann ich dafür, dass der an dem blöden See endet", fauchte der zurück. „Und außerdem hat keiner gesagt: Geh hin und leg dich mit den Sumpfmostern an!"

Missmutig kühlte Anno sein blaues Auge mit einem Umschlag aus Kräutern und Quellwasser. Die riesigen Pflanzenwesen, die sich rund um den Irissee angesiedelt hatten, waren nicht sehr erfreut über ihren Besuch gewesen. Bevor Anno gewusste hatte, wie ihm geschah, hatte ein kräftiger Arm aus Ranken und Wurzeln ihn gepackt und versucht, ihm das Lebenslicht auszublasen. Dessen druidische Magie war größtenteils nutzlos an dem Giganten verpufft, so dass er es eigentlich nur seinen beiden Freunden zu verdanken hatte, dass er dem moosbedeckten Ungetüm entkommen war. Das, und der Umstand, dass der Ausflug zu dem See ein gewaltiger Umweg gewesen war, hatten seine Laune nicht unbedingt gebessert.

„Seht mal!", rief Cedrik plötzlich und deutete aufgeregt nach vorne.

„Ich glaube, wir sind da."

Hinter einer Biegung des Weges stand angeschmiegt an zwei hohe Bäume ein hölzerner

Torbogen, der unverkennbar nachtelfischer Herkunft war. Zwischen den beiden senkrechten Stämmen flatterte ein Wesen, mit bunten, schillernden Schmetterlingsflügeln. Es sah aus wie eine smaragdgrüne Eidechse mit einem langen, geringelten Schwanz und auf dem Rücken hatte es spitze Stacheln, zwischen denen eine hauchfeine, rosafarbende Membran gespannt war.

„Ein Feendrache", flüsterte Anno, um das Tier nicht zu erschrecken.

Der sah die drei aus klugen, amethystfarbenen Augen an, drehte sich um und flog mit eleganten Flügelschlägen durch das Tor. Dahinter wurde beim Näherkommen ein Mondbrunnen sichtbar, gefüllt mit dem geheiligten Wasser, das den Ursprung der nachtelfischen Magie bildete. Es leuchtete wie flüssiges Mondlicht und sein Schein fiel auf eine schlanke, vierfüßige Gestalt, die an seinem Rand stand und versonnen in die Tiefe blickte.

„Ihr kommt spät", sagte die Dryade und drehte sich zu den Ankömmlingen um.

„Ich hatte euch früher erwartet."

Grüne Augen ruhten auf den drei Nachtelfen, als das Halbwesen näher kam. Shael'dryns Körper glich dem eines unbekümmerten Rehkitzes mit weichem, graubraunem Fell und feinen, weißen Tupfen, während ihr Oberkörper der einer bezaubernd hübschen Frau war. Efeuranken schienen direkt aus ihren grünen, gelockten Haaren zu wachsen. Sie ringelten sich wie ein zartes Gewand um ihre Arme und verdeckten ihre ebenmäßigen, milchweißen Brüste. Cenarius, der hirschköpfige Halbgott und Sohn der Mondgöttin Elune und des weißen Hirsches Malorne, hätte sich keine schönere Tochter wünschen können.

„Ihr habt uns erwartet, Holde?", fragte Cedrik erstaunt, nachdem er sich vor der Dryade verneigt hatte.

„Aber sicher", antwortete der Naturgeist und wies mit einer Geste auf den Mondbrunnen. „Ich weiß, dass ihr kommt und warum ihr kommt und, dass euer Freund besser daran täte, mir den Respekt zu erweisen, der sich geziemt."

„Verzeiht", murmelte Cedrik und stieß unauffällig Anno an, der den Blick nur schwer wieder hinauf zu Seibolds Gesicht zwingen konnte.

„Er vergaß sicher nur über Eure Schönheit seine Manieren."

Die Dryade lächelte Cedrik kurz zu und betrachtete Anno dann eingehend.

„Es ist gut", sagte sie schließlich.

„Kühlt Eure Wunde am Brunnen, junger Nachtelf, und hört, was ich Euch von Dartols schändlichem Werk zu berichten habe."
Anno tat, wie ihm geheißen war. Sobald das silbrige Wasser seine Haut benetzte, verschwand der unterschwellige Druck, und sein Spiegelbild zeigte ihm, dass auch die äußerlichen Anzeichen der Verletzung verschwunden waren. Wie auch die beiden Anderen ließ er sich auf dem Waldboden nieder und lauschte den Worten der Dryade, die mit trippelnden Schritten auf und ab lief, während sie erzählte.

„Der zweite Teil der Rute, die ihr wieder zu vereinen wünscht, wurde den Treants übergeben, die in der Nähe der Grenze zum Teufelswald leben. Offenbar waren die Scotsmags der Meinung, die wunderbaren Baumgeister wären vor jeglicher Verderbnis gefeit. Doch sie irrten sich und die einst so friedlichen Wesen wurden böse und wider ihre Natur verzerrt. Trotzdem müssten sie immer noch im Besitz der Truhe sein, in der die Scotsmags den Schaft verschlossen haben. Den dritten und letzten Teil, der Knauf der magischen Rute, befindet sich in der Obhut der Druiden."

„Wie praktisch", warf Pete ein.

„Es sollte ein Leichtes sein, sie zu überzeugen, uns den Knauf zu überlassen."

Die Augen der Dryade blitzten spöttisch auf.

„Nun, da wäre nur das kleine Problem, dass alle von ihnen bei einem Überfall getötet wurden und der Hügel von Dor'danil jetzt ihr dunkles, muffiges Grab bildet. Aber versucht euer Glück, vielleicht hören ihre Geister euch zu und verraten euch das Geheimnis."

„Könntet ihr nicht mit uns kommen?", warf Cedrik ein.

„Ihr seid ein Naturgeist, mit euch würden die Druiden sicherlich kooperieren."

„Wir stell ihr euch das vor, Nachtelf?", fragte Seibold sanft und auch ein wenig tadelnd.

„Ich soll meinen Wald verlassen und riskieren, dass die Verderbnis auch hier Einzug hält? Sind denn nicht schon genug Stätten dem Wahnsinn verfallen? Nein, ich verlasse diesen Ort nicht. Wenn ihr meine Hilfe wollt, macht euch auf den Weg und bringt mir die Teile der Rute, dann werde ich euch helfen, sie wieder zusammenzusetzen."

Mit diesen Worten drehte die Dryade sich um und blickte erneut in die tiefen Wasser des Mondbrunnens. Die Audienz schien beendet und so machten sich die drei Nachtelfen nachdenklich wieder auf den Rückweg.

„Was machen wir jetzt?", fragte Pete, als sie die Straße erreichten.

„Wir könnten umkehren und die Nacht in Dundee verbringen."

„Mir wäre es lieber, wir gingen gleich Richtung Teufelswald", meinte Anno.

„Ich möchte diese Aufgabe so schnell wie möglich hinter mich bringen."

„Also dann, gehen wir", stimmte Cedrik zu und so wandten sich nach links und folgten dem Weg durch das nächtliche Glasgow gen Osten. An einem Wegweiser bogen sie dann nach Norden ab und folgten der verwinkelten Straße weiter in Richtung des berüchtigten Teufelswaldes. Sie alle hatten schon von diesem Ort gehört und wussten, dass keiner von ihnen bereits die nötige Ausbildung besaß, um dort überleben zu können. Es hieß, mit dem Wind wehe dort der Hauch des Todes zwischen den besudelten Bäumen hindurch und verpeste mit seinem Gestank alles Lebendige. Nur die fähigsten Druiden des Zirkels wurden manchmal in diese Einöde geschickt, um dort ein wenig des Schadens, den der Angriff der „Brennenden Legion" hinterlassen hatte, wieder gut zu machen.

„Und wie finden wir diese Treants jetzt?", wollte Cedrik wissen und lehnte sich erschöpft von dem langen Fußmarsch gegen den Stamm eines jungen Baumes.

„Ich glaube, du hast sie schon gefunden", bemerkte Pete lachend.

Er deutete auf den Baum, dem mit einem Mal ein Gesicht gewachsen war. Stockartige Arme wuchsen aus seinen Seiten hervor, der Stamm spaltete sich zu einem scharfzahnigen Mund und zwei Astlöcher funkelten wie glühende Kohlen, als er dessen Wurzel aus der Erde zog und die Hände ausstreckte, um Cedrik damit zu erwürgen. Der Nachtelf sprang erschrocken beiseite und Anno beschwor geistesgegenwärtig einige Wucherwurzeln, die das Elementarwesen wieder an den Erdboden fesselten, dem es so eben entstiegen war. Deutlich gereizt peitschten die Äste des Treants wild in alle Richtungen und eine hölzern klingende Stimme knurrte unmissverständliche Drohlaute den drei Freunden entgegen.

„Schön, wir haben einen", schnaufte Cedrik, dem der Schrecken immer noch ins Gesicht geschrieben stand.

„Die Frage ist nur: Was machen wir jetzt mit ihm?"

„Seht ihr, was ich sehe?", sagte Anno und deutete auf den wütenden Treant.

Am Hals des Elementars baumelte eine Halskette mit allerlei Perlen, Federn und anderem Zierrat. Darunter war auch ein hölzerner Anhänger, der beinahe wie ein Schlüssel geformt war.

„Sagte Shael'dryn nicht, die Treants hätten ihren Teil der Rute in einer verschlossenen Truhe?", überlegte Pete.

„Ich wette, das ist der Schlüssel dazu."

„Ich fürchte, er wird ihn nicht freiwillig herausgeben", seufzte Cedrik.

„Wir werden ihm den abnehmen müssen."

„Spielen wir also Bäumchen-Wechsel-Dich!", grinste Anno.

Wie auf ein Kommando stürzten sich die drei Nachtelfen gleichzeitig auf den Baum. Der Treant wehrte sich; er drehte seinen Stamm in alle Richtungen, fegte den Freunden die peitschenden Zweige um die Ohren und schnappte mit den messerscharfen Zähnen nach ihren Fingern. Pete bemühte sich nach Kräften, die Armes des Elementars unter Kontrolle zu bekommen, mit dem Erfolg, dass er einige Meter durch die Luft geschleudert wurde und mit einem Aufprall auf dem Boden landete, der ihm sämtliche Luft aus den Lungen drückte. Anno hatte mehr Glück und schaffte es, die Halskette zu packen. Sekunden später hüpfte er heulend durch die Nacht und bemühte sich, so schnell wie möglich Dutzende von Splittern zu entfernen, die der Treant mit seinem Biss in der Hand hinterlassen hatte. Nur noch mit einem Gegner konfrontiert holte der Treant tief Luft und blies Cedrik dessen grünlichen, stinkenden Atem ins Gesicht. Hustend und mit Tränen in den Augen wankte der weißhaarige Nachtelf rückwärts.

„Jetzt reicht´s mir aber!", knurrte Pete böse.

Er verwandelte sich kurzerhand in einem Bären, nahm Anlauf und sprang mit einer für ein solches Tier bemerkenswerten Eleganz hoch in die Luft. Es krachte und knirschte, als der Bär, den Baum unter sich begrub, und als er wieder aufstand, lag der Treant mit dem Gesicht zum Boden hin und rührte sich nicht mehr. Blitzschnell schnappte Pete die Kette mit den Zähnen, riss sie entzwei und brachte sich in Sicherheit, bevor der Elementar wieder zum Leben erwachte.

„Na bitte, es geht doch", brummte er abermals in seiner Nachtelfenform und wedelte mit dem hölzernen Schlüssel.

„Jetzt müssen wir nur noch die dazu passende Truhe suchen."

Es war gar nicht so einfach, das kleine Tal zu finden, in dem die Treants ihren Schatz versteckt hatten. Nur durch Zufall entdeckte Ánno schließlich einige Reste eines Bauwerks, das schon fast völlig von der Vegetation verschlungen worden war, dort stand auf einem steinernen Tisch, den sie unter einem Haufen

Efeu hervor freilegten, eine kleine Truhe. Mit angespannten Gesichtern und angehaltenem Atem drehten sie den Schlüssel im Schloss herum. Es klickte, der Deckel öffnete sich und in der Truhe fanden sie tatsächlich einen mit Runen und Symbolen versehenen Metallstab.

„Das muss der Schaft von Dartols Rute sein", sagte Cedrik andächtig.

„Jetzt ist es fast geschafft, Freunde. Suchen wir noch den Knauf und dann nichts wie zurück zu der schönen Dryade."

„Fragt sich nur, was dich mehr interessiert", feixte Pete.

„Die Dryade oder die Rute?"

„Ich weiß eben das Nützliche mit dem Angenehmen zu verbinden", konterte Cedrik gelassen. „Wenn wir an die Dryade herankommen, löst sich auch da Problem mit der Rute, oder nicht?"

„Fragt sich nur, von welcher Rute du eigentlich sprichst", lachte Anno, der schon sehr viel früher verstanden hatte, worauf Pete hinaus wollte.

„Kindsköpfe", murmelte Cedrik und verstaute den Schaft der magischen Rute sicher unter seinen Gewand, während die beiden anderen, lachend vor ihm her zum Weg zurückliefen.

Wie sich allerdings herausstellte, war der Weg zum Grabhügel wesentlich weiter, als sie angenommen hatten, so dass sie in den frühen Morgenstunden übereinkamen, eine Rast einzulegen. Sie suchten sich einen Schlafplatz ein wenig abseits des Weges und verzichteten der Einfachheit halber auf eine Wache, in dem Vertrauen, dass ihnen in diesen heimischen Gefilden nichts zustoßen könne. So, so dachten sie, könnten sie am nächsten Tag rechtzeitig aufbrechen, um den letzten Teil von Dartols Rute zu finden. Binnen Sekunden sanken sie alle in einen Schlaf der Erschöpften.

Keiner von ihnen sah daher die Gestalten, die sich im rötlichen Morgenlicht durch das Unterholz bewegten oder hörte die geknurrten Befehle, die angesichts eines höchst ungewöhnlichen und zugleich sehr zufriedenstellenden Fundes gemacht wurden. Das Einzige, was Anno noch sah, als er aus dem Schlaf hochschreckte, war ein hünenhafter Schatten, der sich vor ihm auftürmte, dann traf der Knüppel des Fremden sein Ziel und der Nachtelf versank in einer rabenschwarzen Ohnmacht.

Drei Körper wurden wenig später an Baumstämme gebunden durch den Wald getragen und in der Ferne hörte man Trommeln schlagen.

Mit einem Schrei erwachte Azure. Der Traum, der sich anfangs noch sehr angenehm angelassen hatte, war zum Schluss nur noch wirr und chaotisch gewesen. Sie erinnerte sich nicht mehr an Einzelheiten, doch das Entsetzen, das am Abgrund hinter ihren geschlossenen Lidern lauerte, war Grund genug schnell das Bett zu verlassen und die Schrecken der Nacht mit einem kräftigen Frühstück zu vertreiben. Nach und nach trudelten auch ihre Mitstreiter im Schankraum des Gasthofs ein.

„Ich hoffen, ihr alle ausgeruht und bereit für Reise in Sumpfland", sagte Garymoaham, als auch die letzten Krümel vom Tisch verschwunden waren.

„Moment", warf Schakal missmutig ein.

„Ich habe eine Abmachung mit dem Mädel, dass ich sie zu ihrer Axt führe. Von mehr war nicht die Rede."

„Oh", antwortete der Magier überrascht.

„Ich angenommen, ihr uns begleiten wegen Belohnung, was warten auf uns."

„Belohnung?"

Schakals Augen glitzerten interessiert und er richtete sich in seinem Stuhl auf.

„Ich nicht erwähnt gestern Abend", überlegte Garymoaham. „Meister Zardeth uns versprochen 25 Silberstücke für jeden, der hilft bringen die Kräuter, die er wollen."

„Zardeth?", flüsterte Stevie zu Azure. „Das wird eine interessante Aufgabe werden, du solltest dich dort anschließen."

„Warum?", wisperte sie zurück.

„Das wirst du dann schon sehen", kicherte Stevie und hatte augenscheinlich sehr, sehr gute Laune.

Die fünf Helden brachen kurz darauf auf. Emma war schon nach kurzer Zeit mit Garymoaham in eine ernsthafte Diskussion über die Vorteile von Feuer- gegenüber Eismagie verstrickt. Sie mussten ihr Gespräch nur ab und an unterbrechen, wenn Garymoaham wie von der Tarantel gestochen vor ein Gebüsch sprang um eine Friedensblume oder anderes Unkraut zu pflücken. Schakal stapfte finster hinter den beiden drein und wünschte offensichtlich keine Gesellschaft und so kam es, dass Azure und Kaserer am Schluss des kleinen Zuges durch die grüne Gebirgslandschaft von Loch Modan nebeneinander hertrotteten.

„Woher kommst du eigentlich?", fragte Azure mehr aus dem Wunsch heraus, die Stille zu überbrücken.

„Moonbrook", erwiderte Kaserer.
„Mein Vater war dort Schmied, bevor die Isle den Ort überrannten."

„Und wo ist er jetzt?", wollte Azure wissen.
Kaserer zuckte mit den Schultern.

„Na immer noch in Moonbrook, die Isle lassen ihn in Ruhe, weil sie seine Dienste benötigen."

„Und deine Mutter?"
Der Heldin wurde dieses Frage-und-Antwort-Spiels langsam etwas überdrüssig.

„Sie ist bei meinem Vater", antwortete Kaserer mit einer Selbstverständlichkeit, die Azure die Augen verdrehen ließ.

„Ja aber ich denke, die Isle haben das Dorf überrannt", rief Azure ärgerlich.

„Wie können deine Eltern denn dann noch dort sein."

Kaserer sah sie an, als hätte sie behauptet, die Erde sei rund.

„Die Isle kontrollieren das Dorf", erklärte er.

„Aber sie können ja schlecht alle Bewohner aus der Stadt treiben, wer sollte denn dann für sie arbeiten?"

Azure guckte einen Moment irritiert, musste dann aber zugeben, dass Kaserers Worten eine gewisse, wenn auch völlig verdrehte Logik anhaftete.

„Warst du schon mal woanders, als in Moonbrook?", versuchte sie das Thema zu wechseln.

„Nein", antwortete er.

„Das hier ist meine erste Reise."

An diesem Punkt des Gesprächs beschloss Azure, es aufzugeben. Stevie, der ihre Unterhaltung mit immer breiter werdendem Grinsen verfolgt hatte, kugelte sich inzwischen fast vor Lachen und so schmollte Azure den Rest des Weges, bis sie schließlich am nördlichen Wachturm von Loch Modan ankamen.

Der „Turm" stellte sich als zweistöckiges, rundes Gebäude heraus, das rundherum Schießscharten besaß, von denen man einen guten Blick über das gesamte Tal mit dem darin eingebetteten See hatte. In der Ferne waren die Umrisse eines Staudammes zu erkennen, auf dem kleine, grüne Punkte hin und her wanderten.

Gebirgsjäger Stormpike war sehr erfreut, als Azure ihm die Axt überreichte. Er strich sich über den weißen, geflochtenen Bart und sagte:

„Ihr hab gut daran getan, auf diese Axt gut Acht zu geben. Grimmand Elmores Waffen sind wirklich die besten, die man in ganz Südschottland finden kann."

„Wenn man ein Zwerg ist", warf Kaserer ein, doch niemand beachtete ihn.

„Es war mir eine Ehr", schwindelte Azure und steckte ohne mit der Wimper zu zucken das Trinkgeld ein, das der Gebirgsjäger ihr reichte.

Dessen Aufmerksamkeit richtete sich inzwischen auf Schakal, der sich betont gelangweilt im Hintergrund hielt.

„Ihr seid wohl auch einer dieser Leute, die die Nähe der Menschen suchen?", sagte er.

„Ich bin aus Ironforg.", brummte Schakal. „Und lediglich geschäftlich mit diesen Menschen unterwegs."

„Verstehe", antwortete der Gebirgsjäger.

„Wärt ihr dann vielleicht an einer kleinen Aufgabe interessiert?"

„Worum geht´s denn?", seufzte Schakal und der Gebirgsjäger erklärte, was er von ihnen wollte.

Kurze Zeit später starrten die fünf in das Innere einer, wie es schien, verlassenen Mine. Es roch nach Erde und Lehm und in den Wänden glitzerten die Reste der Erzadern, die es in Silberbachmine einst gegeben haben musste. Ein wenig Erde rieselte von der Decke, als sie sich langsam in das Dunkel hinein tasteten.

„Ich kann immer noch nicht glaube, wie er mich dazu gebracht hat", schimpfte der Schakal und begann allen anderen voran in einen der Schächte zu steigen.

„Er hat noch nicht einmal eine gute Belohnung angeboten."

„Er euch bei eurer Ehre gepackt", erklärte Garymoaham hilfreich.

„Zwerge viel Ehre."

„Ich besitze keine Ehre, von der ich wüsste", murmelte Schakal halblaut und packte den ersten Kobold, den er finden konnte an der Gurgel.

Das hässliche Geschöpf glich einer Ratte in einer Bergarbeitermontur, sein nackter Schwanz peitschte Schakal um die Ohren, während er kreischend und fauchend seinen Helm festhielt, auf dem eine Kerze aufgeklebt war.

„Du nicht nehmen diese!", heulte er und versuchte, Schakal einen Hieb mit seiner

Schaufel zu versetzen, die etwa die Größe eines Kinderspielzeugs hatte.

„Wo sind die Werkzeuge?", grollte Schakal und schüttelte den kleinen Kerl noch stärker, so dass Wachs in alle Richtungen spritzte.

„Ich nichts Angst vor Zwerg, wie ihr sein", bibberte der Kobold, während seine Zähne hart aufeinander schlugen.

„Lass mich mal", drängelte sich Emma nach vorne. Schakal warf ihr einen höhnischen Blick zu, setzte den Kobold aber ab.

„Also schön", sagte die Gnomin mit liebenswürdigem Lächeln.

„Entweder, du führst uns jetzt zu den gestohlenen Werkzeugen, oder wir räuchern dich und deine ganze, verlauste Verwandtschaft in dieser Mine aus."

Der Kobold verschränkte trotzig die Arme vor dem Körper.

„Du nicht nehmen Kerze!", wiederholte er.

„Ich dich töten."

Emma schüttelte den Kopf.

„Dann muss es wohl sein", sagte sie traurig und fing an, einen Feuerball in ihrer Hand größer werden zu lassen.

„War nett, dich gekannt zu haben."

Sie wollte so eben den Feuerball auf den Kobold werfen, als das Geschöpf sich auf den Boden warf.

„Oh große Königin", winselte es.

„Verzeiht Unwürdigem. Ich Euch nicht erkannt."

„Wie bitte?", echote Emma ungläubig.

„Was ist denn mit dem los?"

Der Kobold war inzwischen aufgesprungen, und verbeugte sich so oft, dass einem ganz schwindelig werden konnte. Genau genommen bekam er seine lange Schnauze überhaupt nicht mehr vom Boden hoch, während er unter lauten Jubelrufen und Entschuldigungen die Königin bat, ihm doch zu folgen, damit er sie zu seinem Volk bringen konnte. Auf eine Falle gefasst folgten ihm die Abenteurer tiefer in die Mine hinein.

In einer großen Grotte bat der Kobold, der sich zwar vorgestellt hatte, aber dessen Namen niemand mit einer gesunden Zunge aussprechen konnte, sie zu warten. Mit wilden Sprüngen und ohrenbetäubendem Gekreische rief er von allen Seiten weitere Kobolde herbei, so dass die Gruppe bald von einem Heer aus bärtigen Schnauzen und kerzenbesetzten Helmen umgeben war. Alle drängten nach vorne, um einen Blick auf die Königin zu erhaschen, sie anzufassen und – wie Vivien mit einem Schmerzensschrei bekundete – zu prüfen, ob sie wohl verschwinden würde, wenn man ihn sie hinein kniff. So entschloss sich Kaserer kurzerhand, die Gnomin auf seine Schultern zu nehmen, was ebenfalls mit großem Beifall belohnt wurde.

„Ich weiß wirklich nicht, ob das eine gute Idee war", raunte Azure Emma zu.

„Diese Biester mögen vielleicht nicht groß sein, aber sie sind enorm viele."

„Lass mich nur machen", wisperte Emma zurück und zwinkerte Azure verschwörerisch zu.

Die Kobolde, die inzwischen eine Art Gesang über die „Große Königin Kerze" angestimmt hatten, verstummten sofort, als Emma das Wort ergriff.

„Hört her!", rief sie und streckte gebieterisch die Hände aus.

„Eure Königin ist wieder da und sie erwartet Geschenke von euch. Mir kam zu Ohren, dass ihr die Ausrüstung der Zwerge gestohlen habt. Bringt sie mir!"

Die Kobolde sahen sich gegenseitig fragend an. Ein Raunen ging durch die Menge und einer der kleinen Wichte, wenn Azure sich nicht allzu sehr irrte derjenige, den sie als ersten getroffen hatten, trat einen Schritt vor.

„Königin lange weg", sagte er langsam.

„Arme Kobolde ganz allein. Wir Hunger. Wir kalt. Wir dunkel."

Emma blickte von ihrem luftigen Sitz hinunter auf die Heerschar ihrer Untertanen.

„Ja und?", fragte sie verwirrt.

Der Kobold blinzelte sie an und entblößte eine ganze Reihe spitzer Zähne.

„Du gebracht Licht. Wir sehen. Aber du auch gebracht Essen?"

Plötzlich schienen alle Kobolde fast ausschließlich aus Zähnen zu bestehen. Unwillkürlich rückte Azure einen Schritt näher an Kaserer und Garymoaham heran und Schakals Hand näherte sich unauffällig der Stelle, an der sein Dolch an seinem Gürtel hing. Der Kreis der Kobolde wurde enger.

„Tu doch mal jemand was", zischte Azure.

„Ich will nicht gefressen werden."

„Dann wir sollten Kobolden geben, was sie verlangen", erwiderte Garymoaham, trat mutig einen Schritt vor und verbeugte sich.

„Ich Garymoaham", erklärte er den jenen.

„Königin mich gebracht um Essen zu machen für hungrige Kobolde."

Er begann mit großen Gesten und viel Gehabe ein wenig Platz um sich und die Freunde zu schaffen. Dann nahm er einem der Kobolde seinen Helm ab, was dieser schon mit einem „Nicht nehmen..." beantworten wollte, sich jedoch auf die Blicke der Mitkobolde hin eines Besseren besann. Was folgte, war die beste Zaubershow, die die Kobolde je erlebt hatten.

Garymoaham zog Brot um Plätzchen, Kuchen um Törtchen, Brötchen um Pumpernickel aus dem Helm hervor und verteilte ihn an die quiekenden und sich balgenden Kobolde. Zwischendurch nahm er ab und an einen Schluck aus einer kleinen Flasche mit blassblauer Flüssigkeit. Die Kobolde jubelten, und mampften und stimmten sogar wieder in ihren Gesang ein. Als schließlich auch der Letzte von ihnen satt und zufrieden auf dem Boden hockte, verbeugte sich der Magier.

„Morgen ihr bekommen mehr", verkündete er mit lauter Stimme.

„Aber jetzt ihr holen eurer Königin die Werkzeuge."

Einige Kobolde sprangen auf, so schnell es ihre rund gefressenen Bäuche erlaubten, und wenige Augenblicke später standen vier große Kisten vollgefüllt mit den besten, zwergischen Werkzeugen vor dem Magier. Er bedankte sich bei den Kobolden und flüsterte dann seinen Freunden zu:

„Nun wir besser gehen. Schnell."

Vor der Mine atmeten alle hörbar auf. Emma hüpfte wie ein lebendig gewordener Gummiball von Kaserers Schultern und wie wild um ihn herum und der Schakal konnte man dabei beobachten, wie er sich verstohlen den Schweiß von der Stirn wischte, wenn man sehr genau hinsah.

„Das war verdammt knapp", stöhnte Azure.

„Wenn ihr das nächste Mal eine Höhle besichtigen wollt, erinnert mich dran, dass ich draußen bleibe."

„Wir dich erinnern", lachte Garymoaham und half Kaserer, die Kisten wieder zurück zum Wachturm zu bringen.

Gebirgsjäger Stormpike erwartete die Abenteurer schon und eilte ihnen ein Stück weit entgegen.

„Ihr habt es tatsächlich geschafft", stellte er freudig fest, während er den Inhalt der Kisten sichtete.

„Sehr schön, diese dreckigen Kobolde werden bald ihr blaues Wunder erleben. Jetzt, da die Werkzeuge in Sicherheit sind, können wir ihren Bau endlich ausräuchern."

Mit gemischten Gefühlen verabschiedete Azure sich von dem Zwerg und seinen grün gewandeten Kollegen, die sofort begannen, einen Trupp zusammen zu stellen, um die

Silberbachmine zu stürmen. Die Kobolde wirkten auf jeden Fall als keine nette Gesellschaft, aber Azure war nicht gewiss, ob sie das verdient hatten.

„Ich bin mir nicht sicher, ob mir das zurecht passiert", stöhnte sie, als Garymoaham zur Feier des Tages eines seiner Wanderlieder anstimmte, als sie sich in Richtung des Sumpflandes in Bewegung setzten.

Kapitel 7

Spuk und Trug

Die Schatten wurden bereits länger, als die drei Nachtelfen sich eine Rast am Ufer eines Flusses gönnten. Ein kleiner Wasserfall rauschte nicht weit von ihnen zwischen ein paar alten Stücken längst vergessener Elfenarchitektur hindurch. Eine leichte Brise kam auf und ließ die großen Bäume um sie herum ein leises, friedliches Lied anstimmen. Mit halb geöffneten Augen lauschte Anno dem Rauschen und Raunen und versuchte zu verstehen, was sie zu berichten hatten.

„Wenn ich es nicht besser wüsste, würde ich sagen, wir haben uns verlaufen", stellte Cedrik fest.

Es war nicht zu übersehen, dass ihm dieser Zustand missfiel.

„Ach was verlaufen", brummelte Pete.

„Wir sind nur ein wenig vom Weg abgekommen, die ehemalige Heimstätte der Druiden müsste in dieser Richtung liegen."

Er wies mit dem Arm nach Süden den Flusslauf hinab.

„Wollen wir es hoffen", antwortete Cedrik.

„Aber wir sollten den Fluss überqueren und auf der anderen Seite weiterreisen. Das sollte unsere Spuren endgültig verwischen."

„Warum", wandte Pete ein.

„Die Orks folgen uns schon seit einer Weile nicht mehr und unser Ziel liegt auf dieser Seite des Flusses."

Cedrik sah aus, als wolle er noch etwas erwidern, schwieg dann aber. Stattdessen drehte er sich um, und begann am flachen Ufer entlang zu wandern. Mit einem triumphierenden Blick folgte Pete ihm und Anno bildete das Schlusslicht der drei Freunde.

Wenig später überquerten sie gemeinsam einen Pfad, ließen eine alte Brücke auf der anderen Seite des Flusses links von sich liegen und folgten dem Wasser weiter flussabwärts. Dicke Baumwurzeln behinderten sie jetzt beim

Vorankommen und zwangen sie, ein Stück des Weges schwimmend zurückzulegen. Pete trug dabei den Schaft der magischen Rute zwischen den Zähnen, weil er fürchtete, ihn in den trüben Fluten zu verlieren. Es war Anno ein Rätsel, wie er es geschafft hatte, etwas so Großes vor den Orks geheim zu halten.

Annos Gedanken glitten von dem Versteck der Rute zu dem kleinen Kästchen, das er selbst an der Innenseite des Gürtels verborgen trug. Sie konnten von Glück sagen, dass es ihm bei seiner Gefangennahme nicht zusammen mit seinen restlichen Habseligkeiten abgenommen worden war. Irgendwann verfolgten sie sicherlich das ursprüngliche Ziel ihrer Reise weiter. Vielleicht würde er sogar Nancy wieder sehen, bevor sie sich auf die Suche nach dem zweiten Teil des Seelöwenanhängers machten. Er vermisste seine kleine Schwester, obwohl er lieber einen ganzen Krug bitteren Distelstees geschluckt hätte, als ihr das zu verraten.

Die Reise der drei Nachtelfen stockte, als eine weitere Brücke in Sicht kam. Auch sie verband dieses mit dem jenseitigen Ufer, doch ihre Bauart war völlig anders als die der ersten. Jene

Brücke war schmal und hatte sich in einem eleganten Bogen ans gegenüberliegende Ufer geschwungen. Die verwendeten, kunstvoll bearbeiteten Stämme und die filigranen Intarsien, die mit blauen und grünen Schmucksteinen verziert wurden, hatten es als ein Bauwerk der Elfen gekennzeichnet, auch wenn die Zeit an ihm nicht spurlos vorüber gegangen war. Die zweite Brücke jedoch war neuerer Bauart und ein frischer Holzgeruch haftete noch an den grob behauenen Stämmen, die mehr praktisch, als schmückend zusammengebunden schienen. Schwere Kriegsgeräte mit dem blutroten Zeichen der Horde lagen zu wertlosen Trümmern zerschmettert und verbrannt auf dieser Seite des Flusses. Der Übergang war mit in den Boden gerammten Holzstämmen befestigt worden, deren wehrhafte Spitzen alle auf das jenseitige Ufer deuteten. Es sah aus, als habe jemand ein Lager sehr schnell verlassen, und sei nur noch einmal zurückgekehrt, um sicherzustellen, dass, wer immer ihn auch überfallen hatte, im nicht folgen konnte.

„Oder um die Toten zu bergen", dachte Anno schaudernd.

Dieser Ort war besudelt und das, was auf der jenseits des Flusses lag, gefiel ihm noch weniger. Er fühlte, wie sich die Haare in seinem Nacken sträubten, und den anderen schien es nicht besser zu gehen.

„Ich weiß nicht, was dort drüben ist, aber es bedeutet nichts Gutes", knurrte Pete leise.

„Wir sollten von hier verschwinden."

„Und zwar schnell", setzte Cedrik hinzu.

„Was immer auch hier war, könnte wieder kommen."

Den Nachtelfen war nicht wohl, als sie der Region auf der anderen Seite der Brücke den Rücken zukehrten. Etwas lauerte dort, das so falsch war, dass es eigentlich nur eines bedeuten konnte, doch keiner der drei erlaubte sich, den Gedanken daran zu Ende zu führen. Pete verkniff sich sogar seinen Cousin darauf hinzuweisen, wie gut es doch gewesen war, dass sie den Fluss nicht überquert hatten. Dessen ungeachtet würden sie nach ihrer Rückkehr nach Dundee

Meldung von ihren Beobachtungen machen müssen.

Schneller als vorher drängten sich die Freunde nun in den Wald, als könne die lebende Gemeinschaft von Tieren und Pflanzen ihnen Schutz bieten vor den Dingen auf der anderen Seite des Flusses. Schweigend wanderten sie über inzwischen mondbeschienene Lichtungen und schlugen sich durch dichtes Unterholz, bis sie schließlich an den Hügel kamen, in dessen Tiefen die Druiden einst ihr Heim gehabt hatten. Ein mächtiger Baum streckte auf der Spitze des Hügels seine Äste weit hinauf in den Himmel und in ihn hinein und aus ihm heraus wuchs ein großes Tor. Es gewährte den Besuchern Einlass in die dunklen Gänge und war unverkennbar elfischer Bauart.

„Ich weiß nicht, ob das eine gute Idee ist, dort hinein zu gehen.", sagte Anno und senkte dabei unbewusst seine Stimme.

„Außerdem war da noch irgendetwas in Dixas´ Tagebuch. Lasst mich noch einmal überlegen, was das war, bevor wir uns dort hinunter wagen."

„Du hast doch wohl nicht etwa Angst?", grinste Pete breit und knuffte seinen Freund spielerisch in die Seite. Offensichtlich hatte er die gute Laune, angesichts der Tatsache, endlich etwas tun zu können, wieder gefunden.

„Natürlich nicht", empörte sich Anno und ließ seinen Blick sorgenvoll über die dunkle Umgebung schweifen.

„Ich möchte nur kein unnötiges Risiko eingehen."

„Ich fühle mich auch nicht wohl dabei", bemerkte Cedrik und legte seinem Freund in einer verständnisvollen Geste die Hand auf den Arm.

„Aber wenn wir hier draußen herumstehen, werden wir nie erfahren, was dort unten geschehen ist."

„Na meinetwegen", brummte Anno mehr überredet, denn überzeugt.

„Schauen wir eben nach."

Entschlossen traten die Nachtelfen durch den verfallenden Eingang in einen unbeleuchteten Gang, der sich vor ihnen in die Tiefe wand. Fackeln und andere Lichtquellen fehlten völlig, so dass sich die Elfen nur auf ihre gute Nachtsicht verlassen konnten. Im Vorbeigehen bemerkte Anno die Spuren, die die Waffen der Angreifer im hölzernen Rahmen und an den Wänden dahinter zurückgelassen hatten. Einige von ihnen waren mit Blut durchsetzt, das bereits zu einer schwärzlichen Kruste eingetrocknet schien. Auch auf dem Grund befanden sich Blutspuren, aber nicht ein einziger Körper bedeckte den Boden auf ihrem Weg hinunter in die kalte, erdige Stille. Jemand musste die Druiden bestattet haben, auch wenn es ihn wunderte, dass sie in Dundee nichts davon mitbekamen; vor allem, da diese Gräueltat noch nicht sehr lange zurückliegen konnte. Es hätte frische Gräber geben müssen.

Tiefer und tiefer hinab trug sie der Pfad, bis sie schließlich auf einer Art Plattform ankamen, unter der sich eine größere Höhle erstreckte. Weitere Gänge führten ihnen gegenüber in den Berg hinein und waren über Brücken miteinander und mit der Plattform verbunden. An der Außenseite der Haupthöhle führte ein etwas breiterer Weg in einem sanften Bogen zum Fuß des Baus. Auch hier sah man Kampfspuren, hier und da eine zerbrochene Waffe, von denen Pete einen noch einigermaßen erhaltenen Dolch auflas, aber ansonsten herrschte Grabesstille. Nicht einmal Insekten oder Würmer schien es zu geben; dieser Ort war tot. Umso mehr schraken die drei Freunde zusammen, als plötzlich eine geisterhafte Stimme durch die Halle wehte.

„Was wollt ihr hier?", wimmerte sie.

„Verlasst diesen Ort!"

„Habt ihr das gehört?", wollte Anno wissen und sah sich vorsichtig nach der Quelle der Stimme um.

„Ja", flüsterte Cedrik tonlos.

„Was bei Elune ist das?"

„Geht!", wiederholte die Stimme und schien dabei von überall zugleich zu kommen.

„Stört nicht unsere Ruhe! Geht!"

Die letzten Worte waren beinahe geschrien und ihr Echo hallte hundertfach von den Wänden wieder. Doch als die Laute verebbten, herrschte dieselbe Stille wie zuvor. Schwarze, wattige Ruhe, die einem auf die Ohren drückte und Dinge sehen ließ, die gar nicht da waren.

„Vielleicht sollten wir wirklich gehen.", flüsterte Anno.

„Ich glaube immer noch, dass wir hier falsch sind."

„Nein", sagte Cedrik entschlossen und trat einen Schritt vor.

Sogleich erklang wieder die Stimme und eine zweite, die an fernen Donner erinnerte, schloss sich ihr an.

„Ihr seid hier nicht willkommen", wetterte sie und rollte wie ein Gewitter über die Freunde hinweg.

„Und doch sind wir hier", sprach Cedrik mit klarer Stimme gegen die Dunkelheit.

„Wir sind auf der Suche nach etwas und erbitten eure Hilfe."

„Hilfe?", lachte eine dritte Stimme bitter und ein milchiges Leuchten stieg aus einer der Höhlen empor.

„Ihr seid zu spät, denn an diesem Ort erwartet euch keine Hilfe mehr."

Eine schemenhafte Gestalt bewegte sich durch die Luft auf die drei Freunde zu. Beim Näherkommen erkannte man, dass es sich um einen Nachtelfen handelte. Seine Brust war blutüberströmt und sein Hals schien von einer Klinge förmlich zerfetzt worden zu sein. Doch kein Tropfen rann mehr aus den Venen der Gestalt, denn sie war nicht mehr als eine Erinnerung, ein Geist gefangen am Ort seines Todes.

Ein zweiter Druide schwebte heran und dessen Gestalt wechselte stetig zwischen dem eines Bären und dem eines Nachtelfen hin und her. In seinem blutverklebten, braunen Fell steckte eine abgebrochene Lanze, deren Klinge in der Bauchgegend wieder zu Tage trat. Sie musste mit großer Kraft in den Rücken des auf allen vieren kämpfenden Tieres gestoßen worden sein und der Druide war in dem Moment gestorben, als er sich zurückverwandelt hatte, um sich selbst zu heilen.

Aus den Tiefen stieg eine dritte, leuchtende Gestalt empor. Sie schien körperlich unversehrt, doch vor ihrem Mund hatte sich grünlicher Schaum gebildet, der bis zu ihrem Kinn gelaufen war.

„Wir dulden keine Fremden", grollte der tote Druide.

„Schon einmal ließen wir das Böse in unsere Mitte und bevor wir uns versahen, lagen unsere Brüder im Todeskampf zuckend am Boden. Und auch ihr werdet diese Hallen nicht wieder lebend verlassen."

Geisterhafte Hände streckten sich nach den Freunden aus, doch Cedrik wob mit flinken Gesten und Worten einen Zauber, den er über den toten Druiden warf. Goldene Ketten schienen aus dem Nichts hervorzuspringen und schlossen den hilflosen Geist völlig ein. Unfähig sich zu bewegen, stierte er die drei Nachtelfen aus blutunterlaufenen Augen an.

„Ihr werdet mich nicht ewig gefangen halten.", lachte er böse.

„Ergreift die Eindringlinge und reißt sie in Stücke!"

Die beiden anderen Geister schwebten heran und griffen nach den Freunden. Anno spürte, wie sich die kalten Finger des Unheimlichen mit der zerfetzten Kehle in seinen Arm bohrten.

Entsetzt riss er sich los und stolperte einen Schritt rückwärts, stieß gegen etwas Weiches, Pelziges und drehte sich in der Annohme um, vor Pete zu stehen. Stattdessen verwandelte sich der Geisterdruide vor ihm gerade wieder in einen Nachtelfen zurück. Er griff mit einem Zähnefletschen nach der Lanze in seinem Rücken und zog sie mit einem Satz heraus. Blitzschnell wirbelte er die Waffe herum und zielte damit auf Annos Kopf. Gerade noch rechzeitig ging der in Deckung, so dass er nur einen eisigen Luftzug spürte.

Pete versuchte derweil ebenfalls sein Glück, den Geistern beizukommen, doch seine Zauber prallten nutzlos an ihnen ab und sein Dolch glitt durch sie hindurch wie durch leere Luft. Nur Sekunden nach seinem ersten Angriff wurde er durch die Luft geschleudert und landete mit einem dumpfen Schlag auf der schräg nach unten verlaufenden Rampe. Anno wehrte sich gegen den Eindruck, er habe Knochen brechen hören, er musste sich einfach getäuscht haben. Allerdings hatte er auch keine Zeit, sich lange um seinen Freund Gedanken zu machen, denn der Geist mit der Lanze trieb ihn immer weiter auf den gähnenden Abgrund zu. Schon sehr bald würde er den Halt verlieren und auf den Grund der Höhle stürzen.

„Du musst die anderen auch fesseln", rief er Cedrik zu, während er einem weiteren Lanzenhieb auswich.

„Das geht nicht", antwortete Cedrik und duckte sich unter einem Hieb hinweg, mit dem der blutige, erste Druide auf ihn gezielt hatte.

„Ich kann nicht mehr als einen von ihnen bannen."

„Und auch dieser Zauber erlischt", spottete eine tiefe Stimme und mit einem Klirren fielen die goldenen Ketten von dem dritten der Geisterdruiden ab.

Sogleich fegte ein Sturm durch die Höhle. Er wirbelte zunächst nur Erde und Staub auf, doch mit zunehmender Stärke begannen auch die ersten Teile der zerstörten Waffen sich in die Luft zu erheben und wurden somit zu tödlichen Geschossen. Es war nur eine Frage der Zeit, bis sie ein noch lebendiges Ziel trafen.

„Sie sind wahnsinnig geworden", brüllte Anno gegen den Sturm an.

„Wir müssen hier raus."

„Ihr werdet nicht gehen!", kreischte der erste Druide wieder und stürzte sich auf Cedrik.

Der warf die Arme empor und beschwor ein leuchtendes Schild aus reinem Licht um sich herum. Geblendet wich der Geist ein Stück zurück und der junge Priester nutzte die Gelegenheit, um in Richtung des Ausgangs zu stürzen. Er kam jedoch nicht sehr weit, denn der

Bärendruide ließ von Anno ab, verwandelte sich und warf sich mit heiserem Brüllen in seinen Weg.

Aus den Augenwinkeln bemerkte Anno, dass Pete wieder zu sich gekommen war. Erleichterung überkam ihn, als er sah, wie sein Freund sich ebenfalls in einen Bären verwandelt hatte und drauf und dran war, sich für seinen Cousin in die Bresche zu werfen. Trotzdem wusste Anno, dass sie diesen Kampf nicht gewinnen konnten.

„Nicht!", rief er daher und zeigte hektisch auf den Ausgang.

„Wir müssen hier weg. Cere, fessle ihn und lauf!"

Der junge Priester überlegte nicht lange. Goldene Ketten schossen erneut hervor und bannten den Geisterbären an Ort und Stelle. Wie ein weißer Blitz sprintete der Nachelf daraufhin an ihm vorbei und auf einen der Gänge zu, von dem Anno nur hoffen konnte, dass es der Ausgang war. Der Geist mir der zerfetzten Kehle heulte auf und setzte zur Verfolgung an. Er verschwand und materialisierte sich kurz darauf zwischen Cedrik und dem Ausgang. Seine Klauenhände griffen nach dem Nachtelfen.

Annos Gedanken überschlugen sich. Nichts von dem, was er gelernt hatte, erschien ihm geeignet um mit dieser Bedrohung fertig zu werden. Er hatte gelernt, die Natur als Verbündeten zu nutzen, mit ihrer Kraft Wind und Regen zu rufen. Er konnte unter freiem Himmel die Pflanzen dazu bringen, seine Feinde festzuhalten und das Licht des Mondes aus dem Nichts beschwören, um es wie eine Waffe gegen sie einzusetzen. Er konnte Gifte heilen und Tiere besänftigen ja sogar...mit einem Mal hatte er eine Idee.

„Bann ihn!", rief er seinem Freund zu und deutete auf den Geist mit der blutigen Kehle.

„Aber dann...", begann Cedrik.

„Frag nicht, tu es einfach", rief Anno, und startete gleichzeitig, sich zu konzentrieren.

Es war eine minimale Chance, und er war sich nicht sicher, ob dieser Trick, den er schon manchmal in spielerischen Kämpfen gegen Pete eingesetzt hatte, auch so wirken würde, wie er gehofft hatte. Andererseits verbringe er, wenn sein Plan fehlschlug, nicht viel Zeit damit, es zu bereuen.

Er suchte nach dem Bewusstsein des Bärendruiden, was an sich schon merkwürdige genug war, da er damit sozusagen nach dem Geist des Geistes griff. Zu seiner Erleichterung fand er jedoch, was er suchte und in dem Moment, als die goldenen Ketten sich um den jenen mit der blutigen Kehle legten und so den ersten Gefangenen freiließen, verfiel dieser in einen tiefen Schlaf. Mitten in der Bewegung erstarrt stand der Geisterbär zwischen ihnen und schnarchte laut und vernehmlich vor sich hin und wäre die Situation nicht so ernst gewesen, hätte es fast komisch gewirkt.

Somit hatten die drei Nachtelfen zwei ihrer Gegner ausgeschaltet, es blieb jedoch immer noch einer übrig. Außerdem war zu befürchten, dass der Zauber, mit dem Anno schon öfter kleinere Tiere zum Einschlafen gebracht hatte, den Geisterbären nicht ständig halten würde. Wie zur Bestätigung, dass die Gefahr noch lange nicht vorbei war, bohrte sich eine umherfliegende Schwertspitze nur Millimeter neben Annos Füßen in den Höhlenboden. Er überlegte nicht lange und sprintete los.

Der übrig gebliebene Geist heulte und tobte und verstärkte den Sturm noch, der durch die Halle brauste, Blitze zuckten von der Höhlendecke herab und Anno musste trotz der Gefahr anerkennend zugeben, dass dieser Druide noch im Tod ein mächtiger Gegner war. Er bereute, ihn nicht früher kennen gelernt zu haben, sicherlich hätte man viel von ihm lernen können. Jetzt jedoch wollte er nur noch so viel Entfernung zwischen sich und den durchgedrehten Geist bringen, wie möglich war.

Anno stürzte den Gang hinauf, der sich spiralförmig vor ihm auftat. Hinter ihm hörte er die Schritte seiner Freunde, die ebenfalls vor dem infernalischen Sturm davon liefen. Nur noch wenige Meter und sie würden es geschafft haben. Der Eingang tauchte vor ihnen auf und der vom Mondlicht bestrahlte Fußboden wirkte wie eine rettende Insel aus dem Höllenabgrund der hinter ihnen lag. Doch gerade als Anno auf der obersten Plattform ankam, legte sich jedoch ein gewaltiger Schatten vor die Tür. Er hatte die Umrisse eines Bären.

„Nein", murmelte Anno. Das durfte einfach nicht wahr sein.

Ein gewaltiges Krachen und Klirren ließ Azure aus dem Schlaf hochfahren. In einem schon wachen Teil ihres Gehirns registrierte sie, dass dies nun die zweite Nacht war, in der sie so unsanft erwachte. Der Rest schwindelte einfach nur aufgrund der Unterbrechung ihrer Nachtruhe. Etwas rumorte und rumpelte in einer Ecke des Zimmers herum, in dem sich die Waschschüssel befand. Azures Augenbrauen zogen sich ärgerlich zusammen.

„Mach gefälligst nicht so einen Lärm", fauchte sie die Dunkelheit an.

„Ich will schlafen."

Das Rumoren hörte auf und verwandelte sich in leises Tappen, das zwischen Azures Atemzügen schon fast unhörbar war. Dann brach auch dieses Säuseln auf. Unsicher starrte die

Heldin in die Richtung, in der das Geräusch stehen geblieben war.

„Stevie?", fragte sie vorsichtig und auf einmal gar nicht mehr so sicher, dass es wirklich der Wichtel war, der sie geweckt hatte.

Sie fühlte eine Bewegung am Ende ihres Bettes. Etwas war darauf gesprungen. Azures Mund wurde trocken, als es begann langsam über das Federbett zu klettern. Bedrohliche Augen leuchteten in einem verirrten Strahl des Mondlichts auf. Das Gewicht schlich näher und verursachte ein Knistern der Bettfüllung.

„Das ist nicht komisch, Stevie", sagte Azure laut und sie merkte selbst, wie ihre Stimme dabei zitterte.

Das Etwas kam immer noch näher und knurrte leise.

„Was'n los?", erklang die verschlafene Antwort der Wichtel aus einer völlig anderen Ecke des Raumes, das genügte.

Die Bettdecke flog in hohem Bogen durch das Zimmer und das Etwas mit ihm, man hörte ein überraschtes Kreischen und Fauchen. Blitzschnell sprang Azure dem Ding hinterher und griff in der gleichen Bewegung nach einer Waffe. Sie erwischte allerdings nur das Buch, in dem sie vor dem Schlafengehen noch gelesen hatte. Verzweifelt warf sie es in Richtung der schrecklichen, glühenden Augen. Ein unheimlicher Laut antwortete ihr. Es klang, als habe man ein Kind geschlagen. Etwas huschte über den Fußboden und unter das Bett.

Vor Schreck sprang die Heldin auf das Bett, diesmal bewaffnet mit einem Kerzenständer. Nun vernahm man ein Fauchen und Kreischen, dann Stille. Erst jetzt kam Azure auf die Idee, etwas Licht in die Sache zu bringen, die Kerze in dem Ständer flammte auf und warf einen kleinen Kreis aus Helligkeit auf eine zerbrochene Waschschüssel und einen ungehaltenen Wichtel.

„Sag mal, spinnst du?", beschwerte sich Stevie.

„Was soll denn der Lärm mitten in der Nacht?"

„Da ist etwas unter meinem Bett", stotterte Azure.

„Ein Monster!"

„Ein Monster?", erkundigte sich Stevie ungläubig.

„Ja sicher."

„Erst habe ich gedacht, du wärst es", versuchte Azure, zu erklären.

„Das da war gruselig."

Stevie sah aus, als habe er auf etwas Unangenehmes gebissen.

„Sehr schmeichelhaft", stellte er fest.

„Wie bitte sah das Monster aus?"

„Das weiß ich doch nicht", empörte sich Azure.

„Es war schließlich dunkel."

Es war dem Wichtel anzusehen, was er von seiner Meisterin hielt. Seufzend kam er aus dem Korb hervor, in dem er es sich für die Nacht bequem gemacht hatte, und näherte sich dem Bett. Das darunter knurrte.

„Da ist ja wirklich etwas", nahm er überrascht zur Kenntnis.

„Ja sicher ist da etwas", schnaubte Azure und kletterte nun ebenfalls vom Bett.

„Ich habe doch nicht nur schlecht geträumt."

„Auszuschließen wäre es nicht", frotzelte Stevie und äugte neugierig unter das Bett.

Kurz darauf hielt er sich die krumme Nase und starrte missmutig in ihre Richtung.

„Mistvieh", maulte er und warf der kleinen Katze auf Azures Schoß einen giftigen Blick zu.

„Du hast sie eben erschreckt", tadelte sie ihn.

„Ach ja", fauchte Stevie.

„Als wenn ich wie eine besengte Sau durch das Zimmer gesprungen und mit Sachen um mich geworfen hätte."

Azure überging diese Bemerkung. Sie strich zärtlich über das schwarze Fell des Tiers, das sein Fauchen inzwischen gegen ein sanftes Schnurren eingetauscht hatte. Wenn sie nicht gewusste hätte, dass das unmöglich war, hätte sie gesagt, dass es das Tier war, was sie bei ihrem ersten Besuch in Aberdeen auf dem Marktplatz gesehen hatte. Die Katze warf ihr einen spöttischen Blick zu, sprang von ihrem Schoß und stiefelte mit der ihr eigenen Selbstverständlichkeit zu ihrem Kopfkissen, dort trat sie in paar Mal auf der Stelle und ließ sich höchst zufrieden mit sich und der Welt dort zum Schlafen nieder.

„Wie es aussieht, haben wir heute Nacht einen Gast", bedauerte Stevie und sprang ebenfalls wieder in seinen Korb.

Die Meisterin würde schon sehen, was sie davon hatte. Immerhin wusste jeder, dass schwarze Katzen nichts als Unglück brachten.

Azure hingegen schob ihren Bettgast leicht zur Seite, was ihr ein protestierendes Maunzen einbrachte und löschte das Licht. Mit der Nase tief im Fell der Katze vergraben driftete die junge Hexenmeisterin wieder ins Reich der Träume, aus dem sie etwa fünf Minuten - wie es ihr schien - eine fröhliche Stimme erneut herausriss.

„Einen wunderschönen guten Morgen", trällerte Emma und Azure beschloss, dass sie sich daran nie im Leben gewöhnen würde.

Anno versuchte noch, dessen Lauf zu bremsen, doch es war bereits zu spät. Mit voller Wucht rannte er in sein pelziges Hindernis und seinen Freunden erging es nicht viel besser, denn auch sie konnten dem Etwas vor der Tür nicht mehr ausweichen. Ein Knäuel aus Armen, Beinen und Pfoten stürzte durch die Tür hinaus und rollte den Abhang vor dem Eingang hinunter. Ein Busch beendete schließlich ein wenig unsanft die unkontrollierte Bewegung und ließ Anno Zeit, trotz des Schwindels in seinem Kopf zwei Dinge zu bemerken:

Zum einen hatte der Sturm, durch den sie sich so eben noch kämpften, in dem Moment aufgehört, als sie die Schwelle am Fuß des großen Baumes überquert hatten und zum zweiten war das Fell des Bären, über den sie gefallen waren, schneeweiß.

Im letzten Moment fiel er Pete in den Arm, der in Ermangelung einer besseren Idee schon mit dem Dolch ausgeholt hatte.

„Nicht!", rief er.

„Das ist nicht unser Feind!"

In diesem Moment fiel der Bär zur Seite und war mausetot, entsetzt fuhr Anno zu seinem Freund herum.

„Was hast du getan?", keuchte er.

Verstört ließ Pete seine Waffe sinken.

„Gar nichts", antwortete er und machte eine abwehrende Bewegung mit den Händen.

„Wirklich nicht. Sieh doch, das Messer ist ganz sauber."

Tatsächlich war nicht ein einziger Blutstropfen auf der Klinge zu sehen.

„Aber wie…", begann Anno.

„Dort!", unterbrach Cedrik ihn aufgeregt.

Er deutete in Richtung des großen Baumes. An seinem Eingang erschien ein Nachtelf, er führte immer wieder die halb geschlossene Hand zum Mund, während sein Blick die Umgebung absuchte. Schon fiel seine Aufmerksamkeit auf die Pforte zum Geisterhügel und er schien zu überlegen, ob er hineingehen sollte. Wieder führte er die Hand zum Mund und kurz darauf brachte der Wind einen hohen Pfeifton an Annos Ohr. Der Druide betrachtete den Fremden genauer: Einfache, lederne Kleidung, einen Köcher und einen Bogen über seiner Schulter und offensichtlich auf der Suche nach einem Begleiter.

„Das ist ein Jäger", schloss er aus seinen Betrachtungen.

„Ich fürchte, wir haben sein Tier getötet."

„Wenn wir ihn nicht gleich warnen, haben wir seinen Tod ebenfalls zu verschulden, Dummschwätzer", zornte Pete, verwandelte sich in einen Panther und preschte auf vier Pfoten auf den Jäger zu, der bereits einen Fuß auf die ersten Stufen gesetzt hatte.

Im letzten Moment sprang Pete ihn an und warf ihn zur Seite. Nur Sekunden später bohrte sich ein Speer an die Stelle, wo der Elf so eben noch gestanden hatte. Offensichtlich warteten die Geister auf die Rückkehr ihrer Beute, konnten den Baum aber nicht verlassen.

„Das ist ja gerade noch mal gut gegangen", seufzte Cedrik, dem der Schreck über die unheimliche Begegnung in der Höhle immer noch ins Gesicht geschrieben stand.

„Wie man es nimmt", meinte Anno und warf einen Blick auf den toten Bären.

Jäger hatten meist eine sehr enge Beziehung zu ihrem tierischen Begleiter und reagierten manchmal unberechenbar, wenn jener verstarb. Allerdings schien das dieses Mal nicht der Fall zu sein, denn als der Fremde mit Pete zurückkehrte, erlebten sie etwas sehr Seltsames.

„Hallo!", rief der Jäger und winkte fröhlich.

„Wie ich sehe, hat sich Benny zu Euch gesellt und ich suche den Racker schon überall."

Die drei Freunde tauschten erstaunte Blicke. Kümmerte es den Jäger denn überhaupt nicht, dass sie...?

„Komm schon, hör´ auf mit dem Quatsch", rief der Jäger dem Bären zu und knuffte ihn in die Seite.

Das weiße Tier rührte sich nicht.

„Ich fürchte, ich...", begann Pete zögernd, doch der Jäger beachtete ihn gar nicht.

„Stur wie Zwerg beim Baden", lachte und stellte sich aufrecht hin.

„Dann eben anders."

Er begann einige seltsame Gesten in die Luft zu schreiben und leierte einen schiefen Singsang vor sich hin, es war ein höchst merkwürdiger Anblick.

"...und so erhebe dich wieder und sei mit mir", schloss er nach einigen Zeilen und wedelte entschieden mit den Armen in die Richtung des toten Tieres.

Im selben Moment, als das Lied endete, sprang der Bär auf alle vier Pfoten gleichzeitig und war wieder quicklebendig und nicht nur lebendig, sondern offensichtlich auch hungrig, denn er setzte sich sofort wie ein gehorsamer Hund auf die Hinterschinken und bettelte mit den Vorderpfoten. Der Jäger kramte seufzend etwas aus seine Tasche hervor, das dem Geruch nach zwei Wochen alter Fisch sein musste, und warf es dem Bären hin. Der fing den widerlichen Brocken gierig auf und begann schmatzend ihn zu verzehren, Anno schwankte zwischen Ekel und Faszination.

„Wie habt Ihr das gemacht?", fragte er neugierig.

Er hatte schon davon gehört, dass sehr begnadete Heiler Tote ins Leben zurückgeholt hatten, aber die Leichtigkeit, mit der der Jäger das Tier wieder belebt hatte, erstaunte ihn.

„Ich weiß nicht", antwortete jener mit einem Stirnrunzeln.

„Irgendwas muss ich bei seiner Erziehung falsch gemacht haben. Sobald er das Wort ´Feind`…oh nein, nicht schon wieder."

Der weiße Bär lag im mitternächtlichen Gras und hatte alle Viere von sich gestreckt. Der Jäger stöhnte auf.

„Benny, jetzt hör endlich auf dich tot zu stellen, ach vergiss es."

In etwas schnellerem Ton wiederholte der Jäger den Singsang und die Gesten, die er bereits beim ersten Mal benutzt hatte, und wieder sprang der Bär beim letzten Ton auf und lechzte nach einer Belohnung. Halb lachend, halb ärgerlich rückte der Jäger noch einen Brocken Fisch heraus und streckte dann den anderen die Hand zur Begrüßung hin.

„Ich heiße übrigens Coffee", strahlte er und war sehr erstaunt, dass keiner seine Geste erwiderte.

Wie sich bei einem Gespräch an einem eilig entzündeten Lagerfeuer herausstellte, war Coffee ebenfalls im Auftrag eines Anderen unterwegs. Ein Eremit namens Kayneth Stillwind hatte es sich zur Aufgabe gemacht, die Machenschaften einiger Untoter aufzuklären, die im östlichen Glasgow gesichtet worden waren. Seine Information zur Folge planten sie, eine schreckliche Seuche über die Gegend zu bringen. Er hatte Coffee gebeten, ihm dabei zu helfen, diese Theorie zu untersuchen und ihm, wenn möglich, eine Probe von der Giftmischung zu reichen, die die Untoten zusammenbrauten.

„Ich war allerdings noch nicht sehr erfolgreich", schloss Coffee den Bericht und zwirbelte seinen blauen Schnurrbart.

„Wie soll das auch gehen, wenn sich dieser Nichtsnutz alle fünf Meter tot stellt, wenn er nur das Wort..."

„Sagt es lieber nicht!", unterbrach Cedrik ihn.

„Ich denke, wir können auf eine weitere Demonstration dieses Kunststücks verzichten."

„Und auf die stinkende Belohnung", nuschelte Anno in den Bart.

„Wie wahr", lachte Coffee und Anno fragte sich, ob der fremde Elf seine Bemerkung nun tatsächlich nicht gehört hatte oder er einfach sehr höflich war.

„Das einzige Verdorbene, das ich in dieser Gegend entdeckt habe, waren einige seltsame Schleimkreaturen", bemerkte Coffee beiläufig.

„Die allerdings scheinen alles zu verschlingen, was kleiner ist als sie selbst. Ich habe einen ganzen Rucksack an diese Geschöpfe verloren. Womöglich wurden sie von dem magischen Talisman angezogen, den ich darin aufbewahrt hatte, denn den Rest meines Vorrats haben sie ihn Ruhe gelassen. Ein Glück, denn sonst hätte ich gar keinen Fisch mehr für Benny gehabt."

Er tätschelte dem Bären den Kopf.

„Schleim mit Geschmack", grinste Pete und Cedrik kämpfte offensichtlich damit, nicht laut mit einem Lachen herauszuplatzen.

Anno hingegen hatte mit einem Mal das Gefühl, so etwas schon einmal gehört oder gelesen zu haben. Hatte Dixas diesen Schleim nicht in seinem Tagebuch erwähnt? Vielleicht war das eine Möglichkeit, endlich den letzten Teil der magischen Rute zu bekommen, und womöglich hatte der Schleim auch diesen verschluckt.

Leise unterrichtete er die beiden anderen über dessen Vermutung, während Coffee vergeblich versuchte, seinem Bären beizubringen auf Kommando zu brüllen. Immer wieder rollte das Tier sich stattdessen auf den Rücken und wollte gekrault werden. Dabei erzählte Coffee den nicht sehr interessierten Anwesenden, dass er den Bären von einem Freund aus einem Ort aus Dun Morogh mitgebracht bekommen hatte.

„Das ist auf der andere Seite des Meeres", fügte er stolz hinzu.

„In Südschottland, dort wo die Zwerge herkommen."

„Sehr bemerkenswert", wiegelte Pete die Unterhaltung ab, was Anno fast schade fand, denn jetzt schienen die Erzählungen des Jägers endlich interessant zu werden.

„Also sind wir uns einig", flüsterte Pete seinen Freunden zu.
„Wir lassen uns zeigen, wo dieser Coffee die Schleimwesen gesehen hat und sehen dann zu, dass wir ihn loswerden, ich fürchte, er könnte uns sonst schnell zu einem Klotz am Bein werden."

„Ich muss dir da leider zustimmen, Cousin, auch wenn es nicht sehr höflich ist", wisperte Cedrik zurück und warf einen kritischen Blick auf Coffee, der mittlerweile unter dem Bären lag und von ihm hingebungsvoll abgeschleckt wurde.

„Wer sagt es ihm?", meinte Anno und sah Cedrik hoffnungsvoll an.

Der rollte nur mit den Augen und machte sich dann daran, dem Jäger taktvoll beizubringen, was sie von ihm wollten.

Coffee war darüber allerdings nicht im Geringsten böse, sondern brachte sie zu ihrem Erstaunen sogar sehr zielstrebig an eine Talsenke, wo mehrere etwa hüfthohe Hügel unter schmatzenden Kriechgeräuschen über den Boden glitten. Sie glänzten eigenartig feucht und verbreiteten einen süßlichen Fäulnisgeruch, der unangenehm in der Nase stach.

„Das sind sie", erklärte Coffee und deutete auf die Hügel.

„Irgendwo dort drinnen befindet sich mein Rucksack und vielleicht auch eure magische Rute."

Überrascht sahen die drei Freunde ihn an.

Der Jäger zwinkerte jenen zu und meinte lächelnd:

„Wir haben gute Ohren. Viel Glück bei eurer Suche und möge Elune mit euch sein."

„Habt Dank für eure Hilfe", sagte Cedrik und verneigte sich leicht.

„Und seid vorsichtig, der Eingang, vor dem wir Euch vorhin getroffen haben, führt in eine Höhle die von drei irrsinnigen Geisterdruiden bewacht wird."

„Ich werd´s mir merken", antwortete Coffee.

„Habt ihr sonst noch etwas Auffälliges dort beobachtet?"

„Es waren keine Leichen zu finden", warf Anno ein.

Diese Tatsache bereitete ihm immer noch Kopfzerbrechen.

Der Jäger überlegte kurz.

„Untote haben die Angewohntheit, sich von den Toten zu ernähren", sagte er ernst.

„Womöglich sind auch die Druiden Opfer der Verlassenen geworden und ich werde Kayneth Stillwind davon berichten."

Er legte in einer lässigen Geste Zeige- und Mittelfinger an die Schläfe, schulterte dann seinen Bogen, pfiff den Bären herbei und schritt querfeldein auf den Wald zu. Schon bald hatte ihn die Nacht verschluckt und nur ab und an sah man noch das weiße Fell seines Begleiters im Mondlicht aufleuchten.

„Man sollte sich eben nicht vom ersten Eindruck täuschen lassen", fasste nachdenklich Cedrik zusammen, was sie alle dachten, bevor sie sich daran machten, eine Kiste mit einem magischen Knauf zu finden, die irgendwo in einem der unappetitlichen Schleimwesen verborgen sein musste.

Es soll nicht verschwiegen werden, dass die Elfen eine ganze Weile brauchten, bis sie tatsächlich fündig wurden, und erst spät am nächsten Morgen zu den Mondbrunnen zurückkehrten. Aber während die drei sich eine erholsame Pause von ihren anstrengenden Abenteuern gönnten und der Dryade Zeit ließen, die drei magischen Gegenstände zu untersuchen, hatte auch jemand anderes etwas gefunden, das sehr lange dauern konnte. Es handelte sich um

Azure und ihre Beschäftigung hieß: Zu Fuß gehen.

Sie und die vier anderen zogen zunächst westwärts durch den Wald von Stirling und obwohl Emma anmerkte, dass es ihrer Meinung nach einen schnelleren Weg zu ihrem Ziel gäbe, folgten alle den Anweisungen Garymoahams, der sie durch das heiße und staubige Oban führte. Azure hatte berechtigte Zweifel, ob das eine wirklich gute Wahl gewesen war, denn ungeachtet der Tatsache, dass sie schon früh am Morgen aus Aberdeen aufbrachen, war die Sonne bereits einige Zeit hinter dem Horizont verschwunden, als sie die Grenze zu Duskwood überschritten. Fast wünschte Azure, sie hätten es nicht getan.

Schon von weitem war ihr die Brücke, über die sie dieses merkwürdige Land betraten, seltsam vorgekommen; wie ein Tor in eine andere Welt. Im Rücken hatten sie noch die drückende Hitze gehabt, die in Oban den Tag beherrscht hatte und die gegen Abend in eine angenehme, milde Wärme umgeschlagen war, als sich vor ihnen drohend und abweisend der Übergang in das dunkle Duskwood offenbarte. Dumpf klangen ihre Schritte auf den halb verrotteten Eichenbohlen wider und es wurde düster, als sie die Brücke auf der anderen Seite wieder verließen. Um sie herum stieg modrige Kälte mit den Nachtnebeln aus dem Boden hervor und legte sich wie eine bleierne Decke über den Weg. Geräusche der Nacht und des Schattens wehten durch die Luft und man glaubte, die Klagen der Toten darin zu vernehmen.

Durch Duskwood zu wandern war, als höre man das Echo eines alten, makaberen Kinderliedes. Man erinnerte sich zwar nicht mehr genau an den Text, aber irgendwas sagte einem, dass es nicht gut ausgegangen war und die Erinnerung an das mulmige Gefühl, mit dem man nach dem Verlöschen des Lichtes in die dunklen Zimmerecken gestarrt hatte, ließ einem erneut die Sinne kribbeln. Alles schien Augen zu haben und einen anzustarren. Dinge bewegten sich immer nur dann, wenn man gerade nicht hinsah.

Die spinnwebenverhangenen Bäume griffen mit spitzen Zweigen nach Azures Haaren und stöhnten in einem nicht vorhandenen Wind. Nachtvögel schrieen klagend durch die Dunkelheit und jedes Gebüsch enthielt offensichtlich etwas, das es meisterlich verstand, verdächtig zu rascheln. Um das, was Azure hatte, noch eine Gänsehaut nennen zu können, hätte es Gänse von etwa vierzig Pfund Lebengewicht geben müssen.

„Ganz schön dunkel hier", bemerkte sie leise an Emma gewandt.

„Woher das wohl kommt?"
„Keine Ahnung, aber es gefällt mir auch nicht besonders", antwortete die Gnomin und starrte abschätzend in die Krone eines vor allem von Spinnen heimgesuchten Baumes.

Anscheinend gab es doch etwas, dass der unerschrockenen Magierin Angst machen konnte.

„Wir gleich kommen an Friedhof von Raven Hill", erklärte Garymoaham.

„Ihr etwas habt gegen kleine Abstecher?"

Azure erstarrte, bis sie begriff, dass Garymoaham nicht von jemandem mit einem

Messer, sondern von einem Umweg gesprochen hatte. Entschlossen atmete sie durch und schalt sich selbst einen Dummkopf. Diese Gegend war wirklich wie geschaffen dafür, Paranoia zu züchten und da jedoch niemand etwa gegen den Vorschlag des Magiers einzuwenden hatte, machten sie sich also auf den Weg zum Friedhof von Raven Hill.

Sie folgten einem von schwarzem, struppigem Gras bewachsenen Weg zu etwas, das einmal ein Rastplatz für Reisende gewesen sein musste. An einem der Gebäude hing noch ein Schild, mit dem Namen eines Gasthauses, das die Zeit vergessen und der Regen längst fortgespült hatte. Wie auch die umliegenden Häuser war es vollkommen verfallen. Sämtliche Fenster waren gesprungen und seine zersplitterte Tür quietschte in den Angeln. Der Wind heulte unheimlich in einem Kamin, der den kümmerlichen Rest eines anderen Hauses darstellte. Er klapperte mit zerbrochenen Dachschindeln und ließ morsche Balken stöhnen und wimmern. Dichte, weiße Spinnenweben zeugten davon, dass die Häuser nicht ganz verlassen waren, aber Azure spürte wenig Verlangen, die neuen Besitzer zu ihrem Erwerb zu beglückwünschen. Womöglich hatten sie die Nachbarn mit den spitzen Zähnen und den hässlichen, nackten Schwänzen eingeladen oder erwarteten gar Gastgeschenke in Form eines Abendessens.

In der Mitte der niedlichen Siedlung stand die schiefe Statue eines Ritters, der unter Moos und Flechten bedrohlich auf die kleine Truppe hinabsah und wenn man wollte, konnte man sich einbilden, er folge mit den steinernen Augen jeder ihrer Bewegungen. Ein Pfad führte hinter einem der Häuser weiter in den aufsteigenden Nebel hinein und ließ sie über gebrochenes Kopfsteinpflaster an ein verrostetes Gittertor gelangen. Im Grunde genommen war es sinnlos, dieses als Eingang zu benutzen, denn große Stücke der Einfriedung waren bereits fast vollständig im schwammigen Erdreich versunken und ließen gewaltige Lücken entstehen, die von scharfkantigen Metallspitzen gespickt waren. In der Ferne ragte eine weitere Statue aus den weißen Schwaden hervor. Sie hatte die Arme zu beiden Seiten gestreckt, doch Azure fühlte sich nicht willkommen, sondern eher als würde sie offenen Auges in eine Falle laufen.

„Sag, Gary, was wollen wir eigentlich hier?", fragte sie den Magier, der wieder einmal mit seinem silbernen Messer auf der Erde herumkroch.

Er drehte sich um und hielt ihr eine graue, nach Friedhof riechende Flechte unter die Nase. „Grabmoos", erklärte er gewichtig.

„Wächst nur hier, sehr kostbar."

Ungeniert stiefelte der schreibunte Magier nun zwischen den verwitterten Grabsteinen hin und her und sammelte die Pflanzen, die hier und dort auf den verwahrlosten Gräbern wuchsen. Allerdings schien dieses Grabmoos wirklich sehr selten zu sein, denn Garymoaham wagte sich tiefer auf den ehemals heiligen Boden. Der Nebel um sie herum wurde, auch wenn das fast unmöglich schien, immer dichter und verschluckte alles, was sich weiter als fünf Meter von ihnen entfernt aufhielt und besonders beunruhigten Azure jedoch die Geräusche, die aus dem Boden zu dringen schienen. Ein beständiges Wühlen und Graben ließ sie immer wieder nach allen Seiten Ausschau halten.

Konnte es sein, dass es hier mehr gab als nur tote Tote?

Ein spitzer Schrei gellte durch die Nacht und ließ Azures Herz einen gewaltigen Hüpfer machen. Hätte man ihr einen Eimer Eiswasser über den Rücken gegossen, wäre der Schreck nicht größer gewesen und der Schrei erklang erneut und es war deutlich, dass es sich dabei um eine Frau handelte. Sofort war Kaserer hellwach.

„Eine Jungfrau in Not", rief er mit Heldenmut in den Augen und eilte seine beiden Äxte schwingend in Richtung des Schreis.

„Hey!", protestierte Azure empört.

„Was ist mit dieser Jungfrau hier? Wer beschützt die?"

Niemand beachtet sie, denn alle rannten bereits in Richtung des Schreis. Das Letzte, was sie sah, waren Emmas Zöpfe, die im Nebel verschwanden.

„Verflucht, alles muss man selber machen", fauchte Azure, raffte die Röcke und folgte den anderen auf den Fersen.

Sie näherten sich einem immer lauter werdenden Kampfeslärm, der in unregelmäßigen Abständen von weiteren Schreien übertönt wurde, bis sie schließlich an einem eingestürzten Grabmal ankamen. Ein gähnender Abgrund lauerte dort, wo einst ein prächtiger Bau die Toten in ihrer Ruhe beschützt haben mochte Es stand dort das, was Azure schon die ganze Zeit hatte kommen hören: Untote.

Eine scheußliche Horde hatte sich vor dem Eingang des steinernen Tunnels versammelt. Ihre Körper waren bereits von Verwesung zerfressen, die Rippen stachen bleich aus den leeren Brustkörben hervor und in dem verrottenden Fleisch, das in Fetzen an ihren Knochengerüsten hing, bewegten sich Aaswürmer. Ein fauliger Geruch stieg in einer Wolke von jedem einzelnen auf und trieb einen das Wasser in die Augen. Zumindest war es das, was Azure zunächst dachte, doch als sie sich die Tränen weg blinzelte, sah sie, was wirklich die Ursache ihrer Blendung war.

Inmitten der Schar von abstoßenden, blutrünstigen Ghulen kämpfte eine junge, blonde Frau. Sie war in schimmerndes Gold und strahlendes Rot gewandet und ihr gewaltiger Kriegshammer schien im Dunkeln zu leuchten. Als sie ihn abermals gegen die untoten Unholde schwang, umgab sie eine zart leuchtende Aura wie ein Schild, welches die Angriffe ihrer Feinde wie leichten Frühlingsregen an sich abperlen ließ. Es war ein göttlicher Anblick, wie die Untoten unter ihren Angriffen ewigen Frieden fanden und mit gurgelnden Schreien zu Boden gingen. Einer nach dem Anderen fiel und, als auch der letzte von ihnen besiegt war, strich sich die junge Frau die üppige Haarpracht aus der perfekten Stirn und lächelte die Neuankömmlinge liebreizend an...so in etwa lautete die Übersetzung dessen, was sich Azure anhand von Kaserers Gesichtsausdruck zusammenreimen konnte.

„Ich grüße euch", sagte die junge Frau und strich sich erneut die Haare aus den Augen.

Azure begann sich zu fragen, warum sie sich nicht einfach hochband, wenn es sie doch so störte.

„Wir euch grüßen", sagte Garymoaham und wenn sich Azure nicht sehr täuschte, war er gerade um ein paar Zentimeter gewachsen, er deutete eine Verbeugung an.

„Hi there", meinte Schakal und nickte der jungen Frau zu, während seine Augen ihre gesamte Gestalt taxierten.

„Das war eine reife Leistung", beglückwünschte Emma und deutete auf die reglosen Untoten. „Wirklich sagenhaft, ihr müsst mir erklären, wie ihr das gemacht habt."
Kaserer hatte seine andächtige Starre inzwischen überwunden und war dazu übergegangen, wie ein Fisch auf dem Trockenen nach Luft zu schnappen. Die Atemfrequenz steigerte sich zu Azures Unmut noch, als sich der Blick der Schönheit auf ihn richtete. Mit Mühe brachte er schließlich einen vollständigen Satz hervor.

„Wie heißt ihr?", krächzte er und wurde dunkelrot bis unter die Haarspitzen.

„Mein Name ist Risingsun", antwortete die blonde Frau, die Azure inzwischen als weiblichen

Paladin identifiziert hatte und von der sie sich ab diesem Moment sicher war, dass sie sie nicht leiden konnte.

„Und wer…"

Risingsun verstummte und ihre Augen wurden schmal, als sie Azure bemerkte. Ihre Hände griffen fester nach ihrem Kriegshammer und mit einem spitzen Kriegsschrei stürzte sie sich auf die Hexenmeisterin. Unfähig sich zu bewegen sah Azure hilflos zu, wie eine Welle heiligen Zorns auf sie zuraste und fragte sich, warum sie heute Morgen nicht einfach im Bett geblieben war und weshalb eigentlich die kleine Katze nicht mehr da gewesen war, als sie aufgestanden war. Desweiteren, wieso sich ihre Füße nicht in die Richtung bewegten, die sie ihnen gerade panisch signalisierte.

„Dämon!", kreischte die Paladina und hämmerte ihre Waffe ein winziges Stück neben Azure in die Erde.

Sie traf dabei genau die Stelle, an der sich Sekundenbruchteile vorher noch ein gewisser Wichtel befunden hatte.

„Hilfe!", rief Stevie verzweifelt und brachte sich hüpfend und springend in Sicherheit, während eine wildgewordene Furie hinter ihm her raste und versuchte, ihn buchstäblich dem Erdboden gleich zu machen.

„Nimm´ doch mal einer das Ding da weg."
Endlich kam Azure wieder zu sich. Dieses Weibsstück war nicht nur ein Paladin, sondern zudem auch noch vollkommen verrückt und wollte ihren Wichtel umbringen. Fieberhaft überlegte Azure, wie sie Stevie retten konnte. Das Geschrei entfernte sich immer weiter von ihr und so nahm sie zunächst einmal die Beine in die Hand und folgte dem ungleichen Gespann. Die Jagd ging über umgestürzte Grabsteine und bösartig aus dem Boden hervorragende Erdhügel. Mehr als einmal wäre Azure beinahe gestürzt, während sie versuchte, mit dem rotgoldenen Schatten vor sich Schritt zu halten. Die Grabsteine um sie herum wurden weniger kostspielig und wichen nach und nach einfachen Steinkreuzen, die windschief in alle Richtungen ragten.

Dann schließlich passierte, was passieren musste: Azure übersah eine fast unter Moos und

Gras verschwundene Wegbegrenzung, ihr Fuß verhakte sich dahinter und Sekunden später war ihr Mund gefüllt mit krümeliger Friedhofserde. Stevies Schreie verklangen irgendwo vor ihr im Nebel und ließen die Heldin allein und mit schmerzenden Knien zurück. Hustend und spuckend setzte Azure sich auf und rieb sich die dreckigen, verschrammten Handflächen. Eine Prüfung des restlichen Körpers ergab, dass Nichts gebrochen schien; ihr Knöchel protestierte jedoch schmerzhaft, als sie versuchte, ihn zu belasten.

„Na wunderbar", murmelte sie.

„Mich mit verstauchtem Knöchel auf einem von düsteren Nebelschwaden umwölkten, von unheimlichen Untoten bevölkerten und von gefährlichen Spinnen heimgesuchten Friedhof zu verirren war schon immer mein großer Wunschtraum."

Wenn sie es sich recht überlegte, war es vielleicht nicht sehr klug gewesen, ihre missliche Lage sich selbst gegenüber in so deutliche Worte zu fassen. Andeutungen wären durchaus genug gewesen, um die Kälte, die in jenem Moment ihren Rücken hinauf kroch, zu nähren. Unsicher warf sie einen Blick über die Schulter und beschloss, diese Überlegungen woanders weiterzuführen.

Humpelnd stolperte Azure durch den Nebel, der - auch wenn das eigentlich unmöglich schien - noch dichter wurde und eine eigenartige, schwer in Worte zu fassende Färbung Annohm. Er pulsierte in einem Blau-Violett-Ton und ließ die Vermutung zu, dass hier irgendetwas in Gange war, was absolut nicht in Ordnung war. Der Anblick einer besonders dicken, blauen Wolke ließ Azure stehen bleiben. Wo hatte sie eigentlich ihren Verstand gelassen? Sie zog Julians Armschienen aus ihrem Rucksack und murmelte die Beschwörungsformel. In dem Moment, da der Leerwandler mit einem unheimlichen Laut neben ihr erschien, hörte sie ein erschöpftes Keuchen in ihrem Kopf.

„Danke", schnaufte ein völlig aus der Puste geratener Stevie in Azures Kopf.

Beinahe hätte mein letztes Stündlein geschlagen. Wieso zur Hölle hat das so lange gedauert?

„Ich war beschäftigt", antwortete Azure knapp.

„Womit denn?", ärgerte sich Stevie. Nagelpflege? Kaffeekränzchen? Schönheitsschlaf, ach nein, der hätte ja eh nichts genützt.

„Mit dir und der durchgedrehten Pala-Dame nachlaufen", fauchte Azure.

„Wenn dir das lieber ist, halte ich mich eben beim nächsten Mal zurück."

„Schon gut, ich sag ja nichts mehr", antwortete der Wichtel in versöhnlicherem Ton.

„Wo in drei Teufels Namen bist du eigentlich?"

„Tja wenn ich das wüsste...", sagte Azure laut und blickte sorgenvoll auf die Umrisse eines Gebäudes, das sich aus dem blauen Dunst herausgeschält hatte.

Irgendetwas ging in diesem Haus vor, aber Azure war sich sicher, dass sie nicht herauszufinden ersuchte, was es war.

Entschlossen drehte sie sich um und wollte den Ort verlassen, als ein Luftzug ihre Sinne zum Kreischen brachte. Gerade noch rechtzeitig duckte sie sich unter einem Schwertstreich hinweg und stolperte ungeschickt ein paar Schritte vorwärts. Einen Grabstein als Stütze benutzend fuhr sie herum und erstarrte.

Vor ihr stand ein riesiger Krieger mit einem gehörnten Kettenhelm, einer goldenen, an einen Paladin erinnernden Rüstung und einem gewaltigen, kostbar aussehenden Schwert. Man hätte ihn schlank nennen können, wenn diese Beschreibung für ein Skelett nicht untertrieben gewesen wäre. Ein grünes, unheiliges Leuchten füllte die Augenhöhlen des bleichen Schädels, als er erneut mit dem riesigen Zweihänder ausholte und den Grabstein, gegen den Azure sich gerade noch gelehnt hatte, in zwei Hälften zerteilte.

„Stirb!", brüllte das Skelett und holte erneut zu einem Schlag aus. Es pulverisierte einen weiteren Grabstein und funkelte Azure voller Mordlust an. Dann begann es sich Schritt für Schritt auf sie zuzubewegen. Die Heldin wich im gleichen Takt zurück, immer darauf bedacht, keine hastigen Bewegungen zu machen oder gar erneut zu fallen und sie wusste, wenn das geschah, war sie tot.

„Was habe ich Euch denn getan und w-wer seid Ihr überhaupt?", versuchte sie, verzweifelt stotternd Konversation mit dem untoten Paladin zu betreiben.

Sie glaubte zwar nicht daran, dass ihr das etwas nützen würde, aber in manchen Situationen bewegte sich ihr Mund eben schneller als ihre Gedanken.

Ein Grinsen schien den Totenschädel noch weiter in die Breite zu ziehen.

„Ich bin dein Tod", antwortete das Skelett hämisch.

„Doch wenn du mit deiner Frage meinen Namen meinst, so darfst du mich in den letzten, jämmerlichen Sekunden deines Lebens Mor´Ladim nennen."

In diesem Moment wirbelte Azure herum und begann zu laufen.

„Es ist vollbracht", verkündete Shael´dryn und winkte die drei Nachtelfen heran. In ihren schlanken Händen trug sie die nochmals zusammengebaute, eiserne Rute, an deren Spitze jetzt wieder der rote Edelstein befestigt war.

„Die Rute ist wieder zusammengesetzt und..."

„Jetzt werden wir endlich sehen, ob dieses Ding die ganze Aufregung auch wert war", unterbrach Pete sie und griff ungeachtet des empörten Gesichtsausdrucks des Dryaden nach der Rute. Er wedelte ein paar Mal damit und zuckte dann mit den Schultern.

„Ich sehe nicht, wie uns das helfen soll", brummte er ungeduldig.

„Mir scheint, sie hat ihre Kraft, wie immer die auch ausgesehen haben mag, bei ihrer Zerteilung verloren."

„Gut beobachtet", lächelte die Dryade dünn.

Sie stolzierte auf ihren schmalen Hufen zum Rand des Mondbrunnens und drehte ihnen dabei den weißen Schwanz zu.

„Schlau wie ihr seid, werdet ihr ja sicherlich herausfinden, wie ihr das ändern könnt."

Cedrik warf Pete einen vorwurfsvollen Blick zu und nahm ihm die Rute aus der Hand.

„Bitte, schönste aller Naturgeister, ich entschuldige mich für meinen Freund."

Pete schnitt hinter seinem Rücken Grimassen und rollte mit den Augen, doch Cedrik fuhr unbeirrt fort:

„Bitte gewährt uns euren umsichtigen Rat, wie wir die Rute wieder zu ihrer alten Kraft verhelfen können."

Die Dryade rückte und rührte sich jedoch nicht, so dass sich Cedrik schließlich auf ein Knie sinken ließ.

„Wenn ihr es wünscht, so werde ich Eure Ohren mit einem Lied erfreuen, als Austausch gegen Eure Weisheit, Mylady."

In diesem Moment sah Anno die Notwendigkeit, einzuschreiten.

„Entschuldigt, dass ich nicht so gewählt daherrede wie mein Freund, aber wenn ihr uns und Euch einen Gefallen tun wollt, dann sagt ihr ihm, was er wissen will, bevor er anfängt zu singen."

„Was willst du damit sagen?", gab sich Cedrik beleidigt.

„Dass uns dein Geplärre auf die Nerven geht", übersetzte Pete gönnerhaft.

„Das nimmst du sofort zurück", verlangte Cedrik.

„Sonst..."

„Ruhe!", donnerte die Dryade und ein paar Nachtvögel flogen verschreckt und einige Stunden zu früh aus ihren Nestern auf.

„Wenn ich noch ein Wort höre, lasse ich die Rute von einer Krähe auf die Spitze des Berges Hyal bringen."

Diese Drohung wirkte und die drei Nachtelfen ließen betreten die Köpfe sinken. Den Tag in Nichtstun verbringen zu müssen hatte ihre Ungeduld in einem Maße gesteigert, das sie selbst nicht vermutet hatten. Es war eine Sache kämpfend in eine Schlacht zu ziehen, eine ganz andere darauf zu warten, dass jemand einem ein Puzzlespiel zusammensetzte, dessen Nützlichkeit sich erst noch erweisen musste.

„So hört denn", fuhr die Dryade wesentlich leiser und sanfter fort.

„Die Rute muss in der Tat wieder aufgeladen werden. Es gibt nicht viele Orte, deren magische Quelle auch den Ungeübten zugänglich sind, doch ich denke, ich kenne einen von ihnen. Südöstlich von hier liegt ein Schrein, in dem einst ein Urmondstein aufbewahrt wurde und wenn der Stein immer noch da ist, so könntet ihr seine Kraft nutzen, um der Rute einen Teil ihrer Magie wiederzugeben."

„Habt Dank für diesen Rat, edle Dryade", sagte Cedrik und diesmal spottete niemand über seine Ausdrucksweise.

Die drei Nachtelfen machten sich auf den Weg den geheimnisvollen Schrein zu finden, der sich, wie Shael´dryn ihnen noch verraten hatte, irgendwo am Ende eines schmalen Pfades in den umliegenden Bergen befinden musste. Dort angekommen sollten sie die Rute in den Stein legen, was ihnen zunächst einmal seltsam vorkam. Als sie jedoch den Pfad gefunden und erklommen hatten und vor dem zerstörten Schrein standen, fanden sie schnell heraus, was der Naturgeist mit dieser Formulierung gemeint hatte. Der Urmondstein stellte sich nämlich als großer, weißgrauer Felsbrocken heraus, in dessen Mitte sich ein kreisrundes Loch befand. Darin schwebten eigenartige Lichtpunkte, die einen funkelnden, bläulichen Widerschein auf den Waldboden warfen. Es war ein gerade zu hypnotisierender Anblick.

„Also dann...", sagte Cedrik, nachdem sie das Loch einige Minuten lang ergriffen angestarrt hatten.

„Wer macht es?"

„Ich", konterte Pete bestimmt und steckte die Rute ohne zu Zögern in die runde Öffnung.

Es passierte überhaupt nichts.

„Es funktioniert nicht", stellte Cedrik fest.

„Bist du dir sicher, dass man das so macht?"

„Für mich sieht das gut aus", bemerkte Anno, wenngleich auch er zugeben musste, dass der Erfolg mehr als mäßig war.

„Vielleicht muss man sie noch ein bisschen hin und her bewegen."

„Jetzt sei nicht albern", knurrte Pete.

„Das Ding ist doch drin, das muss reichen."

„Vielleicht wenn man…", schlug Cedrik vor und wollte nach der Rute greifen, als ein milchiges Leuchten sie erfüllte.

Lichtsterne tanzten über die Oberfläche des Stabes und ein sphärisches Klingeln kündigte an, dass der Prozess der Aufladung abgeschlossen war.

„Siehst du", rief Pete triumphierend.

„Alles nur eine Frage der Technik."

„Technik…", spottete Cedrik.

„Du meinst eine Kombination aus Glück und roher Gewalt, sowas liegt dir doch eher."

„Könnt ihr endlich mal aufhören, euch anzumachen?", fuhr Anno dazwischen.

„Wir haben die magische Rute und deswegen kehren wir jetzt zu Shael´dyn zurück und fragen sie, was wir damit machen sollen."

„Wieso wundert mich jetzt nicht, dass du das nicht weißt", antwortete Pete und begann verhalten zu grinsen.

„Sei nicht immer so fies", wies Cedrik ihn zurecht, konnte dann aber sein Lachen ebenfalls nicht zurückhalten.

„Ach ihr könnt mich beide mal", fauchte Anno und stürmte mit dunkler werdenden Wangen den Berg wieder hinunter, während ihm das Lachen seiner Freunde in den Ohren widerhallte.

Jedes Kind kannte die Geschichte von Mor'Ladim oder auch Morgan Ladimore, wie er früher geheißen hatte. Mütter erzählten sie ihren Kindern in langen Lownächten, wenn die Schneestürme an den Fensterläden rüttelten und die hungrigen Wölfe näher an die Siedlungen heranschlichen. Niemals hatte Azure geglaubt, dass diese Erzählung von dem tapferen Ritter, der einst an der Seite von Uther Lightbringer gekämpft hatte und nach dessen Rückkehr über den Tod der Familie den Verstand verloren hatte, wirklich wahr sein konnte. Man erzählte sich, dass er einst in seinem Wahn ein Blutbad angerichtet und sich danach aufgrund jener Schande selbst getötet hatte. Wie es schien, hatte ihn aber dieser Freitod nicht davon abgehalten, weiter Leid unter den Lebenden zu verbreiten. Im Moment fühlte sich Azure auf jeden Fall ziemlich leidend, denn ihr Knöchel schmerzte mehr und mehr, während sie auf der Flucht vor einem blutrünstigen Skelett über den Friedhof von Ravenhill stolperte.

„Bleib stehen!", rief Mor´Ladim zornig und hieb mit seinem Schwert mehrere Fuß große Löcher in die Luft.

„Du zögerst nur das Unvermeidliche heraus."
„Fällt mir gar nicht ein", keuchte Azure und lief, so schnell es ihre Beine hergaben.

Wo waren nur die anderen? Irgendwo auf diesem verdammten Friedhof mussten sie doch stecken.

„Wieso greifst du ihn nicht an?", wollte Stevie wissen.

„Warum?", plärrte Azure.

„Vielleicht weil er ein Schwert hat, das mir bis zur Hüfte reicht? Oder weil er sich garantiert nicht erschrecken und ergeben wird, wenn ich ihn anbrülle? Oder weil ihm meine mickrigen Schattenzauber wahrscheinlich höchst egal sind, selbst wenn ich dazu komme noch einen von ihnen auszusprechen, bevor er meinen Kopf von meinen Schultern schlägt?"

„Ok, das ist ein Argument", meinte der Wichtel.

„Dann benutze den dicken Blauen, um ihn abzulenken, und verschwinde von hier."

Azure hätte sich ohrfeigen können, dass sie nicht selbst darauf gekommen war. Sie gab Julian einen entsprechenden Befehl und sofort drehte sich der Leerwandler um und griff das rasende Skelett an. Voller Freude, endlich auf einen Gegner gestoßen zu sein, den er zerhacken konnte, stürzte sich Mor´Ladim auf ihn. Es schepperte, als die Klinge des Knochen-Ritters zielsicher die Armschienen des Dämons trafen. Dessen blaue Gestalt erbebte, doch er hielt dem Angriff stand. Azure überlegte nicht lange und rannte, so schnell sie die Beine trugen, in die entgegengesetzte Richtung. Hinter ihr konnte sie das Skelett brüllen hören und ahnte, dass ihr nur ein minimaler Vorsprung bleiben würde.

Ein nach zwei Seiten offenes Gemäuer tauchte kurz darauf vor ihr aus dem Nebel auf und ohne lange zu überlegen, stürmte sie durch den Eingang und wäre fast die Treppe, die gleich hinter jenem unter die Erde führte, hinuntergefallen. Im letzten Moment erwischte sie noch das steinerne Geländer und klammerte sich daran fest. Ihre Füße flogen daraufhin förmlich die Stufen hinunter, während die zornigen Rufe des Skeletts sie zu noch größerer Schnelligkeit anspornten. Unten angekommen war es dunkel wiie, nun ja wie in einem Grab. Ein wenig vorsichtiger bewegte Azure sich weiter vorwärts und erreichte so eine weitläufige Kammer. Hastig tastete sie sich an der Wand entlang, als die Wand unter ihren Händen auf einmal verschwand. Sie war an eine Tür oder einen Durchgang gekommen. Über sich konnte sie Mor´Ladim toben hören. Ihr blieb keine Wahl und so nahm sie allen Mut zusammen und marschierte mit nach vorne ausgestreckten Händen weiter.

Die Schreie des Skelett-Ritters wurden immer leiser, je tiefer sie kam, und Azure erlaubte sich schließlich aufzuatmen. Anscheinend war sie ihm, mit dieser List tatsächlich entkommen. Das Geräusch von Wassertropfen mischte sich jetzt unter die letzten Echos des Wutanfalls und Azure meinte ein dunkles Wispern und Scharren dazwischen zu vernehmen. Schlagartig wurde der jungen Hexenmeisterin bewusst, dass sie sich wahrscheinlich in einem Grabmal befand und das konnte bedeuten, dass sie hier - soweit man dem Gesetz der Regelmäßigkeit für verfluchte Friedhöfe glauben darf, ebenfalls Untote erwarteten.

„Ich brauche Licht", murmelte sie und die einzig verfügbare Lichtquelle, die ihr einfiel, war nicht sehr begeistert darüber.

„Na toll", schimpfte Stevie. „Jetzt werde ich schon als Laterne missbraucht."

„Meckere nicht und schein heller", befahl Azure ärgerlich.

Grummelnd verstärkte der Wichtel seine Feueraura, und der flackernde Schimmer fiel auf feuchte, schimmelige Steinwände, in deren leeren Ausbuchtungen einmal Särge gelegen haben mussten. Immer die Wand als Orientierung benutzend, schritt Azure zögerlich voran. Sie hörte klappernde beunruhigende Geräusche und hoffte, dass diese nicht, wie sie vermutete, von weiteren Skelett-Kriegern stammten. Schließlich kam sie an eine Öffnung, aus der ihr ein erdiger Geruch entgegenschlug. Wurzeln hingen von der Decke des Ganges, der sich vor ihr auftat, herab und er schien gerade breit genug, dass Azure sich hindurchquetschen konnte. Sie musste sich inzwischen sehr tief im Inneren des Grabmals befinden.

„Was meinst du, sollen wir den mal ausprobieren?", fragte sie Stevie.

Der Wichtel verschränkte die Arme vor der haarigen Brust und antwortete beleidigt:

„Als wenn meine Meinung überhaupt interessieren würde. Ich bin doch hier nur der Lichtbringer."

Azure musterte ihn amüsiert.

„Also, Uther habe ich mir immer größer vorgestellt."

„Sehr witzig", floskelte Stevie.

„Aber wir irren schon so lange hier im Dunkeln herum, dass ein Weg nach vorne auch nicht schlimmer ist als einer zurück. Los geht´s!"

Dem Lichtschein des Wichtels folgend, zwängte Azure sich in den Gang und hoffte, dass sie hier weiterhin von den Untoten verschont blieben. Als hätte dieser Gedanke ihn herbeigerufen, tauchte natürlich prompt hinter der nächsten Kurve ein Ghul auf. Seine trüben, toten Augen blitzten heimtückisch auf, als er die Heldin bemerkte. Augenblicklich ließ er das Leichenteil fallen, an dem er gerade genagt hatte - wenn Azure das richtig sah, war es einmal ein menschliches Bein gewesen - und wandte sich einer lohnenderen Beute zu.

„Fleisch", grunzte er und musterte Azure hungrig. „Fleisch!"

„Ja, genau", stotterte die junge Hexenmeisterin.

„Wenn du nichts dagegen hast, würde ich das gerne da lassen, wo es ist., sonst sehe ich ja nachher aus wie du."

„Fleisch?", machte der Ghul und legte den Kopf schief.

„Ja genau, guter Ghul.", plapperte Azure einfach weiter.

„Ich mache dir einen Vorschlag: Du lässt mich hier raus und ich schick dir dann ein schönes, dickes Paket vom Metzger, per Post, wenn´s recht ist."

„Fleisch", gierte der Ghul und streckte die Hand nach Azure aus.

„Du gehst mir auf die Nerven", rief Stevie und jagte dem Ghul einen Feuerball mitten zwischen die Augen.

Die Kreatur heulte auf wie ein geprügelter Hund, als die Lappen, mit denen sie umwickelt war, in Flammen aufgingen.

„Meat!", brüllte sie zornig und ging ohne weitere Vorwarnung zum Angriff über.

Messerscharfe Klauen griffen nach Azure, während die mahlenden Kiefer nach ihrer Kehle schnappten. Zudem bildeten die brennenden Stofffetzen eine zusätzliche Gefahr.

„Tu was!", bellte die Hexenmeisterin, während sie selbst einen Schattenblitz zwischen ihren Händen beschwor.

Diesen feuerte sie genau an die Stelle, die Stevie schon mit seinem Feuerball traktiert hatte und der Ghul stolperte von der Wucht des Aufschlags rückwärts und schüttelte sich, so dass brennende Teile von ihm in alle Richtungen flogen. Trotz er Tatsache, dass sein rechter Arm bereits nutzlos am Boden lag und sein Gesicht langsam unter der Einwirkung von Schatten und Feuer zu schmelzen begann, wollte er immer noch fressen.

„Fleisch", artikulierte er mit zerstörter Luftröhre und griff unkontrolliert nach Azure.

Diese überlegte nicht lange und schleuderte erneut einen Schattenblitz in Richtung des abnormen Geschöpfes, mit einem Gurgeln brach der Kadaver endlich in sich zusammen und fiel in zwei Hälften gespalten zu Boden.

„Das war knapp", keuchte Azure und wischte sich den Schweiß von der Stirn.

„Das nächste Mal, wenn ich deine Einmischung wünsche, sage ich dir bescheid."

„Oh bitte! Du glaubst doch nicht wirklich, dass er sich auf das Geschäft mit der Briefwurfsendung eingelassen hätte oder?", stöhnte Stevie, doch Azure zog es vor, nicht zu antworten.

Ohne zu überlegen, wie eklig sie das eigentlich fand, zog sie eine der Rippen aus dem leblosen Ghul.

„Als Waffe", erklärte sie dem fassungslosen Wichtel.

„Damit seine Kumpel wissen, was wir mit ihnen anstellen, wenn sie uns zu nahe kommen."

„Du meinst, das funktioniert?", argwöhnte Stevie.

„Keine Ahnung", gab Azure zu.

„Immerhin kann ich damit notfalls Wichtel verprügeln, die zu viele blöde Fragen stellen."

„Das nehme ich persönlich", beschwerte sich ihr Diener und gemeinsam machten sie sich auf den Weg nach draußen.

Dort erlebten die beiden gleich zwei Überraschungen. Erstens waren sie wieder dort angekommen, wo die wilde Jagd ihren Anfang genommen hatte und zweitens schien der Rest der Gruppe inzwischen dicke Freundschaft mit Risingsun geschlossen zu haben. Zwar hielt Garymoaham sie erfolgreich davon ab, ihrem Hammer wieder gegen Stevie zu erheben, jedoch war jeder sofort der Meinung, dass Azure ihre Trophäe aus dem Kampf mit dem Ghul an die Paladina abzugeben hatte.

„Aber das ist meine Rippe", protestierte die Hexenmeisterin schwach.

Im Grunde genommen hatte Azure die Ghulrippe auch gar nicht behalten wollen, aber jetzt, da sie sie abgeben sollte, fühlte sie sich irgendwie um ihren Erfolg betrogen.

„Es ist doch für einen guten Zweck", erklärte Emma.

„Dieser Roger scheint ein vom Schicksal gebeutelter Mann zu sein, wir sollten ihn darin unterstützen, sich und sein Heim vor diesen Kreaturen zu schützen."

„Und wir kriegen Geld dafür", meinte der Schakal.

Für den Zwerg schien das das ultimative Argument für alles zu sein.

„Korrigiere", flötete Risingsun dazwischen.

„Ich bekomme Geld dafür und werde euch etwas davon abgeben."

„Siehst du, sie teilt sogar mit uns", strahlte Kaserer und Azure fragte sich, ob eigentlich nur ihr dieser Handel faul vorkam.

„Also schön", seufzte sie und händigte Risingsun das widerwärtige Körperteil aus.

„Aber nur, weil ich sehen will, wie dieser Roger, von dem ihr erzählt habt, daraus eine

Vogelscheuche gegen Ghule baut. Es gibt nämlich Leute, die behaupten, das ginge gar nicht."

Sie warf Stevie einen vielsagenden Blick zu.

„Ich wasche meine Hände in Unschuld, wenn das schief geht", entgegnete er und trottete zusammen mit seiner Herrin hinter den anderen her.

Roger stellte sich als der alte Mann heraus, den Azure sich bei der Beschreibung der Übrigen vorgestellt hatte. Er hatte einen grauen Bart, trug eine verwaschene, blaugraue Robe und sah irgendwie verbittert aus und als Risingsun ihm jedoch die Ghulrippen reichte, glitt ein schmales Lächeln über sein faltiges Gesicht. Irgendetwas störte Azure daran, sie konnte nur leider nicht den Finger darauf legen, was es war, denn schon wartete der alte Mann mit einer neuen Aufgabe auf.

„Wisst ihr, ich danke euch wirklich für eure Hilfe", hustete er schwach.

„Wenn ich euch vielleicht noch um einen weiteren Gefallen bitten dürfte? Ich wurde vor ein paar Wochen von einer Bande von Giantbabyn angegriffen und sie entwendeten eine Kiste mit wertvollen Kräutern und Werkzeugen. Wäret ihr wohl so gut, sie mir wieder zu beschaffen?"

„Oho", rief Garymoaham sofort.

„Fiese Kräuterdiebe nix gut, wir wiederholen Kiste."

„Vielleicht könnten wir erstmal nach den Armschienen meines Leerwandlers suchen?", warf Azure hoffnungsvoll ein.

„Damit ihr ein neues dieser Höllengeschöpfe in diese Welt rufen könnt?", vermutete Risingsun und musterte Stevie mit mordlüsternem Blick.

„Wisst ihr denn nicht, dass Dämonen die Wurzel allen Übels sind und ausgerottet werden müssen?"

„Da hat sie Recht", pflichtete ihr Kaserer bei.

„Ach ja?", fauchte Azure beleidigt.

„Bis vor ein paar Stunden hat dich das aber noch nicht gestört, außerdem ziehe ich bestimmt nicht mitten in der Nacht los um irgendwelchen Giantbabyn irgendwelche Kisten mit dubiosem Inhalt abzuknöpfen."

„Ihr könnt gerne bei mir übernachten", bot der Einsiedler lächelnd an.

Der Ausdruck, den er dabei auf seinem Gesicht hatte, gefiel Azure immer noch nicht, aber die Aussicht, auf dem Friedhof zu übernachten, noch weniger.

„Mir egal", murmelte sie resignierend.

„Wir bleiben eben über Nacht."

Bevor Azure in dieser späten Stunde die Augen schloss, vergewisserte sie sich dreimal, dass alle ihre Habseligkeiten auch mit ihr zusammen unter der gut festgesteckten Decke lagen, dass Risingsun auch wirklich schon schlief und ihren Hammer vor der Tür gelassen hatte. Weiterhin, dass nicht etwa doch ein Untoter sich in die kleine Hütte des Einsiedlers geschlichen hatte. Deren Fußboden war übersäht mit Schlafgästen, so dass ein Zombie schon hätte fliegen müssen, um an Azure heranzukommen, die ihr Lager in der hintersten Ecke aufgeschlagen hatte. Aber so was gab es sicherlich auch.

Aus dem Nebenraum, in dem der Einsiedler sein Bett stehen hatte, drangen merkwürdige Geräusche, die die Heldin nach einer Weile als Sägen identifizierte. Was sägte Calivinius dort mitten in der Nacht? Azure versuchte, diese Frage sowie die Töne zu ignorieren, doch es half alles nichts. Sie musste nachsehen, was er dort trieb. Leise schälte sie sich aus ihrer Bettstatt und wollte sich zur Tür schleichen, als etwas im Dunkeln aufglühte. Ein einzelnes, rotes Auge starrte Azure an und sie fühlte, wie ihr Mund trocken wurde.

„Kannst du auch nicht schlafen?", erkundigte sich der Schakal und zog erneut an seine Pfeife.

„Du hast mich erschreckt", zischte Azure vorwurfsvoll.

„Musst du dich so anschleichen?"

„Es soll nicht wieder vorkommen", grinste der Zwerg.

„Aber wenn du nachsehen willst, was der Kerl da treibt, kann ich dir nur raten: Lass es!"

„Wieso?", fragte Azure verdutzt.

„Weil du es gar nicht wissen willst", antwortete der Schakal ruhig.

„Manche Dinge sind nichts für schwache Nerven und der Anblick eines Mannes, der mit einer Knochensäge hantiert, gehört ganz sicher dazu."

Ein Bild tauchte vor Azures innerem Auge auf, doch sie schob es lieber schnell wieder dahin zurück, wo es hergekommen war.

„Du meinst, dieser Roger baut seine Vogelscheuche mitten in der Nacht?", vergewisserte sie sich.

„Sowas in der Art", entgegnete er.

„Los, Mädel, gehe schlafen, ich passe schon auf, dass nichts hier reinkommt, das bereits tot ist."

„Danke", flüsterte Azure.

„Gute Nacht."

Sie wusste nicht, ob sie von Schakals Aussage wirklich beruhigt sein sollte. Irgendetwas ging hier vor, was nicht so war, wie es schien, und sie hatte vor herauszufinden, was es war, gleich morgen früh.

Kapitel 8

Giantbaby!

Es soll Leute geben, die bei dem Wort „Giantbaby" an einen etwas hässlichen Kerl denken, der von Kopf bis Fuß hellgrün ist, seltsame Ohren und eine Affinität zu Zwiebeln hat und irgendwann einmal eine Prinzessin finden wird, die ihn heiratet und mit ihm glücklich bis an sein Lebensende ist. Meist gehen jene auch noch davon aus, dass er mit einem sprechenden Esel und einem süßen Kätzchen in hohen Lederstiefeln befreundet ist. Diese Leute haben noch nie vor einem richtigen Giantbaby gestanden.

Das Einzige, was an dem Ding, das da etwa zehn Meter von Azure entfernt vor sich hin schnarchte, grün war, waren seine riesigen Füße. Wobei es sich dabei auch weniger um das erfreuliche Grün frischer Limetten, sondern viel mehr um ein schlammiges, schmuddeliges Olive-Ocker handelte, das davon herrührte, dass der Koloss barfuss herumzulaufen pflegte. Die gnomgroßen Füße, gingen, ohne sich damit aufzuhalten, sich zuerst noch zu Fesseln zu verjüngen, in muskelbepackte Beine über, deren obere Enden hinter einem stramm sitzenden, blauen Lendenschurz verschwanden. Dieser war zwar unter dem feisten Bauch fast überhaupt nicht mehr zu erkennen, fand jedoch farblich passende Gegenstücke in zwei Stoffstreifen, die um gewaltige Unterarme gewunden waren. Deren Breite, die Azure verdächtig an ihre Beine erinnerte, wurde nur noch von den aufgeblähten Oberarmen übertroffen, die mit ihrer Masse den breiten Nacken zu stützen schienen. Das war deswegen nötig, weil der hässliche Kopf des Giantbabys schräg nach hinten gekippt war und bei jedem erneuten Schnarchen einen Blick auf ein monströses Maul mit gelben, wackersteingroßen Zähnen enthüllte. Der gewaltige Kopf wurde schließlich von einem stumpfen Horn gekrönt, das wie die meist missgestaltete Karikatur eines Einhorns wirkte, die Azure je gesehen hatte. Die korrekte Zusammenfassung eines Giantbabys lautete somit: hässlicher Fleischberg mit Mundgeruch und schlechtem Schneider.

„Seht ihr das?", flüsterte Emma aufgeregt.

„Der sitzt mit seinem dicken Popo auf einer Kiste. Ob das die ist, die wir wiederbeschaffen sollen?"

„Bei unserem Glück ja", brummte Azure. Ihr war dieser Giantbabyhort nicht geheuer.

Das kleine, steinige Tal, das unweit des Hauptweges lag, war voller Geröll und Unrat. Die wenigen Bäume schienen teilweise zersplittert und kahl, fast so, als hätte eine ganz Meute von Bären sie als Kratzbaum missbraucht. Dies konnte unmöglich das Werk eines einzigen Giantbabys sein, und Azure hatte keine Lust, auch die nahe Verwandtschaft des schnarchenden Fettkloßes kennen zu lernen.

Wie von selbst glitten ihre Finger zu Julians Armschienen, die ihr Schakal heute Morgen wiedergebracht hatte. Vielleicht wäre es klüger gewesen, diesen jetzt zu beschwören, doch sie traute Risingsun nicht über den Weg. Die Paladina hielt zwar augenscheinlich den Waffenfrieden, zu dem sie sich von Garymoaham hatte überreden lassen, doch wenn der große, blaue Leerwandler ständig vor ihrer Nase herumtanzte, hielt dieser Zustand vielleicht nicht sehr lange an.

„Irgendwelche konstruktiven Vorschläge?", wollte Risingsun wissen und musterte den Giantbaby abschätzend.

„Ich können einfrieren", bot Garymoaham an.

„Dann wir nehmen Kiste und sein weg schnell."

„Ja genau", spottete der Schakal

„Und wer nimmt sich dann einen Eispickel und hämmert die Kiste von dem Giantbabyhintern? Ich bestimmt nicht!"

„Wie wäre es mit Feuer?", schlug Emma vor.

„Ich heize ihm ordentlich ein und..."

„Abgelehnt", sagte Risingsun entschieden.

„So ein schotiisches Giantbaby hält eine ganze Menge aus und sei mir nicht böse, aber wenn er auf dich drauf tritt, müssten wir wahrscheinlich den Verlust unserer Lieblingsgnomin beklagen. Das könnte ich nicht zulassen."

Im Stillen fragte Azure sich, warum sich diese Rede eigentlich nur in ihren Ohren nach einer Beleidigung anhörte, während alle anderen Anwesenden offensichtlich von Risingsuns Fürsorglichkeit beeindruckt waren.

„Das Einzige, womit einem Giantbaby beizukommen ist, ist rohe Gewalt.", bestimmte Risingsun weiter.

„Für einen guten Kämpfer ist das wirklich schnell gemacht. Blade, könntest du mal eben?"

Kaserer schreckte aus seinen Gedanken hoch und Azure war sich sicher, dass eine gewisse Blondine darin eine große Rolle gespielt hatte.

„Wer? Ich? Was?", stammelte er.

„Der Giantbaby.", flötete Risingsun. „Sei doch so gut, und nimm ihm eben die Kiste ab, ja?"

Kaserers Nase färbte sich verdächtig rosa.

„Aber sicher", nuschelte er, packte seine Äxte fester und stiefelte in Richtung des schlafenden Kolosses davon.

„Er hoffentlich wissen, Giantbaby nicht so plump seien wie aussehen", murmelte Garymoaham.

„Giantbaby stark..."

„Ach, er schafft das schon.", winkte Risingsun ab.

Der Ausdruck, den sie dabei in den Augen hatte, gefiel der Heldin gar nicht. Er erinnerte sie an eine Katze, die eine Maus entdeckt hatte und sich in Gedanken bereits ein Lätzchen umband. Nicht, dass Azure diese Einstellung gestört hätte; es fiel ihr nur auf, dass die Mieze die Maus nicht selber fing, sondern den Hund schickte, um sie für sich zu holen, aber was war der Grund dafür?

Als Kaserer sich dem Giantbaby näherte, kam in Azure langsam das Gefühl auf, dass die Erledigung dieses Riesen vielleicht doch nicht „mal eben schnell" gemacht war. Blade, der nun wirklich kein schmalbrüstiger Hänfling war, wirkte neben dem Monstrum wie ein Kind von etwa zehn Jahren. Einzig die Tatsache, dass der Giantbaby auf der fraglichen Kiste schlief, hätte es ihm ermöglicht, dem Monster den Schädel zu spalten, ohne sich eine Leiter zu holen und ohne dass der schlafende Riese aufwachte.

In diesem Moment ahnte Azure, dass Risingsun wahrscheinlich genau das geplant hatte. Der Giantbaby war eine harte Nuss; ihn zu töten, während er noch schlief, war daher eine plausible Lösung des Problems. Allerdings hätte das Licht der Paladina lange nicht so hell gestrahlt, wenn sie dies selber tat. Schickte sie jedoch einen Krieger voraus, von dem man ohnehin annahm, dass es seine Aufgabe war, Monstern ein blutiges Ende zu bereiten, rückte man den an sich ruchlosen Mord in eine ganz andere Perspektive. Zu dumm war nur, dass Risingsun Kaserer nicht so gut kannte.

Als der junge Krieger bei dem schlafenden Giantbaby ankam, blieb er zunächst unsicher stehen. Azure sah seinem Hinterkopf förmlich an, wie sich die Zahnräder darin bewegten. Einige Augenblicke betrachtete er das Monster schweigen, und dann tat er, was er nicht tun sollte: Seine Hand griff vor und wollte dem schlafenden Riesen an die Schulter tippen.

„Nein, nicht!", zischte Azure.

„Du musst einfach draufhauen."

Sie unterstützte ihre Worte mit eindeutigen Gesten. Zu ihrer Erleichterung hatte Kaserer sie gehört; seine Hand stockte wenige Zentimeter vor dem Giantbaby. Mit fragendem Gesichtsausdruck drehte er sich zu ihr herum.

„Was hast du gesagt?", rief er quer über den Platz.

„Du musst lauter sprechen, sonst verstehe ich dich nicht."

Danach war es nicht vollkommen ruhig; das verdächtige Rascheln und bedrohliche Wispern der Bäume um sie herum war nicht leiser geworden und das Heulen des Windes, der um die steinigen Felswände strich, war nicht schlagartig verstummt. Trotzdem erschien es Azure, als wären alle Geräusche mit einem Mal auf einen Bruchteil ihrer vorherigen Lautstärke reduziert. Nun ja, vielleicht nicht alle Laute, zumindest aber das Schnarchen des Giantbabys, umso schriller erklang dafür sein Schrei.

„Ich zerquetschen, Mensch!", brüllte er und ließ zur Bestätigung dieser Drohung eine zwei Meter lange, mit einem Metalldorn besetzte Keule durch die Luft sausen.

Kaserer wirbelte herum und riss noch gerade rechtzeitig seine Äxte nach oben. Die stachelbesetzte Keule des Giantbabys schlug mit einem ohrenbetäubenden Krachen dagegen und für einen Moment sah es so aus, als würde die pure wuchte des Schlages ausreichen, um den Krieger unangespitzt in den Boden zu rammen. Dann jedoch wich er einen Schritt zurück und ließ den Giantbaby durch seinen eigenen Schwung getragen an sich vorbeitaumeln. Erstaunlich schnell fing sich der Koloss erneut und setzte erneut zu einem Schlag mit der Keule an. Wieder wich Kaserer zurück, so dass der Hieb des Giantbabys diesmal ins Leere traf, der Krieger tänzelte um den Giantbaby herum und versuchte immer wieder, seinerseits einen Hieb anzubringen, doch das Einzige, was er traf, war die riesige Keule. Schließlich blieb eine seiner

Äxte in der hölzernen Waffe stecken und ehe er sich versah, hatte ein Ruck sie den Händen entrissen.

Der Giantbaby lachte laut auf.

„Deine Waffe jetzt gehören mir", grinste er und versuchte, Kaserer auch noch die zweite Axt wegzunehmen.

Geistesgegenwärtig ließ der Krieger die Waffe herum wirbeln und ein fetter Giantbabyfinger flog getrennt von seinen Kameraden durch die Luft.

Missmutig starrte der Giantbaby den blutigen Stumpf an.

„Du nicht nett", grunzte er.

„Ich dich hauen in Gesicht!"

„Versuch´s nur", brummte Kaserer, ließ seine Axt fallen und stürzte sich auf den Giantbaby.

Statt jedoch mit den Fäusten auf ihn einzuprügeln, griff er nach der Keule des

Monstrums und zog daran. Der Riese war davon so überrascht, dass es Kaserer fast gelungen wäre, die Waffe an sich zu bringen. Gerade noch rechtzeitig reagierte der Giantbaby.

„Du nicht bekommen Kloppe", kreischte er und zog an seinem Ende der Keule, so dass Kaserer zwei Schritte nach vorne machte.

Im letzten Moment stemmte der Krieger sich mit aller Kraft in den Boden.

„Du hast meine Axt", keuchte er.

„Dann will ich deine Keule."

„Nein."

„Doch."

„Wie lange willst du dieser äußerst eloquenten Unterhaltung denn noch zuhören, bevor du mal auf die Idee kommst, dir die Truhe zu schnappen?", wollte eine Stimme zu Azures Füßen wissen.

Bevor sie Stevie jedoch darauf antworten konnte, drängte sich bereits Risingsun an ihr vorbei.

„Das Ding hat Recht", gestand sie.

„Holen wir die Kiste, bevor der Giantbaby Blade zermalmt."

„Wie wäre es, wenn wir ihm helfen?", schnappte Azure wütend.

„Später", wiegelte Risingsun ab und lief geradewegs auf die inzwischen verwaiste Kiste zu.

Unschlüssig beobachteten die restlichen Mitglieder der Abenteurergruppe das ungleiche Tauziehen um die Keule des Giantbabys. Kaserer schaffte es immer, den Riesen bis zu einem kleinen Baum zu ziehen. Kurz bevor der Krieger sich daran festhalten konnte, zerrte der Giantbaby ihn abermals in die entgegengesetzte Richtung bis zu einem Felsen, an dem Blade dann jedes Mal energisch die Füße in den Boden stemmte und die Reise wieder andersherum losging. So verging etwa eine Viertelstunde, wie

Schakal nach einem liebevollen Blick auf eine kleine, goldene Taschenuhr verkündete.

„Ob Blade das schafft?", überlegte Emma schließlich laut.

„Ich könnte sonst ja mal einen kleinen Feuerball…"

„Nein, ich bessere Idee", warf Garymoaham ein.

„Aber dazu ich brauchen Taschenuhr."

Auffordernd hielt er Schakal seine Hand hin. Der Zwerg blinzelte überrascht.

„Aber die ist aus Gold", schimpfte er dann.

„Oh, das sein gut geeignet", lächelte Garymoaham.

„Ich meine aus Gold", zeterte der Zwerg und hielt beide Arme über der Brust verschränkt.

„Du bekommen wieder", versicherte der Magier.

Vier Augenpaare nagelten Schakal förmlich am steinigen Boden fest. (Stevie war damit beschäftigt, um die mit der Kiste beladene Risingsun herum zu hüpfen in der Hoffnung, dass sie stolpern und sich den Hals brechen würde, was diese mit einigen unsanften Fußtritten quittierte.) Widerwillig grummelnd rückte Schakal die Uhr heraus.

„Aber sei vorsichtig damit, das ist ein Erbstück", jammerte er und fügte etwas leiser hinzu:

„Nehme ich zumindest an, ich habe den Besitzer nicht gefragt."

Fröhlich pfeifend machte sich Garymoaham auf den Weg zu den beiden inzwischen schon etwas erschöpften Raufbolden. Anstatt sich anzuschreien waren sie nun dazu übergegangen, sich böse anzustarren und ansonsten zwischen den Zieh- und Zerraktionen nach Luft zu schnappen. Stumm folgten ihre Blicke dem bunten Magier, als er sich zu ihnen sie gesellte.

„Ich bitten um Aufmerksamkeit", verkündete er mit lauter Stimme und hielt Schakals Uhr in die Höhe.

„Hier sie sehen, was sie noch nie gesehen, betrachten sie genau."

Damit begann er, die Uhr vor den Augen des Giantbabys hin und her zu schwenken. Wäre der Unhold nicht bereits so entkräftet gewesen, hätte der Zauberer sicherlich keine besonders guten Karten gehabt, so jedoch folgten die tellergroßen Augäpfel wie von einer Schnur gezogen dem wedelnden Goldding.

„Sie seien ganz entspannt", flüsterte Garymoahams Stimme ihm ins Ohr.

„Sie sich fühlen gut."

„Friedlich", schnaufte der Giantbaby.

„Sie sich fühlen ganz klein und wollig und haben vier Beine."

Der Giantbaby ließ seine Keule fallen und sank auf die Knie.

„Ihr größter Wunsch es seien, zu fressen Gras und zu liegen in Stall", intonierte Garymoaham weiter.

"Von jetzt an sie ein Schaf."

„Mäh", ließen der Giantbaby und Kaserer gleichzeitig verlauten.

Irritiert sah der Magier zu dem jungen Krieger hinunter, der höchst interessiert an einer einsamen Butterblume schnüffelte.

„Was soll denn der Blödsinn?", fauchte sie und ließ die Kiste aus ihren Armen auf den Boden fallen.

„Blade, steh´ auf und trage das da."

Kaserer musterte sie höchst gleichgültig und kaute auf seinem vegetarischen Fundstück herum. Wütend stampfte die Paladina mit dem Fuß auf, dann packte sie den Krieger bei den Schultern, zog ihn in die Höhe und versetzte ihm eine schallende Ohrfeige. Benommen schüttelte Kaserer den Kopf.

„Was ist los?", murmelte er verwirrt. „Und was ist mit dem Giantbaby?"

Der Monstrum war inzwischen dazu übergegangen, laut blökend durch die Gegend zu laufen. Anscheinend hatte der Zauber nicht seinen Appetit beeinträchtigt und da auf dem kahlen Steinboden nichts Grünes mehr zu finden war, trottete das Giantbaby-Schaf in Richtung Ausgang und hatte seine Widersacher so vollkommen vergessen, wie es nur ein Schaf tun konnte.

„Das wir erklären später", drängte Garymoaham.

„Wir besser nehmen Kiste, ich nicht wissen, wie lange Zauber halten."

„Also los!", kommandierte Risingsun und eilig verließen die Abenteurer das ungastliche Tal.

Kaserer allerdings konnte es sich nicht nehmen lassen, die große Keule mitzunehmen, die der Giantbaby zurückgelassen hatte. Diese trug er dann auf dem Rückweg mit einem so seligen Gesichtsausdruck durch die Gegend, dass Azure nicht umhinkonnte zu bemerken, dass der Unterschied zwischen einem bezauberten und einem nicht bezauberten Kaserer nicht besonders groß war.

Roger erwartete sie schon sehnsüchtig.

„Ah, meine Truhe, endlich", rief er aus und einem aufmerksamen Beobachter wäre sicherlich das Glitzern aufgefallen, das er dabei in seinen Augen hatte.

Der Einsiedler zog einen kleinen Sack Münzen hervor und warf sie Risingsun zu.

„Hier, für euch und eure Freunde", sagte er mit einer knappen Verbeugung.

„Nun werde ich mein Werk vollenden können."

„Wir haben gern geholfen", antwortete Risingsun.

„Können wir sonst noch etwas für euch tun?"

Roger überlegte einen Augenblick, dann bemächtigte sich ein bösartiges Lächeln seines Gesichts.

„In der Tat, das könnt ihr."

Er ging zu einem kleinen Schrank und nahm eine Pergamentrolle und eine Feder heraus. Mit einem Kichern schrieb er einige Sätze auf das Pergament, rollte es zusammen und versiegelte den Brief.

„Hier", sagte er und gab Risingsun das Schriftstück.

„Bringt die zu Ello Ebonlocke, dem Bürgermeister von Darkshire. Wir sind alte Freunde und wenn er dies liest und herausfindet, was Ihr für mich getan habt, wird er sich sicherlich genauso freuen wie ich."

Die Oberfläche des Mystralsees glitzerte im frühen Morgenlicht, Vögel sangen ihre ersten Lieder in den Bäumen und ein Reh trat aus einer Baumgruppe an den Rand des Wassers um zu trinken. Es neigte den schlanken, mit seidigem Fell bedeckten Hals und streckte die schwarze

Nase vorsichtig nach den kristallklaren Fluten aus. Etwas schien allerdings nicht in Ordnung zu sein, denn dessen Ohren zuckten nervös hin und her und es schnüffelte misstrauisch an dem kühlen Nass. Dann jedoch, als es keine Gefahr erkennen konnte, berührten seine Lippen die Wasseroberfläche.

Der eben noch so ruhigen See schäumten plötzlich auf, ein gewaltiger Arm, ganz aus Wasser, umschlang das ahnungslose Reh und zog es zu sich heran. Ein letztes, verzweifeltes Blöken, dann verschluckte die Oberfläche das hilflose Tier und ließ ein leeres Ufer zurück.

„Sehr ihr, daher habe ich Euch vorhin gerufen, als Ihr in den See springen wolltet", erklärte die oberste Schildwache der Silberwindzuflucht, die sich den drei Nachtelfen als Helene Starstrike vorgestellt hatte.

Cedrik nickte und starrte immer noch fassungslos in die wieder völlig harmlos wirkenden Fluten unterhalb der weitläufigen Terrasse, die, wie er jetzt bemerkte, unangenehm weit über den See hinausragte.

„Was hat diese Wasserelementare so werden lassen?", fragte Pete.

„Normalerweise beschützen sie doch die Quellen nur vor schädlichen Einflüssen, nicht aber vor harmlosen Waldtieren."

„Wir wissen es nicht", gestand Helene Starstrike ein.

„Sie töten jeden, der sich dem Wasser zu weit nähert, daher habe ich Wachen aufstellen lassen, um zu verhindern, dass jemand in ihre Fänge gerät."

„Ihr habt wirklich keine Idee?", vergewisserte sich Anno.

„Nun ja", zögerte Helene mit einer Antwort.

„Wir haben bei unseren Forschungen eine Schriftrolle mit einer seltsamen Nachricht gefunden. Sie stammt aus einem der Elementare, die wir überwältigt haben."

Anno sah sie neugierig an.

„Wie lautet die Nachricht?", wollte er wissen.

Helene zog ein Stück verwaschenes Pergament aus ihrer Tasche hervor, räusperte sich und begann zu lesen:

„Ein böser Magier hat dies erschaffen, um vom Glutnebelgipfel auf dich zu gaffen. Er dich und deinen Freund verlacht, Ihr müsst zerbrechen seine Macht, allein der Tod…"

"Was für ein Blödsinn", unterbrach Pete sie.

„Das ist das sinnlose Geschwätz eines Kindes."

„Wir glauben das nicht", antwortete Helene.

„Es gibt Gerüchte, dass ein untoter Magier sich tatsächlich im Brachland auf der Spitze des Glutnebelberges niedergelassen hat. Ihm wäre ein solcher Wahnsinn durchaus zuzutrauen."

„Dann solltet Ihr schnellstmöglich jemand dorthin entsenden, um ihn aufzuhalten", warf Cedrik ein.

„Wir suchen noch nach den geeigneten Frauen oder Männern", beteuerte Helene mit einem charmanten Lächeln.

„Wie wäre es…", begann Cedrik, doch Pete verhinderte, dass er weiter sprach, indem er ihn kurzerhand zur Tür hinaus schob.

„Wie wäre es, wenn ihr Verstärkung aus Dundee dafür anfordert", rief der große Druide über die Schulter zurück.

„Dort wird sich sicherlich jemand finden, der dieser Aufgabe gewachsen ist."

Mit einem verlegenen Grinsen folgte Anno den beiden Freunden und draußen jedoch verschwand der Ausdruck so schnell aus seinem Gesicht, wie er gekommen war.

„Sag mal, spinnst du?", fauchte er Pete an.

„Diese Elfe…"

„War drauf und dran, unsere lieben Cedrik dazu zu verpflichten, dass er ihr hilft", ergänzte Pete.

„Aber für so etwas haben wir jetzt keine Zeit und wir haben uns schon diese Sache mit den Scotsmags aufgeladen. Nachdem Shael´dryn uns gestern Abend wieder nach Dundee geschickt hat, hat Maestra Noser uns doch eindringlich erklärt, wie wichtig es sei, eine schnelle Lösung herbeizuführen. Auf ihr Geheiß sind wir doch überhaupt nur hier. Um herauszufinden, was ihr Freund mit der Rute hier am Mystralsee gewollt hat. Meinst du nicht, wir sollten erst einmal eine Aufgabe beenden, bevor wir eine neue anfangen? Kannst du nicht einmal etwas zu Ende führen?"

Anno wollte erwidern, doch der Vorwurf hatte ihn tief getroffen; vor allem, weil er wusste, dass etwas Wahres daran war. Er war immer schnell zu begeistern, aber wenn er es sich überlegte, hatte er noch nie was Wichtiges in seinem Leben zu Ende geführt.

„Trotzdem gibt dir das kein Recht, meine Unterhaltung mit der Dame so rüde zu unterbrechen", beschwerte sich Cedrik.

„Sie hätte mir schon bald aus der Hand gefressen."

„Oder du ihr", brummte Pete.

„Das ist nicht wahr, das weißt du genau, Cousin", wehrte sich Cedrik nun ernsthaft aufgebracht.

„Nur weil ich weiß, wie man Anstand und Höflichkeit schreibt, gibt dir das nicht das Recht, mich wie einen Idioten zu behandeln."

Während er sprach, wedelte er unaufhörlich mit der magischen Rute vor Petes Nase herum. Plötzlich lösten sich kleine Lichtfunken daraus und die Spitze des Stabes begann zu glühen. Erschrocken hielt Cedrik in seinem Tun inne, doch es war bereits zu spät. Es knallte und blitzte und eine weiße Rauchwolke hüllte Pete ein. Ängstlich betrachteten die beiden anderen Nachtelfen dieses Spektakel. Elfenmagie war nie mit so viel Lärm verbunden, seit jene den arkanen Künsten abgeschworen und sich ausschließlich auf die der Natur innewohnende Magie zurückbesonnen hatten.

Als der Rauch sich verzog, ließ er eine seltsame Gestalt zurück. Sie war wesentlich kleiner als

Pete, hatte ein dichtes, braunes Fell und trug einen Lendenschurz.

„Geek", machte die Gestalt.

Erschrocken hielt sie sich das Maul zu, dann begann sie, mit den klauenbesetzten Händen daran herumzutasten. Sie wanderten weiter über die Ohren, die Brust und schließlich blickte der Scotsmag die Vorderpfoten mit dem ungläubigsten Gesichtsausdruck, den Glasgow je bei einem Vertreter seiner Art gesehen hatte.

„Wrah!", bellte die Gestalt und ging auf Cedrik los.

Der Priester stolperte einen Schritt rückwärts, bevor er geistesgegenwärtig einen Schild aus Licht beschwor, um sich gegen die wildgewordene Bestie zu schützen.

„Anno!", rief er panisch.

So schnell er konnte, beschwor Anno Wurzeln aus dem Boden hervor, die den keifenden und tobenden Scotsmag an den Waldboden banden. Mit einem Satz überwand der Druide die Distanz zwischen sich und dem Bärenmenschen, holte aus und versetzte ihm einen gezielten Schlag in den Nacken. Der gefesselte Scotsmag grunzte schmerzerfüllt und brach in die Knie. In diesem Moment erhob sich erneut eine Rauchwolke und als sie sich wieder verzog, saß in den Ranken Pete, der sich mit vorwurfsvollem Blick den Nacken massierte.

„Du hättest ja nicht ganz so fest zuschlagen brauchen", knurrte er und ließ mit einer Geste die Wurzeln wieder im Erdreich verschwinden.

Ich tu unserem kleinen Angsthasen schon nichts."

Cedrik verzog das Gesicht zu einer beleidigten Grimasse, doch dann fing er plötzlich an zu lachen.

„Wisst ihr was?", prustete er.

„Ich denke, wir haben so eben herausgefunden, was diese tolle Rute kann."

„Und was?", grollte Pete, der immer noch nicht glauben konnte, wie fest Anno zugeschlagen hatte.

„Na, ist das nicht klar?", gab Cedrik augenrollend zurück.

„Diese Rute ist in der Lage, uns in Scotsmags zu verwandeln und wahrscheinlich können wir so mit ihnen kommunizieren."

„Meinst du wirklich, dass das eine gute Idee ist?", warf Anno nachdenklich ein.

„Würden sie drei fremde Scotsmags in ihrer Raserei nicht einfach in Stücke reißen, ebenso wie sie es mit Nachtelfen tun würde."

„Vielleicht ja, vielleicht nein", antwortete Cedrik nachdenklich.

„Wahrscheinlich hast du Recht, aber dann müssen wir eben einfach einen Scotsmag finden, der noch nicht vom Wahnsinn besessen ist und der uns zuhört."

„Na das kann ja heiter werden", bemängelte Pete.

„Cedrik, der Bärenflüsterer."

Der Weg nach Darkshire war lang und dunkel, doch Azure hatte keinen Blick mehr für die Schrecken, die sie rechts und links der Straße erwarten mochten. Sie beschäftigte sich vielmehr mit der Frage, wie Risingsun es schaffte, nach all ihren Erlebnissen noch auszusehen, als wäre sie gerade eben dem Bade entstiegen. Kein Schlamm, kein Schmutz, kein Staubkörnchen traute sich offensichtlich, die schimmernde Aura der Paladina zu durchbrechen. Azure überlegte ernsthaft, ob das eventuell ein spezieller Schutzzauber war und ob man den als Hexenmeister wohl auch irgendwie erlernen konnte. So grübelnd merkte sie nicht, dass sich vor ihnen eine kleine Stadt aus dem Nebel schälte.

Die Häuser von Darkshire wirkten baufällig, obwohl sie es nicht waren. Flechten und Moose krochen selbst an den neueren von ihnen hinauf und das düstere Zwielicht, das hier wie überall in diesem Landstrich herrschte, ließ sie alt und unbewohnt erscheinen, trotzdem in den meisten Fenstern ein Licht zu sehen war. Das allerdings erweckte den Eindruck, als hätten die Einwohner auch am Tag etwas aus ihren Häusern fernzuhalten, das beim Erlöschen der Kerzen und Feuer unweigerlich mit Eisfingern an ihre Türen gepocht hätte. Einzig ein paar magere Hühner, die neben dem Weg auf einem Feld nach Körnern pickten, schienen sich nicht an der ständigen Dunkelheit zu stören.

Ein unheimliches Schnaufen und Pfeifen war zu hören, als sie sich der Stadt weiter näherten. Es klang, als habe ein asthmatischer Drache so eben entschlossen, sein Mittagschläfchen auf dem Dorfplatz zu halten. Die dazwischen erklingenden, hellen Töne eines Hammers, der auf einem Amboss traf, machten allerdings schnell klar, dass es sich dabei lediglich um den Blasebalg einer Schmiede handelte. Ein glatzköpfiger Inhaber tauchte gerade ein neu geschmiedetes Schwert in einen Eimer mit kaltem Wasser, als die sechs Abenteurer an die Umzäunung seines Grundstücks traten. Eine Dampfwolke hüllte ihn ein und steigerte die Luftfeuchtigkeit noch weiter, als angenehm war.

„He da", rief Risingsun ihm zu.

„Wir sind auf der Suche nach Bürgermeister Ebonlocke."

Der Schmied wischte sich den Schweiß von der kahlen Stirn und musterte die Truppe feindselig.

„Was geht mich das an?", fragte er misstrauisch.

„Wir haben eine wichtige Botschaft für ihn von einem Freund", antwortete Risingsun mit einem Lächeln.

„Wir wären euch sehr verbunden, wenn ihr uns verraten könntet, wo er sich aufhält."

Der Schmied verzog das Gesicht und wies dann mit seinem Hammer den Weg hinab.

„Wenn ihr was wissen wollt, fragt die von der Nachtwache."

Damit drehte er sich um und ließ die verdatterte Paladina einfach stehen.

„Ungehobelter Klotz", schimpfte diese und winkte ihren Begleitern, ihr zu folgen.

Beim nächsten Bewohner von Darkshire hatten sie ein wenig mehr Glück, was dessen Auskunftsfreudigkeit betraf. Der Mann, der offensichtlich zu der angewiesenen Nachtwache gehörte, trug eine rötlich schimmernde Kettenrüstung, ein Breitschwert und eine Fackel in den Händen, die er zunächst einmal jedem der Ankömmlinge ins Gesicht hielt, bevor er weiter mit ihnen sprach.

„Man kann nicht vorsichtig genug sein", erklärte er.

„Erst letzte Woche ließen wir einen Fremden bis ins Gasthaus. Doch erst als er sich einen hinter die Binde kippen wollte, kam heraus, dass sein Unterkiefer fehlte. Elendes, untotes Pack."

„Wie recht Ihr habt", pflichtete Risingsun ihm bei.

„Sagt uns bitte jetzt, wie wir zu Bürgermeister Ebonlocke kommen."

Der Mann strich sich über den Bart.

„Nun ja, für gewöhnlich hält er sich um diese Zeit im Rathaus auf, das ist das Gebäude dort drüben. Am besten fragt ihr am Eingang nach seiner Tochter, Kommandantin Althea Ebonlocke. Sagt ihr, Behüter Frazier hätte euch geschickt und sie wird Euch sicher weiterhelfen können."

Wie sich herausstellte, stand die besagte Kommandantin der Nachtwache jedoch nicht vor dem Rathaus Wache und so beschlossen die Abenteurer, ihr Glück im Inneren des Gebäudes zu versuchen. Im Ratssaal waren mehrere Ratsmitglieder, darunter zwei ältere Herren, ein jüngerer Mann in einer blauen Robe, so wie ein blasierter Jüngling in einem feinen Anzug in eine heftige Diskussion verstrickt. Sie sprachen wild durcheinander, während ein Mann mit einem schwarzen Bart und ebensolchen Haaren, am Kopf der Runde Platz genommen hatte und die Anwesenden mit ernstem Gesicht durch ein Monokel betrachtete.

„Und ich sage, wir müssen mehr Unterstützung aus Aberdeen anfordern", wetterte einer der älteren gerade.

„Dort schert man sich nicht darum, ob unsere Häuser und Ländereien in die Hände der Untoten fallen. Warum, verehrter Hogan Ference, lasst ihr nicht einmal eure Beziehungen zum Hofe spielen und besorgt uns eine angemessene Unterstützung?"

Der junge Mann in der Robe, an den sich diese Aufforderung gerichtet hatte, stand auf.

„Mein lieber Millstipe, auch euch sollte bekannt sein, dass ich täglich zwei wenn nicht mehr Bittgesuche nach Aberdeen schicke. Ich kann Euch nicht sagen, warum die Armee dort keine Verstärkung schickt."

„Die Verstärkung wäre nicht notwendig, wenn die Nachtwache effizienter arbeiten würde", ließ sich der blasierte Anzugträger vernehmen.

Als hätte sie nur darauf gewartete, sprang eine junge Frau mit langen, schwarzen Haaren auf, die bis dahin neben dem Kopf der Runde gesessen hatte. Die Ähnlichkeit der beiden war unverkennbar.

„Spart euch euren Atem, Dreuger", schnappte sie.

„Ihr mögt Vizebürgermeister sein, aber den Befehl über die Nachtwache habe immer noch ich. Und ich dulde nicht, dass ihr weiterhin die Arbeit meiner Männer behindert, indem ihr ihnen unablässig neue, unsinnige Aufgaben stellt."

„Was ist an der Festnahme von Morbent Fel unsinnig?", schnaubte der Mann.

„Er ist ein Hexenmeister und ruft ständig neue dieser untoten Monster aus den Gräbern hervor. Das Volk erwartet mehr vom Rat von Darkshire, als dass er sich hier verkriecht."

„Morbent Fel Peters zu stellen ist nicht Aufgabe der Nachtwache", gab die Kommandantin ärgerlich zurück.

„Unser Ziel ist es, die Einwohner von Darkshire vor den Worgs und Ghulen zu schützen, die nachts um die Häuser streifen. Wenn Ihr uns von Morbent Fel befreien wollt, geht hin und erschlagt ihn und vielleicht gelingt es euch die Zauber zu brechen, mit denen er sich schützt. Aber passt auf, dass Ihr euch nicht euer Schwert ins Knie rammt, so geschickt wie ihr damit seid."

„Das ist eine Unverschämtheit!", ereiferte sich der Anzug.

„Schweigt, alle beide", rief der Bürgermeister und hieb mit der Faust auf den Tisch.

„Seht ihr denn nicht, dass wir Gäste haben?"

Die Aufmerksamkeit des Rates wandte schlagartig sich der Gruppe zu, die am Eingang des Ratssaales stand. Kaserer bemühte sich daraufhin vergeblich, die große Keule hinter seinem Rücken zu verbergen, Emma versuchte, durch Winken auf sich aufmerksam zu machen, und Garymoaham grüßt mit einer angedeuteten Verbeugung in die Runde. Azure und der Schakal zogen es aus verschiedenen Gründen vor, sich in der Nähe der Tür aufzuhalten; Risingsun hingegen zauberte mit Leichtigkeit ein strahlendes Lächeln auf ihr Gesicht.

„Bürgermeister Ebonlocke, nehme ich an", sagte sie und trat mit schnellen Schritten auf den Mann mit dem Monokel zu.

„Da nehmt Ihr richtig an, verehrte Dame", antwortete der Bürgermeister und straffte die Schultern.

„Was führt euch und eure Gefährten hierher?"

„Wir haben einen Brief für euch von einem alten Freund", antwortete Risingsun und übergab dem Bürgermeister das Pergament.

Der nahm das Papier an sich, brach das Siegel und begann zu lesen; zumindest erschien es so. Nach ein paar Augenblicken ließ er das Schriftstück jedoch mit einem Stirnrunzeln sinken.

„Wer immer das hier auch geschrieben hat, hat sich offensichtlich einen Scherz mit mir oder mit euch erlaubt", versicherte er.

„Ich kann kein Wort davon entziffern."

„Vielleicht kann ich helfen", mischte sich ein Mann ein, dessen dunklere Haut- und Haarfarbe Azure schon aufgefallen war.

„Ihr wisst, doch, Ello, Sprachen sind meine große Leidenschaft."

„Sicherlich", nickte der Bürgermeister.

„Wenn Sirra Von´Indhi das hier nicht entziffern kann, das schafft es niemand."

Der fremdartige Mann betrachtete das Geschriebene eine Weile, kritzelte mit einer Feder daran herum und riss dann die Augen auf. Mit einem Flüstern gab er das Pergament wieder an den Bürgermeister zurück. Der nahm es, las, was der Übersetzer geschrieben hatte und sah Risingsun mit einem derart beunruhigten Gesichtsausdruck an, dass diese tatsächlich etwas aus der Fassung geriet.

„Was ist los, Bürgermeister?", wollte sie wissen und fing geistesabwesend an, eine Haarsträhne um den Finger zu rollen.

„Was schreibt Calivinius Euch?"

„Roger?", lachte die Kommandantin der Nachtwache auf.

„Dieser irre Alchimist, den mein Vater aus der Stadt verbannt hat, nachdem er sich sein Herz mittels schwarzer Magie herausschnitt, um damit seiner toten Gattin Eliza wieder Leben einzuhauchen? Ich hoffe, Ihr habt einen großen Bogen um ihn gemacht."

„Äh, nein", murmelte Risingsun.

„Schlimmer noch", seufzte der Bürgermeister und ließ sich wieder in seinen Stuhl sinken.

„Ich fürchte fast, er hat sich noch etwas einfallen lassen, um sich an uns zu rächen."

„Was könnte schlimmer sein als die untote Eliza, die versucht ihren Hunger nach Menschenfleisch an unseren Kindern zu stillen", warf Hogan Ference ein und strich nervös seine Robe glatt.

Noch bevor jedoch jemand eine Vermutung anstellte, flog die Tür auf und ein Mitglied der Stadtwache stolperte völlig außer Atem herein.

„Behüter Cutford", rief Althea Ebonlocke aus.

„Was ist mit euch? Sprecht?"

„Kommandantin! Bürgermeister!", keuchte der Mann.

„Unsere Späher berichten von seltsamen Bewegungen im Westen. Wölfe sind hierher unterwegs und es sieht so aus, als würden sie vor etwas fliehen."

Erschüttert sah der Bürgermeister von dem atemlosen Behüter zu Risingsun.

„Was habt Ihr nur getan?"

Vor dem Rathaus kamen bereits die Leute zusammen, obwohl der Stadtrufer alle dazu aufforderte, in ihre Häuser zu gehen, weil ein großes Unheil auf die Stadt zurolle. Alle riefen und liefen durcheinander, dazwischen weinten Kinder und gackerten die nun doch etwas beunruhigten Hühner.

„Da sieht man es mal wieder", bemerkte der Schakal trocken.

„Ein Mensch ist intelligent, aber ein Haufen Menschen ist eine Herde verängstigter, hysterischer Tiere."

„Wie müssen dieses...dieses...", stotterte Risingsun.

„Dieses Was-immer-es-auch-ist aufhalten. Immerhin sind wir dafür verantwortlich."

„Schön gesagt", meinte Garymoaham.

„Wer hat Plan?"

Ratlos blickten die Abenteurer sich an. Wie bereitete man sich auf etwas vor, von dem man noch nicht einmal wusste, was es eigentlich war? Der Bürgermeister hatte berichtet, dass Roger ein Monster angekündigt hatte, das er „Kleiner" getauft hatte...was nach dem Gesetz für alberne Wortspiele bedeutete, dass dieses Etwas höchstwahrscheinlich ziemlich groß war. Noch dazu war bei Rogers Vorliebe für tote Dinge damit zu rechnen, dass es bestimmt untot war.

„Mir gefällt das nicht", murmelte Emma, als sie sich neben Azure hinter eine der eilig errichteten Blockaden duckte

„Ich ziehe es vor, meinem Feind direkt in die Augen zu blicken."

„Was sich als Gnom ziemlich schwierig gestalten dürfte", witzelte Schakal und fügte auf einen ärgerlichen Blick der Magierin hinzu.

„Hey, ich weiß wovon ich spreche und darf so was sagen."

„Ruhe jetzt", befahl Risingsun.

„Dieses Ding kommt näher."

Unzählige Augenpaare richteten sich auf die Straße, die von Darkshire nach Raven Hill führte. Von irgendwo dort kam tatsächlich etwas, es war nicht besonders schnell, aber es kam näher und es äußerte deutlich seine Bedürfnisse:

„Darkshire, ich habe Hunger!"

„Das Lager war definitiv der letzte, das wir ausprobiert haben", grollte Pete.

„Ich habe keine Lust mehr, mir die Nase platt prügeln zu lassen, nur weil du meinst, dass du nun endlich deine Bärenbrüder gefunden hast."

„Ich kann auch nichts dafür, dass diese Scotsmags alle gleich aussehen", gab Cedrik beleidigt zurück.

„Oder soll ich vielleicht nach einem mit einem rosa Halsband suchen?"

„Wenn das hilft, soll's mir recht sein", fauchte Pete und wirkte einen Heilzauber auf die Kratzwunden an seinen Armen.

Konzentriert sah er zu, wie sich die Wunden schlossen, ohne eine Narbe zurückzulassen.

Die Scotsmags, die sich besucht hatten, waren nicht eben erfreut über ihre Anwesenheit gewesen. Im Gegenteil empfingen sie sie mit Zähnen und Klauen und zeigten ihnen, was sie davon hielten, dass sich mit einem Male drei Fremde unter sie mischten. Noch mehr hatte sich diese Einstellung erhärtet, als die drei vermeintlichen Scotsmags sich nach nur wenigen Schlägen in Nachtelfen zurückverwandelten, die ihr Heil nur noch in der Flucht suchen konnten. So saßen die drei Freunde nun an einer geschützten Stelle im Wald und leckten ihre Wunden.

Anno warf ab und an kleine Steinchen in Richtung des nahen Mystralsees. Er traf nicht, aber wahrscheinlich war das auch besser so. Er hatte nämlich keine Ahnung, wie man wohl ein Wesen bekämpfte, das nur aus Wasser bestand. Trotzdem reizte ihn das Risiko, die Aufmerksamkeit eines der verderbten Wasserelementare zu erregen, immerhin wäre das keine so ermüdende Maskerade gewesen. Anno gähnte.

Das Plätschern eines kleinen Wasserfalls bildete zusammen mit dem Rauschen der Blätter eine einlullende Geräuschkulisse. Die Sonne, die sich in den Wassern des Sees spiegelte, malte helle Kreise auf Annos Gesicht und zwang ihn, geblendet die Augen zu schließen. Was hätte er jetzt für ein Mittagsschläfchen gegeben. Ein paar Minuten Ruhe würden ihre Mission sicherlich nicht gefährden und so ließ er sich entspannt nach hinten sinken.

Doch während er den Kopf auf das weiche Laub bettete und seine langen Ohren beiläufig den Streitereien der beiden Freunde lauschten, meldete die Nase ihm mit einem Mal einen seltsamen Rauch, einer, der nicht in den Wald gehörte, den er aber in den letzten Stunden mehrmals gerochen hatte: der Geruch eines Lagerfeuers. Er versuchte, diesen Störenfried seiner Ruhe aus dessen Wahrnehmung zu verbannen, aber das Aroma des brennenden Holzes ließ sich nicht beirren und kitzelte weiter seine Nase. Mit einem Niesen fuhr Anno hoch.

„Irgendwas brennt hier", verkündete er und gähnte herzhaft.

„Ich kann dir ja mal den Finger ins Auge stecken, das brennt dann auch", blaffte Pete, aber der andere Druide überhörte das geflissentlich.

„Nein, wirklich", beharrte er.

„Irgendwo ist hier ein Feuer. Ich denke, wir sollten nachsehen, wo der Geruch herkommt."

Zweifelnd schnupperte nun auch Cedrik.

„Ich weiß nicht, ich kann nichts riechen."

„Wahrscheinlich hat Anno geträumt", spottete Pete.

Trotzdem streckte er die Nase in die Luft und einem kurzen Stirnrunzeln folgte die Feststellung:

„Du hast Recht, da brennt wirklich was."

Annos Gesichtsausdruck sprach Bände, doch anstatt etwas zu erwidern, erhob er sich und folgte den Spuren des Feuergeruchs tiefer in das Unterholz. Der Weg begann leicht anzusteigen und ganz in der Nähe floss der Bach, der weiter unten im Lauf den Wasserfall des Mystralsees bildete. Der Geruch schien aus seiner Richtung zu kommen und so schlich Anno leise auf den Wasserlauf zu, an dessen Ufer verharrte er und spähte vorsichtig durch die Blätter eines üppigen Busches.

Am anderen Ufer bewegte sich eine Gestalt; es war ein Scotsmag, mit schwarzem Fell. Er saß vor einer kleinen Hütte an einem Lagerfeuer und hielt einen Stock in der Hand, auf dessen angespitztes Ende er ein Kaninchen gespießt hatte. Zischend tropfte das Fett auf das Holz und das Aroma des garenden Fleisches mischte sich mit dem Geruch des Feuers. Etwas hinter Anno knurrte. Er fuhr herum und sah, wie sich Pete mit einem entschuldigenden Gesichtsausdruck den Bauch hielt.

„Was denn", wisperte er.

„Ich habe seit Stunden nichts gegessen."

Cedrik verkniff sich ein Lachen und hielt die magische Rute in die Höhe.

„Wollen wir es noch einmal probieren?"

Die zwei anderen nickten und so traten kurz darauf drei Scotsmags an den Rand des Baches.

Der Schwarze von beiden fuhr hoch.

„Verschwindet!", plärrte er.

„Ich habe es Ran gesagt, dass ich eher sterbe, als ihm zu dienen."

Cedrik, jetzt ein Scotsmag mit silberweißem Fell, trat vor.

„Wir wünschen nichts dergleichen, Freund. Wir suchen nur jemanden, mit dem wir reden können über das, was unter unseren Brüder passiert."

Der schwarze Scotsmag blinzelte überrascht und ließ den Stock mit dem Kaninchen sinken, den er in Ermangelung einer Waffe auf die Eindringlinge gerichtet hatte. „Dann kommt und setzt euch zu mir. Ich freue mich über etwas Gesellschaft."

„Ich hoffe nur, dass er seiner Gesellschaft auch etwas zu essen anbietet", murmelte Pete leise und setzte mit einem kräftigen Satz die braunbefellten Pfoten über den Fluss.

Seine Sorge war allerdings unbegründet, denn der Scotsmag, der sich als Krolg vorstellte, erwies sich, als äußert gastfreundlich und bot ihnen

Wurzeln, Beeren und Nüsse, sowie einen Teil des gebratenen Kaninchens an.

„…und deshalb versuchen wir Hilfe zu finden, um diesen Wahnsinn endlich zu stoppen", beendete Cedrik kurze Zeit später dessen Rede, in der er dem Scotsmag in blumigen Worten eine Geschichte aufgetischt hatte, die selbst seine beiden Freunde dazu gebracht hatte zu glauben, sie seien drei Scotsmags die von weit herkamen, um ein Heilmittel gegen die Verseuchung ihres Dorfes zu finden.

Krolg starrte in die Flammen des immer kleiner werdenden Lagerfeuers. Geistesabwesend langte er mit der klauenbewehrten Pfote nach hinten und legte ein weiteres Stück Holz nach. Die Flammen loderten auf, Funken stoben in die Luft, die von der Hitze des Feuers flirrte und Rauch und Asche in den Himmel trug.

„Wir haben überlegt, die Nachtelfen um Hilfe zu bitten", warf Cedrik vorsichtig ein.

Alarmiert spitzten seine beiden Freunde die Ohren. Womöglich machte dieser eine Satz das Vertrauen des Scotsmags wieder zunichte.

Krolg hob den Kopf und sah Cedrik direkt ins Gesicht.

„Die Nachtelfen...", murmelte er, als habe er bereits vergessen, dass die Scotsmags nicht das einzige Volk waren, das jenen Wald bewohnte.

„Einst kämpften wir Seite an Seite mit ihnen", fuhr er schließlich fort.

„Doch diese Zeiten sind lange vorbei. Sie waren es, die in ihrer Arroganz die Verderbnis in unsere Welt beschworen. Doch was war, kann nicht wieder rückgängig gemacht werden. Unsere Aufgabe ist es, das Beste aus dem zu machen, was uns unsere Vorfahren hinterlassen haben."

Anno rutschte unruhig hin und her.

„Gibt es denn eine Möglichkeit, die Verderbnis wieder zu entfernen?", platzte er schließlich heraus.

Krolg musterte ihn mitleidig.

„Vor vielen Jahren war auch ich noch voller Träume, so wie du, junger Freund, doch wie ich schon sagte, was war, kann nicht ungeschehen gemacht werden. Vielleicht wird es irgendwann einmal wieder Frieden oder zumindest Annäherung zwischen unserem Volk und dem der Nachtelfen geben, doch das, was in unseren Adern kreist, sitzt zu tief, um es zu entfernen."

Der schwarze Scotsmag stand auf und wanderte mit langsamen Schritten auf den nahen Wasserfall zu.

„Das Böse ist überall, junge Freunde, und auch wenn ich es wollte, so könnte ich nicht den Nachtelfen allein die Schuld dafür geben. Wir Scotsmags sind trotz der Verderbnis, die sie über uns brachten, noch fähig, unsere eigenen Entscheidungen zu treffen. Schlimmer noch, gibt es einige von uns, die die Wut und Raserei ausnutzen, um ihre Macht zu stärken. Ran Blutreißer ist einer von ihnen."

Krolg drehte sich um und betrachtete die drei jungen Scotsmags.

„Wenn ihr wirklich etwas zum Frieden in der Welt beitragen wollt, dann geht, und tötet diesen Tyrannen", sagte er und seine Schnauze verzog sich zu einem traurigen Lächeln.

„Es wird die Stämme nicht wieder von ihrem Los befreien, doch vielleicht wird es den Keil entfernen, den er zwischen sie treibt."

Pete erhob sich.

„Wir werden tun, was in unserer Macht steht", sagte er ernst.

„Ran Blutreißer wird den morgigen Tag nicht mehr erleben."

„Hoffen wir es", antwortete Krolg.

„Ihr findet sein Lager ganz in der Nähe, aber hütet euch vor seinen Wachen; sie haben scharfe Zähne und Ran lässt sie ihre Klauen feilen, bis sie spitz wie Dolche sind. Passt auf, dass sie euch nicht in Stücke reißen."

„Wir werden es versuchen", bestätigte anno.

Der Boden bebte unter den Schritten des Monsters, das unaufhörlich näher kam.

Insgeheim fragte Azure sich, warum sie eigentlich immer noch hier war. Wahrscheinlich wäre es das Klügste gewesen, sich am örtlichen Greifenstand ein solch gefiedertes Tier zu schnappen und sich schleunigst von hier zu entfernen. Doch sie blieb, so wie alle andern, die einen Grund dafür hatten, weil Darkshire ihr Zuhause war oder weil sie sich Ruhm und Ehre davon erhofften. Oder weil sie ganz einfach den inneren Drang verspürten, das Richtige zu tun. Azure spürte nichts von alledem in sich, nur die dunkle Ahnung, dass dieser Kampf weitaus härter werden würde, als es zunächst den Anschein hatte. Daraufhin erschien „Kleiner".

Das Monster wirkte wahrlich riesig; etwa so groß wie der Giantbaby, allerdings doppelt so breit und viel hässlicher, als Azure sich hatte träumen lassen. Sein aufgedunsener Leib war aus Leichenteilen zusammengeflickt worden und die Nähte bedeckten überall das abgestorbene und wieder zum Leben erweckte Gewebe. Das Gesicht wirkte wie die Zeichnung eines unbegabten Kindes mit einer sehr bösartigen Phantasie. Während das eine Auge groß aufgerissen und lidlos war, hatte man das andere am Herausfallen gehindert, indem man es kurzerhand eingenäht hatte. Darunter sabberte ein mit schiefen Zähnen besetzter Mund unaufhörlich vor sich hin. Am schlimmsten war jedoch der Bauchbereich, aus dem diverse Rippen herausragten, die offensichtlich zu Arten verschiedener Gattungen gehörten. Sie bildeten den passenden Rahmen für die Masse der blutigen, faulenden Gedärme, die aus einer anscheinend durch die Bewegungen der Kreatur aufgeplatzten Öffnung hervorquollen.

„Hey, dem würde das Kleid passen, das du genäht hast", bemerkte Stevie grinsend.

„Zumindest hat er einen Arm an der entsprechenden Stelle."

Azure, die viel zu sehr damit beschäftigt gewesen war, auf die riesige Axt der Monstrosität zu starren und die Reichweite der mit einer Sichel besetzten Kette abzuschätzen, die diese in der anderen Hand trug, blickte den Wichtel verdattert an. Dann sah sich noch einmal genauer hin und entdeckte, was Stevie gemeint hatte. Die Kreatur hatte tatsächlich an der aus dem Fleisch hervortretenden Wirbelsäule noch einen dritten Arm, in dessen Hand eine weitere sichelförmige Waffe steckte.

„Das ist unglaublich", wisperte Risingsun tonlos und Azure konnte nicht umhin zu bemerken, dass sie ein wenig blass um die Nase geworden war.

„Dieses Ding ist gegen alle Naturgesetze."

„Ich glaube nicht, dass Roger sich viel um Gesetze schert", entgegnete Althea Ebonlocke.

„Weder um unsere noch um die der restlichen Welt, wie konntet ihr ihm nur helfen?"

„Er sah so harmlos aus", antwortete Risingsun.

„Dann merkt es euch für die Zukunft: Nicht alles, was harmlos aussieht, ist es auch."

„Aber alles, was eine Riesenaxt in Händen hält, kann dich einen Kopf kürzer machen", beendete Schakal Altheas Satz.

„Also was jetzt, Angriff oder wie?"

„Wir müssen uns erst eine Taktik überlegen", warf Azure ein.

Überrascht drehten sich die anderen zu ihr herum.

„Naja, hab ich mal gehört, dass so was gut ist", setzte sie verlegen hinzu.

„Sie Recht hat", brummte Garymoaham.

„Ich denken, wir am besten..."

„Attacke mit Kriegshandwerk!", brüllte da eine Stimme hinter ihnen und bevor sie sich versahen, stürmten etliche Soldaten der Nachtwache vorbei auf Kleiner zu.

Dahinter stand Althea Ebonlocke mit gezücktem Schwert und blitzenden Augen.

„Also schön", seufzte Azure.

„Dann eben ohne Taktik."

Was folgte, war kein Kampf, wie ihn die Geschichtsbücher beschreiben. Er war hart, er war dreckig und er wurde mit Blut auf beiden Seiten besiegelt. Kleiner brüllte und tobte, die giftigen Gase, die bei jeder Verletzung aus ihm herausströmten, verätzten den Kämpfern die Lungen, seine drei Waffen trennten Arme, Beine und Köpfe von ihren Stammplätzen und nur die Geschicktesten waren in der Lage, noch ein paar Schläge gegen ihn auszuführen, bevor er auch jenen ein unrühmliches Ende bereitete.

Mit Entsetzen sah Azure, wie Emma einen riesigen Feuerball in Kleiners Richtung schoss. Die anschließende Explosion ließ die winzige Gnomin hilflos durch die Luft trudeln, sie verschwand über das Dach des nächsten Hauses und Azure konnte nur hoffen, dass etwas Weiches ihren Fall gebremst hatte.

Garymoahams Taktik, Kleiner mit den arkanen Geschossen zu bearbeiten, die Azure schon bei ihrem ersten Zusammentreffen beobachtet hatte, war erfolgreicher. Wieder und wieder zuckten die violetten Blitze durch die Luft, bis der letzten von ihnen in einem kläglichen „Pffrt" endete. Azure hörte den Magier fluchen und sah, wie er begann, in seinen Taschen zu kramen. Als er fand, was er suchte, entkorkte er eine kleine

Flasche mit den Zähnen und stürzte den Inhalt in einem Zug hinunter. Danach setzte er den Kampf unbeirrt fort.

Der Schakal und Kaserer hatten nicht das Glück, Kleiner aus der Ferne bekämpfen zu können. Sie begaben sich beide auf die Rückseite des Monsters, wo Blade sich redlich abmühte, mit seiner großen Keule, zumindest den dritten und schwächsten Arm davon abzuhalten, anderen den Schädel zu spalten. Was Schakal tat, konnte Azure nicht sehen, aber sie nahm an, dass es schmerzhaft für Kleiner war.

Azure selbst? Sie hatte irgendwann während des Kampfes aufgehört, darüber nachzudenken, was sie tat. Unbeirrt schickte sie ihre Magie aus, um dem Koloss zu schaden. Sie zauberte eine Seuche auf ihn, die die tote Haut mit Blasen überzog, die aufplatzten und ätzenden Eiter freisetzen, der sich tief in seine Muskeln hineinfraß. Sie warf Netze aus Feuer über ihn und beschoss ihn mit Schattenblitzen, doch Kleiner starb nicht.

Mit einem gurgelnden Schrei fegte er schließlich alle seine Angreifer von den Füßen und wankte mit humpelnden, aber beängstigend behänden Schritten direkt auf Azure zu. Die Heldin hörte Blade schreien, sah, wie Risingsun ihren gewaltigen Kriegshammer als Wurfwaffe gebrauchte und damit auf Kleiners Kopf zielte, doch nichts konnte die Monstrosität in ihrem Amoklauf aufhalten. Wie ein Fleisch gewordener Alptraum rollte sie direkt auf die junge Hexenmeisterin zu, die wie ein verschrecktes Kaninchen ihrem nahen Tod entgegensah.

Zehn Meter...fünf...drei...einen...einen halben.

Da bekamen Azures Hände etwas langes, Dünnes zu fassen. Ohne großartig zu überlegen, holte sie aus und rammte Kleiner den Zauberstab mitten in das einzelne Auge. Dessen Kopf ruckte reflexartig in die Höhe, mit dem Ergebnis, dass Azure plötzlich ein Auge auf einem Holzstab in Händen hielt. Angeekelt ließ sie es fallen. Kleiner hingegen brüllte vor Schmerzen. Er wankte blind hin und her, Äxte und Sichel rotierten unkontrolliert durch die Luft, bis endlich ein letzter, gezielter Schlag von Risingsuns Hammer sein Schicksal besiegelte. Mit einem Krachen, das noch bis nach Aberdeen zu hören sein musste, fiel sein geflickter Leib zu Boden und blieb dort wie der Überrest eines makabren Schlachtfestes liegen.

Eine Hand legte sich auf Azures Schulter. Panisch wirbelte sie herum und konnte gerade noch die letzten Silben ihres Zaubers verschlucken, bevor sie ihn auf Garymoaham losließ. Seine grauen Augenbrauen hoben sich fragend:

„Du in Ordnung?"

„Ja, alles bestens", murmelte Azure.

„Ich fürchte nur, den Zauberstab kann ich wegschmeißen."

Ein Lächeln trieb Falten in Garymoahams sonnengebräuntes Gesicht.

„Das nicht schlimm. Wir dir besorgen neuen."

„Platz da, jetzt komm ich", schmetterte eine Stimme über den Dorfplatz und etwas, dass wie ein Gnom auf Stelzen mit Rädern und Sturzhelm aussah, kam um die Ecke geflitzt.

Gerade noch rechtzeitig konnte Emma stoppen, bevor sie in den widerlichen Fleischberg hinein fuhr.

„Oh", stöhnte sie enttäuscht.

„Aber der ist ja schon tot."

„Ja, dem Licht sei Dank", sagte Risingsun.

„Naja, bisschen Handarbeit war auch dabei", warf der Schakal ein und wischte seinen Dolch am Umhang ab.

Unwillkürlich grinsend kam Azure näher.

„Emma, was ist das alles und wo hast du es her?"

Die Magierin blickte stolz an sich herab.

„Da hinten war ein Laden für Ingenieursbedarf und ich habe getan, was sich in der Eile der Zeit tun ließ."

Ein Räuspern beanspruchte die Aufmerksamkeit der Abenteurer, Bürgermeister

Ebonlocke stand vor dem versammelten Dorf und macht ein wichtiges Gesicht.

„Verehrte Herren und...äh", er stockte einen Augenblick, als suche er nach einem passenden Ausdruck für ein paar über und über mit Leichensaft beschmierten Frauen.

„...und Damen, Darkshire bedankt sich für Eure Hilfe. Leider sind die Stadtkassen leer, so dass wir euch nicht viel mehr anbieten können als freie Kost und Logis, solange es euch beliebt in Darkshire zu bleiben."

Risingsun machte eine abwehrende Handbewegung.

„Lieber Bürgermeister, da wir es waren, die diese schreckliche Plage..."

Sie konnte ihren Satz jedoch nicht beenden, da Garymoaham sich an ihr vorbeidrängte.

„Wir Euch danken", sagte er laut, „aber ich Idee, wir ihr vermögt bezahlen uns für unsere Mühen, es auch nicht kosten viel."

„Na da bin ich ja mal gespannt", meinte Schakal zweifelnd.

„Ich hoffe nur, er will nicht irgendwelche Teile von dem Ding da mitnehmen."

„Wieso?", fragte Kaserer und betrachtete Kleiners Leiche.

„Der Oberschenkelknochen zum Beispiel macht sich bestimmt gut als Waffe, vielleicht will Azure…"

„Nein", wehrte die entsetzt ab.

„Azure will nicht, und nun lasst uns endlich von hier verschwinden, bevor denen wieder einfällt, wer das Ding eigentlich hierher gebracht hat."

So bereitete die Gruppe schon einmal ihre Abreise vor, während Garymoaham dem Bürgermeister ein Geschäft vorschlug, in das dieser mit Freuden einwilligte.

Ran Blutreißers Lager zu finden, war den beiden Druiden in ihrer Katzenform nicht schwer gefallen. Viel härter schien es, ein Muster in dem Lauf der Wachen und somit eine Möglichkeit zu finden, ohne Kampf an ihnen vorbeizukommen. Schließlich mussten die Nachtelfen einsehen, dass es keins zu geben schien.

„Diese Fellbälle rennen dort unten herum, als wüssten sie nicht, wo rechts und links ist", bemerkte Pete.

„Es wird ein Leichtes sein, sie zu überwältigen."

Anno, der auf einem Ast neben ihm hockte, sah nicht so zuversichtlich aus.

„Ich weiß ja nicht, ob deine Augen und Ohren schlechter geworden sind, von dem vielen Essen, dass du in dich hineinstopfst hast, aber ich habe Krolgs Warnung gehört und ich sehe sehr gut, wie viele von diesen Fellbällen, wie du sie nennst, dort unten herumlaufen. Übrigens: Findest du nicht, dass du ganz schön weit oben im Baum sitzt?"

Petes Ohren zuckten nervös, während sich seine Krallen noch tiefer in die Rinde bohrten.

Immerhin hatte er bis gerade eben erfolgreich die Tatsache ignoriert, dass sich der sichere Boden einige Meter unter ihm befand. Warum musste dieser Idiot ihn auch noch daran erinnern?

„Eine Katze mit Höhenangst", schnurrte Anno und es klang wie ein Lachen.

„Also ehrlich, als wüstest du nicht, dass die immer auf ihren Füßen landen."

„Wenn wir wieder unten sind, mach ich dir einen Knoten in deinen Schwanz", fauchte Pete und ließ sich langsam und vorsichtig rückwärts am Stamm hinunter gleiten.

„Was habt ihr gesehen?", wollte Cedrik wissen, der es vorgezogen hatte, am Fuß des Baumes zu warten.

„Können wir da durch schleichen?"

„Du kannst doch sowieso nicht schleichen", grollte Pete.

„Ebenso wenig wie sonst irgendwas anderes, außer dein großes Maul zu benutzen."

Cedrik wollte etwas erwidern, doch Anno schüttelte nur unauffällig den Kopf. Einem verwundeten Raubtier kam man am besten nicht zu nahe und wenn Pete schlechte Laune hatte, ging man ihm ebenfalls besser aus dem Weg.

„Was schlägst du also vor", fragte er den anderen Druiden.

„Wir gehen hin, kämpfen uns bis zu diesem Ran Blutreißer durch und bringen Krolg den Kopf, den er verlangt hat", ordnete Pete an.

„Das ist doch logisch."

„Mhm", meinte Anno.

„Ich würde es vorziehen, wenn wir nicht so viele der Scotsmags mit in die Sache hineinziehen würden, immerhin sind wir auch hier, um ihnen zu helfen."

„Wie wäre es denn, wenn wir die Rute noch einmal benutzen würden?", schlug Cedrik vor.

„Du weißt aber noch, dass wir uns zurückverwandeln, sobald man uns schlägt", warf Pete ein.

Der junge Priester verzog das Gesicht.

„Natürlich weiß ich das noch, ich meine nur, wir könnten versuchen, Blutreißer mit einer List aus dem Lager zu locken. Sobald er dann draußen ist, schlagen wir zu."

„Das klingt gut", nickte Anno.

„Wer wird gehen und was wird er ihm erzählen?"

Cedrik richtete sich zu seiner vollen Größe auf.

„Ich gehe und was ich ihm erzähle, weiß ich schon."

„Das ist gefährlich", warnte Pete.

„Meinst du vielleicht, ich lasse dich alleine dort hinein stolpern, du wärst innerhalb von Sekunden tot."

„Das wird dann wohl meine Sorge sein", entgegnete Cedrik mit schmalen Augen.

„Sorge du lieber dafür, dass du vorbereitet bist, wenn ich wiederkomme."

Mit diesen Worten schwenkte er die magische Rute in seine Richtung. Sein Gesicht wurde länger, de Beine kürzer und die silberweißen Haare breiteten sich über den gesamten Körper aus. Er knurrte noch einmal, dann, steckte er die Rute demonstrativ in seinen Lendenschurz, wendete sich um und marschierte schnurstracks auf Blutreißers Wachen zu.

„Dieser verdammte Narr", flüsterte Pete, während er und Anno sich hinter die Büsche duckten.

„Er wird dort unten sterben. Wir sollten..."

Anno legte ihm beschwichtigend die Hand auf den Arm.

„Wir sollten abwarten, was er mit seinem großen Maul so erreicht."

Pete brummte etwas Unverständliches, blieb aber, wo er war. Die zwei Nachtelfen sahen, wie mehrere Wachen Cedrik die Speere gegen den Hals drückten und ihn dann abführten. Bange Minuten verstrichen, in denen kein Zipfelchen Weiß zwischen den Scotsmags zu sehen war. Die Wachen kehrten zu ihrem Posten zurück und liefen weiter ihre Runden, doch Cedrik kam nicht wieder.

Nach einer Weile hielt es Pete nicht mehr aus.

„Ich gehe jetzt da runter und du wirst mich nicht aufhalten."

Noch bevor Anno darauf reagieren konnte, kam jedoch Bewegung in das Lager jener. Ein riesiger, schwarzer Scotsmag marschierte zwischen seinen graubraunen Brüdern entlang und neben ihm leuchtete Cedriks Fell durch den Wald.

„Sie kommen", wisperte Anno tonlos und die beiden Druiden nahmen ihre verabredete Aufstellung ein.

„So hier bin ich nun", bellte Ran Blutreißer, als sie auf der kleinen Lichtung ankamen.

Er war ein kräftiger Scotsmag, dessen gedrungener Körper mit unzähligen Narben übersät war. Vier weitere Artgenossen begleiteten ihn und witterten und schnüffelten sichernd in alle Richtungen. Anno dankte innerlich dem Wind, der seine und Petes Spuren in die andere Breite wehte.

„Wo ist nun deine Herrin, die so sehr wert auf meine Gesellschaft legt, dass sie sich den ganzen, weiten Weg von Lowspring hierher wagt?"

„Sie muss ganz in der Nähe sein, Herr", winselte Cedrik und wirkte dabei so unterwürfig, dass selbst Anno, der seinen Freund schon oft bei der Schauspielerei beobachtet hatte, trotzdem über diese Leistung erstaunt war.

„Aber womöglich ängstigen sie eure Leibwachen. Vielleicht sollten wir für ein wenig mehr Intimität bei diesem Treffen sorgen."

„Die Wache bleibt, wo sie ist", befahl Ran Blutreißer.

„Ich bin schließlich kein Narr, also los, bringe sie her."

Er holte mit der Vorderpfote aus und schubste den weißen Scotsmag in Richtung der umgebenden Büsche. Es entstand eine Rauchwolke und die Verwandlung, die Cedrik bis dahin geschützt hatte, verflog.

„Deep!", brüllte Blutreißer und zog ein unterarmlanges Messer aus seinem Gürtel.

„Nicht, wenn wir noch ein Wörtchen mitzureden haben", rief Pete und sprang mitten zwischen die Scotsmags.

Dem ersten versetzte er einen Kinnhaken, dass dieser rückwärts taumelte. Er fiel gegen einen seiner Kameraden und gemeinsam stürzten die beiden zu Boden. Sofort wendete Pete sich dem nächsten Gegner zu. Anno hingegen konzentrierte sich und beschwor die Pflanzen des Waldes, ihm mit ihren Wurzeln zur Hilfe zu eilen. Kurz darauf war einer der Scotsmags bewegungsunfähig an den Waldboden gefesselt.

„Vorsicht!", rief Cedrik und Anno duckte sich gerade noch rechtzeitig unter dem Lanzenhieb eines der ersten Scotsmags hinweg.

Er und sein Kumpan waren offensichtlich der Meinung, ihr Chef würde schon mit einem Nachtelfen fertig werden und stürzten sich jetzt zu zweit auf Anno. Der hatte daraufhin alle Hände voll zu tun, nicht von ihren messerscharfen Krallen aufgeschlitzt oder von ihren Waffen durchbohrt zu werden. Immer weiter wurde er an den Rand der Lichtung getrieben. Das Blut rauschte in seine Adern und er bekam nur oberflächlich mit, dass Pete sich den Trick mit den Wurzeln offensichtlich ebenfalls zu Nutze gemacht hatte, um den vierten Scotsmag zu fesseln. Jetzt rang er unter Aufbietung aller Kräfte mit Ran Blutreißer um dessen Messer.

Fast hätte Anno diese Beobachtung sein Leben gekostet. Einer der Furlbolgs hatte seine Abgelenktheit ausgenutzt und sich auf ihn gestürzt. Dessen Kiefer klappten jedoch wenige Zentimeter vor der Kehle des Nachtelfen zusammen, der sich blitzschnell hatte nach hinten fallen lassen. Sofort war der Scotsmag über ihm und man musste nicht durch eine magische Rute verwandelt sein, um sein anschließendes Knurren zu verstehen.

Plötzlich jaulte einer der Furlbolgs schmerzerfüllt auf. Die beiden pelzigen Angreifer wandten sich um und Anno nutzte die Gelegenheit, um den einen von ihnen, der auf seiner Brust saß, im hohen Bogen ins Gras zu werfen. Eilig sprang er auf die Füße und wollte schon wieder in Stellung gehen, als seine Bewegung in Stocken geriet. Die Scotsmags waren allesamt stehen geblieben und starrten Pete an.

Der Nachtelf stand hoch aufgerichtet auf der Lichtung, die violette Haut schimmerte feucht von dem roten Blut, das an ihm herabfloss. Zu seinen Füßen lag eine leblose Gestalt mit schwarzem Fell; in ihrem Rücken steckte Ran Blutreißers Messer. Cedrik nutzte die Gelegenheit, um sich erneut in einen Scotsmag zu verwandeln. Knurrend und bellend forderte er die Restlichen auf zu gehen. Ungläubig und widerwillig zogen die Bärenmenschen sich zurück. Einer von ihnen jedoch blieb stehen. Er deutete auf den ehemaligen Anführer und sagte etwas. Cedrik bellte erneut und ging zu dem Leichnam. Er nahm die Perlenkette von seinem Hals und übergab sie dem Scotsmag. Der knurrte noch etwas, dann folgte er den Kameraden zurück zum Lager.

„Es ist vorbei", sagte Cedrik, als er sich zurückverwandelt hatte.

„Ran Blutreißer ist tot."

„Was wollte sein Gefolgsmann", fragte Anno, mehr um überhaupt etwa zu sagen.

„Wie es scheint hegen die Scotsmags keinen ausgeprägten Totenkult", erklärte Cedrik.

„Die Ketten, die sie tragen, scheinen sowohl Stammeszeichen wie auch Träger ihrer Seele zu sein. Zumindest glauben sie das, wenn ich das Wort, das er der Kette gab, richtig verstehe. Er sagte, mit der Leiche könnten wir verfahren, wie es uns beliebt"

„Na dann nehmen wir sie mit", schlug Pete vor und brach damit erstmal nach dem Kampf wieder sein Schweigen.

„Wenn Krolg tatsächlich seinen Kopf will, dann soll er ihn bekommen."

Gemeinsam schleppten die Nachtelfen den toten Scotsmag zum Ufer des Flusses. Dort verwandelten sie sich erneut und brachten ihn auf die andere Seite. Krolg drehte die Leiche auf den Rücken und betrachtete ihn.

„So hat dann schließlich das Böse in dir ein Ende gefunden", sagte er und wandte sich zu den drei verwandelten Nachelfen herum.

„Ihr habt recht gehandelt, auch wenn es nie eine gute Wahl ist, das Feuer mit Feuer zu bekämpfen. So geht denn jetzt und nehmt dies hier als eine Trophäe eures Sieges mit euch."

Er griff in das Maul des toten Scotsmags und brach einen der großen Eckzähne ab. Mit Schaudern bemerkte Anno, wie stark diese Bärenmenschen sein mussten. Pete streckte seine Pfote aus und nahm den Zahn an sich.

„Habt Dank für Euren Rat, Krolg", sagte er und wandte sich zum Gehen um.

„Nichts zu danken", antwortete der.

„Und kommt vorbei, wenn ihr wieder einmal in der Gegend seid. Ich bekomme gern Besuch von meiner Art."

Sie winkten Krolg zum Abschied und machten sich dann auf den Weg nach Dundee. Cedrik betrachtete Pete nachdenklich von der Seite, bis es diesem zu bunt wurde.

„Sieh´ mich nicht an, als hätte ich etwas verbrochen", fauchte er.

„Das meinte ich gar nicht", murmelte der Priester.

„Ich dachte nur."

„Was? Dass ich darüber reden wollte?", grinste Pete.

„Ach komm schon, du kennst mich, ich bin nur froh, dass es jetzt vorbei ist und wir endlich nach diesem Anhänger suchen können. Ich hätte Lust, ein richtig langes Bad zu nehmen."

„Du riechst auch, als hättest du es nötig", frotzelte Anno und schon bald hatte sich die düstere Stimmung wieder gelegt.

Schon am darauffolgenden Morgen machten die drei sich auf den Weg zurück nach Portham. Pete wehrte sich zwar mit Händen und Füßen, doch diesmal waren Cedrik und Anno fest entschlossen mit einem Greifen zu reisen. So bleib dem großen Druiden nicht viel anderes, als die Augen geschlossen zu halten und jammernd hinter den Übrigen her zufliegen.

Die Küste lag dunstig im blassen Sonnenlicht, das für diesen Landstrich so typisch war, als die drei Nachtelfen über den hölzernen Pier spazierten.

„Was meint ihr, was uns erwartet?", stellte Anno in die Runde, während seine Augen sehnsüchtig den Horizont betrachteten.

„Ich habe keine Ahnung", entgegnete Cedrik.

„Ich auch nicht", pflichtete Pete ihm ausnahmsweise bei.

„Es wird uns nichts viel anderes übrig bleiben, als es auszuprobieren."

„Na dann los!", lachte Anno und sprang übermütig auf den Steg des Schiffs, das sie auf die andere Seite des Meeres bringen würde.

„Ich kann es kaum noch erwarten."

ENDE

Die Fortsetzung folgt in Band 2

www.romanuskripte.de

Roman Reischl wurde 1979 in Bad Reichenhall geboren und lebte nach zahlreichen Auslandsaufenthalten wieder in seiner Heimat, dem Berchtesgadener Land, nun mit seiner Frau und Kindern zusammen, die alle seine Bücher illustriert.

Seit 2009 veröffentlicht er Fantasieromane und Kurzgeschichten, seit Kurzem auch Krimis. Der gelernte Hotelfachmann und Fremdsprachenkorrespondent liebt die Berge und elektronische Musik.

In seiner Jugend organisierte er sehr viele Events, seit April 2015 moderiert er zwei eigene Literatur- und Musiksendungen im Salzburger Kulturradio "Radiofabrik". (freies Radio)